KLABUND · ROMANE DER LEIDENSCHAFT

Reclam Bibliothek

BELLETRISTIK

Klabund

ROMANE DER LEIDENSCHAFT

1991

Reclam-Verlag Leipzig

Mit einem Nachwort von Thomas Böhme

ISBN 3-379-00702-1

Text nach: Klabund, Gesammelte Werke in Einzelausgaben. Romane der Leidenschaft. Wien, Phaidon Verlag 1930

Reclam-Bibliothek Band 1405
1. Auflage
Umschlaggestaltung: Friederike Pondelik unter Verwendung der Lithografie „Kamelreiter" von Max Slevogt
Printed in Germany
Dresdner Druck- und Verlagshaus GmbH
Gesetzt aus Garamond-Antiqua

Moreau

Roman eines Soldaten

Moreau schlug mit der Hand in die Luft.
Die Bretagne blendete.
Mütterliche Güte strich über seine Stirn.
Seine Wimpern zitterten. Er wollte weinen. Aber er schlief ein.

Hallo! Welch ein Lärm! Zusammenklang der blechernen Trompeten und hölzernen Schwerter. Schreie der kleinen Puppen mit Muschelaugen und grasgrünen Kleidern. Moreau tritt in die Reihe der Geschwister mit einem Papierhelm und einer Haselnußstaude als Degen.
Papa blinkt über seine Hornbrille von den grauen Akten auf.
„Was willst du werden, Victor?"
Moreau salutiert: „General."
Man lacht. Soweit man mit einem verstaubten Herzen noch lachen kann. Selbst die Akten lachen.
„Sieh da, General! Natürlich General! Madame, hören Sie nur, er will General werden! Der Tausend."
Am Abend gab es Käse zum Diner.
Moreau aß keinen Käse.
Papa setzt die Hornbrille ab. Seine Augen hängen ihm wie Quallen aus dem Gesicht. Pfui, was für häßliche Augen, denkt Moreau.
„Du mußt den Käse essen."
Moreau sah dem Alten starr auf die Stirn:
„Nein."
Der Alte nahm die Haselnußstaude, die heute morgen Moreau als Degen gedient hatte.
Moreau sprang auf. Ein Puma. Er riß dem Alten den Stock aus der Hand.
„Mein Schwert", schrie er, „mein Schwert."
Dann warf er sich auf den Boden, biß die Zähne in die Diele und blieb die ganze Nacht so liegen.

Jeannette ist die Tochter des Bäckermeisters Renoir zu Morlaix.
Sie ist gleichaltrig mit Moreau, vierzehn Jahr.
„Ein kleines Weißbrot, bitte", sagte Moreau. Er spart sich Sous, um Weißbrot zu kaufen.

Er hat so viel Überfluß an Weißbrot in seiner Schublade, daß er seinen Hund Rire damit zu Tode füttert.
„Wo ist Ihr kleiner Hund?" fragt Jeannette, „ich sehe ihn nicht mehr."
„Er ist tot. Er hat zuviel Weißbrot gefressen."
Jeannette lacht.
„Oh, lala ..."
„Aber Sie leben noch, Victor, Sie essen doch auch ungewöhnlich viel Weißbrot?"
Man muß den Hund begraben.
Jeannette pflanzt eine Rose auf seinem Grab.
Ihre Hände begegnen sich.
Moreau packt sie an den Handgelenken.
Glück einer Sekunde. Glück einer Ewigkeit.
Sterne läuten von allen Türmen.
Die kleine Kathedrale von Morlaix dröhnt.
Die Wälder sind voll Echo.
Der Himmel schlägt wie Meer rauschend an die Gestade seiner Brust.
Victor! Viktoria! Sieg!

Die Gartentür knarrt.
Jeannette ist nicht mehr da.
Er sinkt an einen Baum.
Die rauhe Rinde schneidet in seine Stirn.
Himmel, ein Zeichen! Gib ein Zeichen!
Winde verdüstern den Glanz.
Eine Wolke platzt donnernd.
Regen rast.
Moreau läuft durch den Garten.
Von den Nelken zu den Rosen.
Von den Rosen zu den Aprikosenbäumen. Zum Salatbeet. Zu den Kartoffeläckern, draußen, wo der braune Fluß der Felder strömt.
Die Strähnen schwarz und feucht in die Stirne hängend, verglommen und beklommen, tritt er ins Haus. Seine blaue Bluse klatscht am Körper. An seinen Sandalen klebt Lehm und Wiese.
Seine Augen sind betaut vom Regen wie zwei violette Blüten.

Madame ist entsetzt.
„Aber Victor, du blutest ja an der Stirn!“
Sie eilt, ein nasses Tuch zu holen.
Er sieht in den Spiegel: ein schmales rotes Kreuz ist in seine Stirn gepreßt. Ein Kreuz, wie es die schlanken Bäuerinnen sonntags zum Kirchgang an einer silbernen Kette um den Hals tragen.
Der Baum! Jeannette! Das Zeichen!
„Nicht stillen, die Wunde! Mutter! Nicht stillen! Laß das Blut laufen!“
Seine Augen rollen wild und groß.
Madame fürchtet sich. Vor Stolz.
Er wird groß, ihr Junge. Er erwächst.
Sie erzählt es am Abend ihrem Gatten.
„Victor müßte ein Ritter werden.“
„Warum? Es gibt keine Ritter mehr.“
Sie blätterte in ihrer zierlichen Anthologie französischer Verse.
„Er ist tapfer und fromm.“
„Fromm?“
„Er betet jeden Abend zu Gott.“
„Zu welchem Gott? Voltaire hat die Götter abgeschafft.“
„Voltaire ist ein Dichter und braucht keinen Gott. Sein Stil ist sein Gott. Ihm mag's genügen. Aber du bist ein Advokat. Wenn du keinen Gott hast, was hast du dann?“
Er schob die Hornbrille auf die Stirn.
„Ich habe dich, meine Teure.“
Zärtlich führte er ihre Hand an seine Lippen.
Sie lächelte.
„Ich lasse mich gern durch Komplimente aufklären, aber bitte, versuch' es nicht mit Diderot bei mir. Und gönne Victor seinen Gott. Er wird schwer genug an ihm zu tragen haben. So schwer, wie eine Mutter an ihrem Kinde trägt.“
Der Advokat hörte nicht hin.
„Ich bin müde, Madame. Das Licht, bitte.“
Sonderbar, dachte sie: er ist das Sinnbild einer ganzen Generation, die müde wurde und die sich mit einer

Kerze zum Schlaf geleiten läßt. Und nur bei einem öligen Nachtlicht schlafen kann.
Victor, glaube ich, fühlt sich wohler im Dunkeln.
Victor nimmt, siebzehnjährig, Dienst in einem Infanterieregiment. Er schläft mit fünfzig in einem Saal.
Der Geruch der vielen Männer betäubt ihn.
Wie ihn einst der Erdgeruch betäubte, als er mit Jeannette ins Gras sank.
Wie roch eigentlich Jeannette?
Er wußte es nicht mehr.
Oder: doch. Sie duftete wie leichter, ganz leichter Südwind.
Die Männer nahmen ihn in ihre Mitte.
Er war nun selbst ein Mann.
Das machte ihn stark.
Jeden Morgen um fünf tönte die Reveille.
Er sprang zur Tür und sah nach dem Wetter.
Rosengrau dämmerte der Osten. Der Horizont lag leer und unausgefüllt da wie ein schlaffer Schlauch.
Der Schritt der Schildwache tickte wie eine Uhr regelmäßig im Hof.
Ein alter Korporal stand am Brunnen und wusch sich.
Er stand vollkommen nackt, mit weißem, triefendem Bart wie Poseidon.
„Ah, mein kleiner Moreau. Sieh da. Gut geschlafen?"
Moreau hatte schlecht geschlafen.
Moreau hatte geträumt.
Die Narbe auf meiner Stirn läßt mich nicht ruhen.
Ich muß wie Jesus Christ mein Kreuz tragen.
„Korporal, bitte, betrachten Sie meine Stirn. Blutet sie nicht?"
Der Korporal prustete sich an ihn heran.
„Du träumst, mein Junge."
Moreau trat an den Brunnen. Er pumpte sich einen Kübel voll.
Wie er ihn hochhob, war die Sonne aufgegangen, und ihm schien, als gösse er sich die Sonne übers Genick, so brannte ihn das eiskalte Wasser.

Moreau war ein Soldat des Königs.
Eines Tages sah er ihn von ferne: ein matter Mensch mit eleganten, nachlässigen Augen und einem funkelnden Dreispitz.
Seine linke Hand hing bösartig wie eine Schlange über den Wagenschlag.
Zu seiner Seite saß eine dicke, blond und rosa bemalte Puppe.
Ein dünnes Lächeln war ihm mit ganz feinem Pinsel um die Mundwinkel gezogen.
Moreau grüßte.
„Seine Mätresse", sagte Moreaus Kamerad, ein welterfahrener Spanier kreolischen Geblütes, und spuckte aus. „Er hat hundert. Oder auch tausend. Wie es ihm beliebt. Und es beliebt ihm."
„Sind sie alle so dick?" fragte Moreau betroffen und schon angewidert von einer Majestät, die ihm einst dünkte, wie ein Gestirn über den Menschen zu schweben.
„Sie sind alle so dick", schnaubte der Spanier. „Und die meisten sind noch viel dicker."
Ein fades, süßliches Aroma strömte durch die Allee.
„Sind das die Linden?" fragte Moreau.
„Junge: die Linden blühen noch nicht. Das ist die Mätresse des Königs, die so duftet."
Moreau trat hinter eine Hecke und erbrach.
Der Spanier wiegte sich erheitert in den Hüften.
Moreau dachte, was für einen ehrlichen starken Geruch die fünfzig Mann in seinem Schlafsaal haben.
Sie riechen, wie Männer riechen sollen. Wie es die Natur ihnen zugeeignet hat.
Was sollte er mit Frauen: er, ein Soldat, der den Geruch der Erde, der Männer, des Weines, des Blutes und der Pferde liebte?
Er würde nie mehr eine Frau berühren.
Er erinnerte sich an Jeannette.
Aber Jeannette war dürr wie ein Knabe gewesen.
Und sie hatte geduftet: fern und leicht wie ein leiser Südwind.

Einige Tage später brachte der Spanier, der immer allerlei Neuigkeiten wußte, eine Nachricht in die Kaserne, die nur vorsichtig und im Flüsterton verbreitet werden durfte.
Moreau erfuhr sie nachmittags in einer Taverne, wo er mit dem alten Korporal und einem jungen Fähnrich, namens Rapatel, beim Roten hockte und würfelte.
Un ... deux ... trois ...
Moreau knallte den Becher auf die Tischplatte.
Dix-huit.
„Achtzehn! Holla! Das ist meine Zahl, achtzehn Augen beim Würfeln! Achtzehn Jahre bin ich alt!"
„Und achtzehn Mädchen hast du lieb", scherzte der junge Fähnrich.
Moreau verdunkelte sich.
Der Fähnrich errötete hilflos. Da kam der Spanier, griff nach dem Becher, schlug um: sechzehn.
„Ludwig XVI."
Er warf sein Gesicht in Falten und murmelte hinein:
„Es ist der letzte Ludwig, glaubt mir."
Moreau stand auf:
„Ich bin ein Soldat des Königs."
Der Spanier erregte sich nicht sonderlich und lachte tief aus der Brust heraus:
„Da bist du was Besonderes. Hör' zu."
Sein Gesicht fiel wieder in Falten. Seine Stimme wisperte wie eine Grille:
„Der König hat gestern seinen Kammerdiener Maurice erstochen. Er beschuldigte ihn delikater Beziehungen zur Gräfin Salten."
Moreau taumelte an die Wand.
„Die Gräfin Salten – war das jene dicke Dame im Wagen, vorgestern?"
Der Spanier feixte.
„Dieselbe, die dir Magenbeschwerden verursachte. Eine Deutsche. Eine Deutsche kann einem schon Magenbeschwerden verursachen. Ein dummer Kerl, dieser Maurice, verliebt sich in einen garnierten Schweinskopf."
Moreau lehnte hilflos an der steinernen Wand.

Er löste sich auf in den Stein, der ihn stützte.
„Erstochen sagst du?“ Moreau weinte wie ein Kind. „Der König hat seinen Diener erstochen?“
„Erstochen“, flüsterte der Spanier unter seinem Hut. „Es ist eine böse Zeit.“
Moreau zog seinen Degen und warf ihn schmetternd auf den Tisch, daß die Flasche barst und der Wein wie Blut über den Stahl rann.
„Ich bin nicht mehr des Königs Soldat. Der König hat meinen Degen entweiht. Entweiht die Waffe des reinen Kampfes. Ich bin Soldat. Aber kein Mörder. Und diene keinem Mörder. Brüder, lebt wohl!“
Er stürmte zur Tür hinaus in die Nacht, die ihn verschlang.
„Ein moralisches Huhn“, sagte der Spanier. „Aber Frankreich ist voll davon. Ein ganzer Hühnerhof. Es werden bald mehr solcher Gockel zu Sonnenaufgang krähen.“
Der junge Fähnrich war erbleicht:
„Er spricht zuviel aus seinem Herzen.“ –
Der alte Korporal drehte an seinem weißen Barte.

Moreau nahm seinen Abschied vom Militär und wandte sich dem Studium der Rechtswissenschaft zu.
Es muß Gerechtigkeit auf Erden geben, auch wenn Könige ihre Diener ermorden.
Er studierte zu Rennes.
Er war der eifrigste Student, den man seit Jahren gesehen hatte.
Er entwarf einen Code der Menschlichkeit.
Und auf den Umschlag schrieb er: Tapfer und fromm.
Und wußte nicht, daß das ein Wort sei, das seine Mutter einst von ihm gesagt hatte.
Kinder reden oft die Sprache ihrer Mutter, ohne es zu wissen.
Nächtelang grübelte er über den Entwurf zu einem Kriegsrecht und zu einem Recht des Belagerungszustandes.
Der Krieg ist für die Menschen da, aber nicht die Menschen für den Krieg. Der Soldat ist für das Volk, aber nicht das Volk für den Soldaten da.

Als Moreau zum erstenmal einen farbigen Begriff vom Volk empfand, stand er auf dem Balkon seines Zimmers in Rennes und sah unten im Frühling eine Prozession schreiten. Wallendes Rot, schreitendes Blau, klingendes Gold. Männer, Frauen, Kinder.
Volk, schrie es in ihm, ich will dein Soldat werden.
König Volk. Ein Volkssoldat. Ein Gottessoldat.
Moreau entwarf den Plan zu einer Nationalgarde. Der Stand des Kriegers und des Bürgers sollte vereinigt werden.
Furcht vor den französischen Waffen, aber Achtung vor seinem Charakter heißt es fordern.

La printanière.
Moreau ist zwanzig Jahr. Er war Soldat. Er studierte die Pandekten. Aber er fühlt den Frühling.
Blumen blühen plötzlich unter allen Schritten. Schmetterlinge hüpfen wie Marionetten.
Alle Geräusche der Luft werden Lieder.
Vogelgezwitscher schwärmt um die Dächer.
Die Stadt singt. Die Bäume wandern.
Mädchen flattern erregt wie Fledermäuse durchs Dunkel. Der Abend rauscht.
Alte Herren mit silbernen Bärten stampfen versonnen durch einen hellen Morgen.
Die Studenten veranstalten ein Frühlingsfest.
La printanière.
In der Lichtung des Waldes sind Tische und Bänke aufgeschlagen.
Wohlwollend promenieren Bürger und Bürgerin.
Professoren lachen schrill wie Wellensittiche.
Die jungen Mädchen wandeln zu zweien in Weiß. Gleich Göttinnen einer fernen Zeit.
Sanft und schön wie Dryaden oder Nymphen.
Alle Mädchen sind schön. Schlank und süß.
Gibt es überhaupt häßliche Frauen? denkt Moreau erstaunt.
Die Studenten singen:

Wenn man zwanzig ist
Mundet der Wein.
Wenn man zwanzig ist
Wohl auch die Liebe ...

Nachsichtig applaudieren Bürger und Bürgerin.
Die Professoren lachten schrill, als hätten sie eine obszöne Anekdote angehört oder als belauschten sie Susanna im Bade.
Die jungen Mädchen stehen stumm im Halbkreis: schlank und sanft.

Moreau findet sich zu einer jungen Dame mit Veilchen im Haar und spaziert mit ihr zwischen den Bäumen.
Sie gelangen auf eine Waldschneise.
„Wohin führt der Weg?" fragt die Dame.
Moreau weiß es nicht, aber er besinnt sich, daß er Esprit zeigen muß, um die junge Dame nicht zu enttäuschen, und sagt: „Alle Wege führen zu uns selbst, Mademoiselle."
Die junge Dame kaut einen Farnhalm zwischen ihren zagen Zähnen.
„Aber wissen wir denn, wer wir sind, wir?"
„Jeder Mensch ist ein Rätsel," sagt Moreau, „und was Sie betrifft, Demoiselle, möchte ich mir wohl zumuten, es zu lösen."
Die Dame erschrickt.
Sie wehrt mit der linken Hand seine Augen ab.
Sie verharrt in ihrer abwehrend entrückten Stellung.
Er will eine gleichgültige Konversation anknüpfen. Da sieht er, wie Träne auf Träne aus ihren leeren, nach innen gewandten Augen tropft.
Moreau schlingt verlegen den Arm um ihre Hüfte.
„Demoiselle – was ist Ihnen? Habe ich Sie beleidigt?"
Sie lächelt unter Tränen.
„Sie erkennen mich nicht?"
Moreau stürmt sein Leben zurück.
Er erkennt die junge Dame nicht. Er weiß, daß sie vielleicht eine anmutige Freundin sein würde, eine zärtliche Gespielin der Liebe. Aber er erkennt sie nicht.

Sie weint und lacht.
„Ich bin Jeannette!"
Er begreift, daß er kein Gedächtnis für Frauen hat, weil er ein Soldat ist, ein Soldat Gottes, ein Soldat des Volkes. Pferde- und Hunde-Physiognomien vergißt er nie.
Sie ist ein Engel. Warum vergaß er sie?
„Ich bin Jeannette", wiederholte sie und suchte nach seiner Hand, „und bin sehr unglücklich ..."

Je länger sie spricht, desto heimatlicher wird er mit ihr vertraut.
Er hat nie mit einer Frau gesprochen, wie er mit einem Mann sprechen würde.
Und diese Frau spricht mit ihm, als sei er eine Frau: ohne Scham, ohne Hemmnis, ohne Bedenken.
Sie sei schon einige Monate in Rennes. Ob er das wisse?
Nein, er wußte es nicht. Und da er von ihrer Ehrlichkeit bezwungen wurde, sagte er, er habe auch gar nicht mehr an sie gedacht.
Jeannette zuckte ein wenig zusammen.
Dann fuhr sie fort: Sie sei hier, um den Haushalt zu lernen, bei Madame Bompard, einer entfernten Verwandten. Madame Bompard wohne in der Rue du Portier. Erinnere er sich des kleinen, einstöckigen, weinbelaubten Hauses inmitten des sauber gepflegten englischen Gartens?
Madame Bompard vermiete an Studenten.
Unter den Studenten war einer mit blonden Locken und weichen Händen. Einer von jenen Brutalen der Sensibilität. Ein Welschschweizer.
Er sei ihr täglich um die Schürze gestrichen. Stündlich.
Und endlich habe sie sich nicht mehr zu helfen gewußt.
Er habe ihr die Ehe versprochen. Ganz gewiß, das habe er getan. Und da sei sie ihm verfallen. –
Moreau stöhnt dumpf wie ein gepeinigtes Tier.
„Und?" fragt er. „Und?"
„– Ich werde ein Kind bekommen", sagt sie leiser und neigt den Kopf. Die Veilchen fallen ihr aus den Haaren.

„Ich bin entehrt. Er hat mich schon verlassen ...“
Moreau sprang wie ein brünstiger Hirsch brüllend durch das Dickicht, den Welschschweizer zu suchen.
Gerechtigkeit!
Studiere ich darum Recht, um es nirgends zu finden?
Er kannte den Welschschweizer.
Er mußte ihn finden.
Er sah ihn mit einem alten Professor, der wie eine Turteltaube gurrte, in gelehrtem Gespräch sich seitwärts des Festes ergehen.
Mit einem Schrei riß er ihn zu sich heran und zwang ihn hinter ein Gebüsch.
„Lump, wirst du mir Rechenschaft geben?“
Der Welschschweizer ertrug zitternd den Schimpf.
„Wofür?“
„Für Jeannette.“
Da straffte sich seine weiche Gestalt.
Seine blonden Locken glänzten kupfern.
Seine zarten Hände wurden hart.
„Gern“, er verneigte sich höflich.
Sie zogen ihre Degen.
Moreau erfuhr, daß er einen würdigen Gegner vor sich hatte.
Ein Lump – nun gewiß – aber ein Lump, der auf der Stelle für sich einsteht.
Im zehnten Gang stieß Moreau ihm das Florett in die rechte Achselhöhle.
Der Schweizer erblaßte und klappte in die Knie.
Moreau holte einen Arzt und Träger.
Als er zurückkam, fand er Jeannette bei dem Welschschweizer.
Mit ihrem Brusttuch stillte sie die Wunde und schluchzte jubelnd.
Angeekelt und voller Zweifel über das Weib und das Recht des Weibes kehrte er in das Fest zurück.
Er hatte sich gerade einen Becher Roten geben lassen, als Geschrei von der Stadt her die Menschen aufmerken und sich zusammenrotten ließ.
Ein Reiter galoppierte auf einem Maultier gegen den Wald an.

„Es ist Krieg“, schrie er von weitem, „Krieg. Österreich hat uns den Krieg erklärt ...“
Das Volk fiel zusammen und auseinander.
Krieg ... Krieg ... Krieg rollte das Wort wie ein Kugelblitz durch das Fest, Donner des Volkes hinter sich verbreitend.

Moreau lehnte an einem Baum.
Er gedachte des Zeichens an seiner Stirn.
Er hatte heute seinen ersten Feind besiegt – oh: nein, den zweiten, der König war sein erster Feind gewesen – und war doch unterlegen, weil eine Frau ihn verraten hatte.
„Alle Frauen sind Spione des Feindes“, sagte er.
Der Rausch der Zukunft stieg ihm wie Wein zu Kopf. Es lebe der Krieg! Es lebe die Revolution! Das künftige Jahrhundert ist im Anmarsch. Schon klingen seine ehernen Posaunen aus den gesprengten Toren des Himmels. Die Pauken rasseln und Engel schreiten über den Horizont mit silbernen Fahnen aus Mond und Sonne.
Die Musik spielte die Marseillaise.
Unter den dämmernden Zweigen tanzten die Studenten und Mädchen nach der Marseillaise.

Moreau stürzt nach Hause, um ein Manifest an die Bürger von Rennes aufzusetzen.
Kein Sou für den König! Kein Krieg für den König! Man wird die Republik erklären! Sanken umsonst die Mauern der Bastille? Nieder mit dem König! Kampf des Volkes! Krieg um des Krieges willen! Reinigung der Kloake Frankreich!
Reinheit und Güte einer neuen Welt.
Die Stadt Rennes stellte eine Fahne Freiwilliger auf.
Man erwählte Moreau zu ihrem Kommandanten.
„Brüder“, rief er, „wir wollen deshalb mit ganzer Seele Soldaten sein, weil wir mit ganzer Seele Bürger sind.“
Moreau vertiefte sich in den Brunnen der Strategie.
Sein größtes Erlebnis wurde Cäsars Bellum Gallicum.
Er hatte ihn in der Schule gelesen, unlustig und nachlässig und seiner längst vergessen.

Nun las er ihn mit den Augen des Soldaten.
„Cäsar, mein Kamerad“, jauchzte er.
Besonders beschäftigte ihn bei Cäsar die Anlage des Rheinübergangs. Er konstruierte sich eine kleine Brücke aus Holz und Pappe, ganz nach den Angaben des Feldherrn, und stellte sie auf seinen Tisch.
Jeden Morgen, wenn er aufwachte, und jeden Abend, wenn er schlafen ging, sah er zuerst die Brücke.
Diese Brücke ist nur ein Nachbild der Brücke Cäsars, aber ich werde über sie in die Unsterblichkeit schreiten.
Wir müssen über den Rhein, lachte er glücklich, über den Rhein. Wenn Cäsar über den Rhein ritt, wird auch Moreau über den Rhein reiten und die grünen Fluten werden sich vor ihm teilen, wie einst die Wogen des Roten Meeres vor Mose.
Moreau übte seine Schar, hingegeben und inbrünstig, zum Waffendienste ein.
Er erhielt bei der Musterung das Lob, daß wenig alte Truppen die Waffen besser führten als die Freiwilligen von Rennes, Kommandant Victor Moreau.

Die erste Schlacht! Er ergreift die Fahne der Freiwilligen von Rennes und stürmt ihnen voran. Er ist wie ein Wind vor ihnen. Heiß und singend weht er gegen die Feinde.
Wallendes Rot, schreitendes Blau, rauschendes Gold.
Volk, mein Volk.
Er glaubt, er renne in einer Prozession.
Die Madonna erscheint segnend auf Pulverwolken.
Der Äther dröhnt in Verkündigung.
Er rennt. Stolpert. Rennt.
Als er stehen bleibt und sich umsieht, ist niemand hinter ihm.
Das Feld ist mit Leichen besprenkelt.
Wie ein Heuschreckenschwarm nach der Vernichtung ist das Feld mit den Freiwilligen von Rennes bedeckt.
Die gelben Lupinen leuchten plötzlich in blutroten Blüten.
Korn schießt blutgesättigt in die Höhe.

Die Schreie der Verwundeten und Sterbenden schwirren wie heisere Trompetentöne durch die Luft. Es regnet Blut.
Die Pferde bellen.
Einer ... ganz in der Ferne, ruft:
„Mutter."
Da faltet Moreau die blaue Fahne von Rennes zusammen und schreitet langsam, den Degen gesenkt, zurück.
Er weiß, die Schlacht ist verloren.
General Dumouriez geschlagen.
Er schreitet langsam über das Feld. Der Letzte der Freiwilligen von Rennes.
Seine Knie zittern. Er stützt sich auf den Degen wie auf einen Stock. Die Fahne schleift den Boden. Die Madonna entschwand.
Der Feind schießt nicht mehr.
Freier Abzug. Moreau knirscht mit den Zähnen. Pfui Teufel.
Er hat zu früh Viktoria geschrien.
Schon damals, als er Jeannette einen unschuldigen Kuß raubte.
Heute wollte er die Welt für Frankreich erobern. Mit einem Haufen Freiwilliger von Rennes. Lächerlich.
Er kniet vor Dumouriez nieder.
Dumouriez hat Tränen in den Augen.
„Stehen Sie auf, Kommandant. Wer vermag etwas gegen Gott."
Gequält dachte Moreau: Aber ich wollte doch für Gott kämpfen. Habe ich gegen ihn gekämpft?
Moreau lernt plötzlich das Volk auf sonderbare Art kennen.
Sind diese Soldaten noch Bürger? Sind das noch Studenten, Kavaliere, kleine Beamte, ehrsame Arbeiter?
Sind das nicht Strolche? Diebe? Räuber, Schänder und Mörder?
Ist das noch Volk?
Wenn man sie nicht in einer Zange hielte, würden sie ausbrechen und sich gegenseitig die Schädel einschlagen.

Moreau hat sich einen Wintermantel schicken lassen.
Seine Mutter legt dem Mantel ein paar selbstgestrickte Hausschuhe bei.
Moreau erfreut sich des treuen Souvenirs.
Am nächsten Morgen schon sind sie gestohlen.
Niemand weiß, wer sie hat.
Vielleicht jemand von der nächsten Brigade.
Der Dieb hat sie längst verschachert.
Vielleicht hat er sie auch aus Bosheit gestohlen und im Bach unter den Erlen ersäuft. Da mögen sie nun, sich selber genug, ins Meer schwimmen.
Oder die Stichlinge nisten darin.
Nun hat Moreau keinen Mantel und keine Schuh.
Er friert. Ihn friert noch schlimmer als seine Soldaten.
Er ist ein Mensch des Nordens.
Einer, der von Sonne leben kann.
Wie duftete Jeannette einst? Wie ein leiser Südwind.
Nur Frauen, die Wärme verbreiten, sind erträglich.
Kalt ist man selber.
Eines Tages reitet er durch ein zerschossenes und verqualmtes Dorf.
Ein Kind hockt zitternd in der Ruine eines Backofens und weint, weil man seine Eltern erschlagen hat.
„Weine nicht", sagt Moreau, „so blieb es dir erspart, sie zu töten, wenn du erwachsen bist."
Neben der aufgedunsenen Leiche eines Schweines liegt ein nackter Frauenkadaver.
Moreau steigt vom Pferde.
Es ist eine Frau von etwa fünfzig Jahren. Dürre, runzlige Brüste. Ein kahler Kopf. Braune, leprazerfressene Wangen.
An der Frau ist keine Wunde zu finden.
Nur ihre Beine sind gespreizt und gekrümmt.
Sie wird von einem Stück abgebrochenem Lanzenschaftes begattet.

Moreau reitet durch den abendlichen Himmel. Der schwält rot wie eine ewige Feuersbrunst.
Ich bekomme auf einmal Nerven, denkt Moreau. Ich kann das Pack von Pöbel nicht mehr sehen. Meine Au-

gen zittern vor dem Zwang und dem Ekel ihres Anblikkes.
Ich will einen geistigen Krieg führen.
Ich will Geister bewaffnen und mit Geistern kämpfen.
Gespenster sollen meine Vorhut sein. Feurige Engel der Vernichtung.
Ich bin ein Soldat Gottes.
Himmel: warum brauch' ich dieses Viehzeug zum Kriegführen.
Ich will einen Staat der Freiheit errichten.
Frankreich soll die Mutter der Freiheit sein.
Ich will die Freiheit mit ihr zeugen.

Moreau ließ sich in Souhams Generalstab versetzen.
Er ist jahrelang verschollen. Er selber weiß nichts von sich.
Er lebt in einem Stapel von Geschichte, Geometrie, Geographie, Büchern, Karten und Globen.
Sein Teint leidet. Er sieht aus, als trüge er eine gelbe Maske.
Ein Pierrot, begabt mit fürchterlichem Instinkt und fürchterlichem Humor.
Er verkehrt nur mit Rapatel, den er hin und wieder zu einem Glase Kaffee zu sich bittet.
Moreau liebt den Kaffee sehr.
Zuweilen besucht er das Bordell der Madame Richepin.
Läßt sich den Tanz der Ornamente von sechs Mädchen vortanzen und unterhält sich mit einer rothaarigen Russin, deren Liebkosungen er bis zu einem gewissen Grade duldet.
Oberst Moreau ist ein charmanter Liebhaber, sagt Madame Richepin. Er strapaziert meine Kinderchen nicht. Es tut ihnen wohl, mit Oberst Moreau zusammen zu sein. Oberst Moreau, sagt die kleine Russin immer, ist ein Heiliger in Uniform. Und das mag stimmen. Er zahlt immer weit über den regulären Preis.
Moreau wird auf Vorschlag Souhams zum Brigadegeneral und bald darauf auf des Oberbefehlshabers Fürwort zum Divisionsgeneral ernannt.

Souham charakterisiert ihn: fanatisch fleißig, ungewöhnlich scharfer Blick, erstaunliche Geistesgegenwart. Kalt und heißblütig und voll innerer Leidenschaft zur Vernunft und zur Mathematik.
Moreau ist zweiunddreißig Jahre alt, als er General wird.
Er sendet seinem Vater einen Eilboten mit einem Brief, der unterzeichnet ist: Moreau, General der Nordarmee.
Der Bote trifft den Advokaten in seinem Café unter den Arkaden. Der Alte hält es nicht einmal für der Mühe wert, nach Hause zu gehen und seine Gattin zu benachrichtigen.
„Schlechte Scherze", brummt er und nimmt einen Kirsch.
Aber schließlich muß er es glauben.
Seine Gattin begibt sich sofort an das Backen eines bretonischen Kuchens.
„Wenn nur das Mehl jetzt nicht so teuer wäre", seufzte sie.
„Und außerdem wird er verwöhnt sein. Einem General kann's kein Mensch recht machen."

Moreau stand vor seinem Spiegel und betrachtete sein vermaledeites Knabengesicht.
Zweiunddreißig Jahre alt und General.
Aber ich bin zweiunddreißig Jahre alt. So alt. Ich weiß nicht einmal mehr, wie meine Mutter aussieht.
Und meinen Vater hab' ich ganz vergessen.
Hab' ich überhaupt einen gehabt?
Ich möchte so gern an die unbefleckte Empfängnis meiner Mutter glauben.
Wenn ich für Gott streiten will, muß ich ein Gottessohn sein. Aber nicht der Sohn eines Advokaten. Eines advocatus diaboli.
Rapatel beglückwünschte ihn zu seiner Ernennung.
Rapatel erbleichte und errötete, als er ihm die Hand drückte.
„Rapatel", sagte Moreau und ließ sein Herz sprechen, „darf ich Sie als meinen Adjutanten einfordern? Wollen

wir nicht zusammenbleiben? Wir haben doch beide keinen Menschen. Nicht wahr, wir sind einsam?“

Christophe ist auf einmal da. Niemand weiß woher.
Man hängt ihm die große Trommel um.
Abends spielt er Flöte.
Moreau läßt ihn in sein Zelt kommen.
Der Knabe tritt mit einer Verbeugung ein wie ein Edelmann.
Moreau schenkt ihm Nüsse und Früchte.
„Kannst du mir ein Lied spielen“, sagt Moreau, „wie man es sang, als noch Friede war?“
Der Knabe bläst auf seiner Flöte ein Menuett von Rameau.
Der Wachtposten lauscht.
Eine Marketenderin äugt durch das Loch des Zeltes.
Eine süße Melodie.
Und ein süßer Knabe.
Moreau betrachtet den Knaben. Er ähnelt Jeannette.
Moreau hat Jeannette noch nicht vergessen.
Das ist lächerlich, denkt Moreau, daß ich ein dummes Frauenzimmer wie Jeannette nicht vergessen kann.
Er lauscht dem Menuett.
Er wird schwach und schwächer.
Schon hebt er die Stirn. Die Füße. Und umschwebt graziös die kleine Jeannette, die sich ihm als Partnerin bietet.
Die Töne des Menuetts flattern wie goldene Nachtigallen und Lerchen.
Das ganze Zelt zwitschert.
Moreau erhebt sich vom Kartentisch.
Er tritt auf Christophe zu und küßt ihm die Stirn.

Die Marketenderin hat gesehen, daß Moreau den Knaben auf die Stirn küßte.
Das ganze Lager weiß, daß Moreau ein Verhältnis mit dem Knaben Christophe hat.
Christophe spielt jeden Abend auf seiner Flöte vor dem General.
Nach dem Konzert erwartet ihn die Marketenderin, eine

böse, schwarzhaarige Person, mit grellen Augen und geilen Brüsten.
Christophe ist entsetzt von ihr. Aber er wagt nicht, sich ihr zu entziehen.
Sie lehrt ihn Dinge, die ihn zugleich betrüben und entzücken.
Und sie erzählt ihm von der großen Welt, von den vielen Städten der bunten Länder.
Christophe ist fünfzehn Jahre alt.
Er wird noch viel lernen und noch mehr vergessen lernen müssen.

Moreau verliert die einzelnen Menschen aus den Augen.
Er sieht nur Masse, Materie für seinen Geist, Wachs für seine Hand.
Phidias, denkt er, muß ein solches Gefühl gehabt haben, als er die Statue des Zeus schuf, wie ich, wenn ich meine fünfundzwanzigtausend Mann in Form bringe.
Manchmal, wenn ich mir ihre Stellung auf Papier male, sieht es aus wie eine mysteriöse Blüte, in einem fremden Garten gepflückt. Oder wie ein Seestern. Und im Grunde ist der Aufbau eines Ahornblattes und eines Heeres dasselbe.
Auch das Ahornblatt wird angegriffen: vom Herbst, der es umflügelt und zu Boden wirft.
Und aufgelöst wird es zu Staub wie die Leiber meiner toten Soldaten.

Moreau sah dem Tod jetzt ohne Bewegung ins Antlitz.
Er sah ihn täglich, stündlich, und schließlich wußte er nicht mehr, daß er neben ihm stand.
Tote Infanteristen beunruhigen ihn wenig.
Tote Kavalleristen, weil sie seltener waren, machten ihn bisweilen nachdenklich.
Eines Tages aber sah er einen toten Igel in einem Graben.
Das Ereignis erschütterte ihn. Das war selten und seltsam: ein toter Igel. Was gehen mich die toten Menschen an: ich habe ihrer zuviel.

Ein toter Igel aber verwundert mich.
Er mußte lange nachdenken, um zu begreifen: ein toter Igel …
Er hatte immer nur lebende Igel gesehen. Er wußte nicht, daß Igel auch sterben können.
Er ließ den Igel bestatten in einer kleinen Kiste.
Christophe mußte mit seiner Flöte einen Trauermarsch blasen, und Rapatel zimmerte und schnitzte ein kleines Kreuz, darauf ritzte er diese Worte:
Ci gît un hérisson.
R. I. P.

Zehn Festungen in Belgien und Holland hatte Moreau zu erobern.
Wenn er die Karte betrachtete, auf der sie mit allen Forts und Werken und Schanzen eingezeichnet waren, wie ein Himmel großer und kleiner Sterne, glaubte er das Firmament zu betrachten.
Nachts ließ er sich von Christophe einen Feldstuhl vors Zelt rücken und blickte einsam in den wolkenlosen Himmel.
Niemand durfte ihn stören. Nicht Rapatel. Nicht Christophe.
Ich muß den Großen Bären erobern. Den Orion. Den Fisch. Die Wage. Den Wassermann.
Unendlich viele Sterne muß ich erobern, ehe ich Ruhe habe. Und zuletzt bleibt immer noch die Venus und der Polarstern.
Ein Feldherr sollte nur Astronomie studieren.
Nicht jeder weiß, wann seine Sonne aufgeht, wann sie im Zenith steht, wann sie sinkt.
Kein Aberglaube: aber Glaube ist vonnöten.

In sechs Monaten eroberte Moreau zehn Festungen.
Es wurde Winter.
Reif lag über jedem Morgen.
Pichegrue erkrankte. Moreau übernahm den Befehl über die gesamte Nordarmee.
Er setzte der Flotte des Erbstatthalters nach. Sie versuchte zu entfliehen. Er holte sie ein: galoppierte mit ei-

ner Kavalleriedivision über den gefrorenen Zuidersee und attackierte die eines Abends in den Schollen festgefrorenen Fregatten mit seinen Dragonern und Kürassieren.

Die größenwahnsinnigen Glaser- und Metzgermeister des Nationalkonvents, die fern vom Schuß in Paris mit elenden Beschlüssen tagten und mit üblen Weibern nächtigten, dekretierten: alle gefangenen Soldaten des Königs von Hannover sind zu erschießen oder zu erhängen.
Moreau spie dem Stafettenreiter, der ihm diesen Befehl überbrachte, ins Gesicht.
„Ich bin ein Soldat", sagte er. „Sagt den Herren in Paris, meinen Kopf können sie bekommen, wenn das Vaterland sich mit ihnen identifizieren sollte, aber nicht den Kopf eines gefangenen Hannoveraners."
Der Kurier, welcher gehofft hatte, mit dem Haupt eines hohen hannoverschen Offiziers als Pfand des ausgeführten Befehls nach Paris zurückzukehren, erscheint mit leerer Tasche.
Die Herren vom Konvent beißen sich auf die Lippen.
Kein Patriot, dieser Moreau.
Es geht das Gerücht, Moreau habe, als die Flut bei Cadsand einen Kahn umwarf, einem kriegsgefangenen feindlichen Soldaten schwimmend das Leben gerettet.
Einer im Konvent, ein Herr mit Koteletten und einem freundlichen, arglosen Blick (wie es hieß, ein Arzt), erinnerte daran, daß Moreau in Morlaix in der Bretagne einen alten Vater wohnen habe.
Er besitze Beweise, daß dieser alte Advokat sich royalistischer Umtriebe und Konspirationen gegen die Republik schuldig gemacht habe.
Und er zog zum Erstaunen der Abgeordneten ein Paket Akten unter seinem Sitz hervor, welche die Schuld des alten Advokaten darzutun geeignet waren.
Einen siegreichen, von seinen Truppen vergötterten Feldherrn des Ungehorsams zu bezeihen, dies sei, sagte der freundliche und arglose Herr, ein gewagtes und lieber nicht versuchtes Unternehmen.

Man möge ihn zur Strafe, und der Arglose wandelte sich tückisch, in seinem Herzen treffen …

Moreaus Vater starb unter der Guillotine, am 28. Juli 1794. Denselben Tag, als Moreau die Insel Cadsand, trotz stärksten feindlichen Feuers und verzweifelter Gegenwehr, eroberte.
Die letzten Worte des Ermordeten waren: „Mein Sohn!"
Madame Moreau, die man gezwungen hatte, dem Schauspiel beizuwohnen, brach ohnmächtig am Schafott zusammen.
Man trug sie nach Hause, und sie genaß eines toten Kindes.
Die Stadt witzelte über diese Geburt.
Herr Moreau war siebzig Jahre alt gewesen.
„Sieh da, eine artige Frau. Ergattert nach einem halben Dutzend Kinder und sechzig Jahren noch einen Liebhaber. Wer mag es wohl sein. Der lahme und übelriechende Laternenanzünder Clermont? Und wird sie nunmehr Madame Clermont heißen?
Was wird ihr großer Sohn zu seinem neuen Vater sagen?"
Madame Moreau hörte hinter den geschlossenen Fensterläden die Stimme des Pöbels lärmen.
Sie saß hoch und wie eine Heilige im Erker ihres kleinen Hauses bei einer Kerze, das tote Kind in einem Glase Spiritus vor sich auf dem Fensterbrett, und sagte: „Ein Kind der mörderischen Zeit. Alle Frauen werden nur noch tote Kinder gebären. Es wird durch Vererbung nur noch tote Menschen geben."
Madame Moreau lachte still für sich.
„Sie ist verrückt", sagten die Leute der Stadt.
„Sie muß ins Irrenhaus. Sie ist eine Royalistin."

Moreau sah den Tod seines Vaters wie eine Vision am Himmel.
Es war ein stürmischer Abend.
Die Kanonen von Cadsand vermischten sich mit dem Donner des aufsteigenden Gewitters.

Wolken zischten zusammen und nahmen die Form einer Guillotine an.
Viele kamen herbei, rot, als Henkersknechte gekleidet.
Sie schleiften eine graue Wolke heran.
„Vater“, schrie Moreau.
Da sauste blitzend das Messer der Guillotine nieder.
Der Himmel fiel ins Dunkel.
Meer rann rollend ins Meer.
Nacht war da.

Moreau erwachte fiebernd.
Christophe spielte die Flöte.
Aber das Fieber wich nicht.
„Hast du einen Vater, Christophe?“ fragte Moreau.
Christophe schüttelte den Kopf.
„Hast du eine Mutter, Christophe?“
Christophe schüttelte den Kopf.
„Ich weiß nicht, wer mich in die Welt gesetzt hat. Vielleicht hat mich ein Kuckuck ausgebrütet. Oder ein Delphin hat mich an den Strand geworfen.“

Rapatel brachte einen Arzt.
Einen freundlichen Herrn, der das Französische mit italienischem Akzent sprach.
Er bediente sich schmaler, frauenhafter Hände, und seine Manipulationen wurden schmerzlos und gütig ausgeführt.
Er kochte alle Getränke und Medizinen selbst.
Er erlaubte niemand den Zutritt zu Moreaus Krankenbett.
Nach acht Tagen war Moreau wiederhergestellt.
„Eine schwere Woche haben wir hinter uns, mein Herr“, sagte Moreau, und eine Möwe kreuzte kreischend seinen Blick.
„Es ist gut, wenn man das sagen kann: hinter uns“, erwiderte höflich der Arzt. „Es ist unerfreulicher, sagen zu müssen: Schlimmes steht uns noch bevor.“
„Wer weiß“, sagte Moreau, „ob dem nicht so ist.“
Sie schritten durch die Lagergasse.

Ein alter Korporal warf den Hut in die Luft.
„Vive Moreau!“
„Vive la France!“ entgegnete Moreau.
„Ist es Ihnen damit so ernst?“ fragte der Arzt.
„Womit?“
„Mit diesem: Vive la France.“
Moreau stutzte.
Der Arzt bestand hartnäckig:
„Hat Frankreich nicht frevelhaft an Ihnen gehandelt, um ein mildes Wort zu gebrauchen. Kann man es noch lieben, wie es sich gibt: wüst, roh, maßlos, terroristisch, kurz: revolutionär ...“
Sie hielten auf einen kleinen Hügel zu.
Unter einem platanenähnlichen Baum warf sich Moreau erregt ins Gras und lud den Arzt ein, neben ihm Platz zu nehmen.
„Frankreich“, sagte Moreau, „das sind nicht die Franzosen des Konvents.“
„Aber sie scheinen es zu sein“, gab der Arzt vorsichtig zu bedenken.
Die Ebene breitete sich vor ihnen aus.
Schmetterlinge stiegen aus den Wiesen und Rauch aus den Dörfern.
Die Luft vibrierte. „Dies alles gehört Ihnen“, scherzte der Arzt und strich mit der Hand über den Horizont.
Moreau grübelte.
„Woher sind Sie so bibelkundig –“
„Wissen Sie, wer ich bin?“
Moreau sah auf.
„Ein Freund Pichegrues.“
„Er ist ein Verräter. Ich weiß. Ich soll ihn im Oberkommando ersetzen und den Oberbefehl über die Nordarmee übernehmen. Ich habe heute das Patent empfangen.“
Der Arzt knirschte.
„Habe ich meine Mission zu spät angetreten?“
Er hatte sich erhoben und stand aufgerichtet neben dem Baum.
Moreau zuckte mit keiner Wimper.
„Sie sind ein Jesuit. Die Bourbonen schicken Sie.“

Der andere nickte, kaum verwundert.
Moreau sprach in die Erde hinein. Er spielte mit einem Maulwurfshügel. Der lockere Sand lief zwischen seinen Fingern durch.
„Pichegrue ist unvorsichtig. Man wird ihn köpfen. Sagen Sie das den Bourbonen. Vorläufig will ich meinen Kopf noch behalten."
Der andere, höflich:
„Aber Ihr Herr Vater hat, wie mir scheint, schon keinen Kopf mehr."
Die große Ader auf Moreaus Stirn schwoll.
„Ich pflege zu wissen, was ich tue. Ich tue alles, was ich weiß. Ich weiß viel. Gehen Sie."
Der andere verneigte sich und schritt langsam den Hügel herab ins Lager.

Moreau lag im Grase.
Einmal nur träumen dürfen! Ein Schlaf mit wolkigen Träumen. Sanften Kindern. Spielenden Blumen. Tanzenden Sternen. Ein Traum ohne Soldaten. Ich habe noch nie im Leben geträumt. Ich sehe alles, wie es ist. Ich muß immer handeln. Ich werde noch bersten vor Taten. Ich werde Taten wie Hagel in die Welt schleudern. Eisblumen sollen vor meinem Hauch an allen Fenstern frieren. Dies Volk, dies Gemensch, verdient nicht, daß man seinetwegen lebt, seinetwegen stirbt. Ich speie darauf, in seinem Gedächtnis unsterblich zu sein. Denn es ist stinkend wie eine faule Pfütze. Ich werde dich abschwören, Volk.
Ich will mein eigenes Volk sein.

Als Moreau den Namen Bonaparte hörte, stutzte er.
„Bonaparte? Das ist kein Franzose. Und er will Franzosen befehlen?"
„Der Konvent heischt es."
Moreau sinnt: eigentlich habe ich nichts in der Hand als meine Siege. Und diese Siege sind wiederum auch nur dazu gut, neue Siege zu erringen. Aber Macht: habe ich Macht? Was kann ich gegen eine Herde von Eseln, Konvent genannt. Sie fressen Heu und denken Dreck.

„Bonaparte ist ein Italiener?"
„Ein Korse, General."
In Korsika regiert die Blutrache. Also ist er nach Frankreich gekommen, um sein Blut zu rächen. Wir werden gut tun, unser Blut zu hüten.
Bonaparte ... wir werden sehen, ob er das gute Teil erwählt hat.
Drei Heere sollen wie drei Pfeile auf ein Ziel, das Herz Österreichs gerichtet, in Aktion treten: Die Sambre- und Maasarmee unter Jourdan. Die italienische Armee unter Bonaparte. Zwischen beiden Moreau mit der Rhein- und Moselarmee.
Der Feldherr, der damals den Franzosen am Rhein gegenüberstand, Erzherzog Karl, ist allein berufen, Moreaus Kriegskunst zu würdigen. Er hat es getan in der strategischen Darstellung des Feldzuges von 1796. Der genaue Titel seiner Schrift lautet: „Grundsätze der Strategie, erläutert durch die Darstellung des Feldzuges von 1796 in Deutschland. Mit Karten und Plänen. Wien 1814. Drei Teile."

Moreau weiß, daß die Zeit gekommen ist, über den Rhein zu gehen.
Ich habe nicht umsonst den „Bellum gallicum" gelesen, denkt er fröhlich.
Er führt die Brücke, die er einst aus Holz und Pappe verfertigte, noch immer mit sich herum.
Er zeigt sie Christophe.
„Sieh, auf dieser Brücke werden wir über den Rhein schreiten."
„Wer?" fragt Christophe leise.
„Achtzigtausend Mann Infanterie und siebentausend Mann Reiter."
„Die Brücke ist so klein, daß ich sie mit Daumen und Zeigefinger der rechten Hand emporheben kann."
„Du kannst die ganze Welt mit Daumen und Zeigefinger emporheben wie diese Brücke, wenn du den richtigen Moment und die richtige Stelle erfaßt. Du brauchst nur einen richtigen Gedanken zu haben, und die Welt ist vernichtet."

„Ich will keinen richtigen Gedanken haben, denn ich will nicht, daß die Welt zugrunde geht", flüsterte Christophe.
Moreau streichelte ihm das Haar.
„Guter Junge. Ich habe doch einen Traum. Das bist du."
Eine dunkle Nacht.
Aber zu hell für Moreau.
Dann und wann fliegen Sterne wie goldene Fliegen hinter den Wolken hervor.
„Eine Fliegenklatsche her!" schreit Moreau. „Verdammtes Gesindel!"
Ha! jetzt steigen die Raketen aus den Geschützen auf.
Ein Feuerwerk wie in Rennes bei den Studentenfesten.
Und er ist jetzt der Feuerwerker.
Drauf auf Kehl. In sechs Stunden ist es genommen.
Die befestigte Feldstellung bei Renschen wird überrannt.
Marsch. Vorwärts. Marsch. Marsch.
„Werdet ihr laufen, ihr Kerle. Werdet ihr singen, ihr Schweine."

„Vive Moreau! Vive la France!
A bas l'Autriche! A bas l'alliance!
Moreau est notre espérance.
En avant! En avant! Il avance. Il avance."

Die Zunge schlappt den Infanteristen bis in den Staub der Straße. Die Pferde knicken mit den Beinen zusammen, wie weiland der König nach einem Besuch bei der Gräfin Salten.
Marsch. Gefecht. Marsch. Gefecht.
Schlacht bei Rastatt. 5. Juli. General Latour wird geschlagen.
Herren-Alb 9. Juli.
Der Erzherzog flüchtet hinter den Neckar zurück.
Die Türme von Ulm wachsen aus der Ebene.
Der Erzherzog beißt verzweifelt um sich wie ein Köter.
Siebzehn Stunden ringen sie ineinander verbissen bei Neersheim am 11. August.
Moreau läßt nicht locker.

Bürger gegen Adel.
Republik gegen Monarchie.
Zukunft gegen Vergangenheit.
Moreau eilt über die Donau. Über den Lech. Er besetzt Augsburg.
Jourdan nähert sich mit seinen Armeen Regensburg. Steht nur noch sieben Meilen davon entfernt.
Moreau erwartet den Anschluß Jourdans an seinen linken Flügel.
Er schickt einen Adjutanten nach dem andern.
Jourdan hört nicht auf ihn.
Jourdan will der erste in Österreich sein.
Er wiehert hochmütig:
Er brauche Moureau nicht. Er werde allein mit diesem Erzherzog fertig. Dem werde er es beibringen, seine Stiefel zu putzen und seine Pferde zu füttern. –
Der Stiefelputzer und Pferdeknecht wendet sich in verschleierten Märschen gegen Jourdan. Er schlägt ihn aufs Haupt.
In Düsseldorf vermag Jourdan kaum die Reste seines Heeres zu sammeln. Er muß über den Rhein zurück.
„Alle müssen unfreiwillig über den Rhein zurück, die ihn nicht mit mir überschritten haben", sagt Moreau zu Christophe. „Aber ich werde gehen, wenn ich gehen muß. Man muß selber sein Schicksal spielen, auch sein schlimmes. Schicksal heißt nur Einsicht."

Moreau ist vollkommen vom Feinde eingeschlossen. Latour steht in seinem Rücken. Der Erzherzog wartet am Oberrhein. Fröhlich schmeißt die Franzosen aus Immenstadt und Kempten.
Als Moreau von der Auflösung der Heere Jourdans hört, verfärbt er sich. Er hatte nur an einen Rückzug geglaubt.
Nun: wieder einmal stehe ich allein. Ganz allein für mich. Aber ich stehe.
Mir gegenüber sind drei, und ich bin einer.
Ein Tier mit drei Köpfen und ein Mensch mit einem Kopf.
Wir werden sehen.

Moreau nimmt sein Heer auf die Fittiche seines Glaubens und seiner Zuversicht und entfliegt wie ein Adler dem Feinde.
Ein Wunder.
Er schien keine andere Wahl zu haben als Vernichtung oder Gefangenschaft.
Die Straßen sind aufgeweicht wie Sümpfe.
Es regnet Tag und Nacht. Er hat fünfzig Meilen gut, bis er sich Ruhe gönnen darf.
Er fliegt. Er fliegt.
Erstaunt sieht er die Heere seines Gegners unter sich im Nebel.
Ihn trägt die Sonne.
Ein blauer Himmel betaut seine Augen.
Er überfliegt den Schwarzwald – und stößt nieder wie ein Geier.
Der Feind ist geschlagen, fünftausend Gefangene, zwanzig Kanonen läßt er in seiner Hand.
Moreau ist wieder auf der Erde.
Er schlängelt sich wie ein Drachen durch das Höllental nach Freiburg.
Das Tal ist von den Österreichern besetzt.
Er speit sie an mit Rauch und Feuer, und sie erstikken.

Moreau hat Frankreich gerettet.
Paris hallt vom Jubel seines Namens.
Man verkauft Fahnen mit seinem Bildnis.
Die Straßenverkäufer schreien:
„Kaufen Sie einen kleinen Moreau für vier Sous!"
– Und haben ganze Stellagen voll tönerner Moreaus.
Ein Parfümeur bringt eine feinriechende Seife „Moreau" auf den Markt.
Jedermann wäscht sich mit „Moreau".
Die Kinder spielen „Moreau".
Die Frauen singen:
„Moreau est notre espérance!"
Aber sie denken an anderes als die Straßenhändler, Kinder und Erfinder wohlriechender Seifen.
Sie denken an Moreau und meinen den Frieden.

Das Direktorium und sein Gegner, der Erzherzog, nennen den Rückzug Moreaus eine der merkwürdigsten Unternehmungen in der Kriegsgeschichte aller Zeiten.

Moreau schickt sich an, von neuem gegen den Schwarzwald vorzudringen, da trifft ihn die Nachricht vom Abschluß des Vorfriedens zu Leoben. Er wacht eines Morgens auf, und es ist Frühling. Es ist Friede. Wie ein Schuljunge, der Ferien hat und keine Aufgaben mehr zu machen braucht, taumelt er durch die Sonne.
Er läßt Alarm blasen. Freut sich, wie das Lager wild und zwecklos durcheinanderwimmelt.
Dann läßt er das Korps, in dessen Mitte er sich befindet, in Karree antreten.
„Brüder! Bürger! Soldaten! Es wird Friede ..."
Er stockt. Kann nicht weiterreden. Tränen rinnen ihm über die Wange.
Soldaten und Offiziere umarmen sich.
„Nach Hause! Zu unsern Frauen! Zu unsern Kindern! Zu unsern Seelen! Seht die Veilchen an den Ufern der Bäche, das grünende Gesträuch, das dunkle Laub des neu erwachten Waldes."
„Es lebe der Frühling! Es lebe der Friede! Es lebe Moreau!"
Der Zeichner Boubourouche, welcher beauftragt ist, Moreau für den Konvent zu zeichnen, trifft im Vorzimmer des Hotel Moreau in Paris eine kleine elegante Figur in kurzen Hosen: hohe glatte Stirn, schwarze Haare und klare, blaue Augen, die mit einer kindlichen Inbrunst in die Welt sehen.
„Haben Sie die Güte," wendet sich der Zeichner an den jungen Mann, den er für einen Pagen oder Bedienten Moreaus hält, „mich Ihrem Herrn zu melden."
„Mein Herr ist die Republik", tönt die gefällige Antwort.
Der Zeichner streift mit einem ärgerlichen Blick den Kleinen.
„Sie sollen mich, bitte, bei Ihrem Herrn, dem General Moreau, melden."
Der Kleine springt höflich und exaltiert auf ihn zu:

„General Moreau, mein Lieber – das bin ich."
„Ich habe den ehrenvollen Auftrag", stotterte verblüfft der Künstler, „den siegreichen Feldherrn, den bedeutenden Organisator, den großen Menschen für den Konvent zu zeichnen. Darf ich um eine Sitzung bitten?"
„Wollen Sie mich in dieser Maske zeichnen? Mit einer spitzen, gelben Tüte auf dem Kopf und den Feldherrnstab in der Rechten?"
Der Künstler findet sich wieder zurecht.
„Sie werden bitter, mein General. Nicht mit Unrecht. Das Vaterland schuldet Ihnen viel. Man hängt ein Porträt von Ihnen im Konvent auf –"
„Zwischen einem Porträt und seinem menschlichen Abbild pflegt der Konvent manchmal keinen großen Unterschied zu machen."
„Man stellt eine Büste von Ihnen im Pantheon auf – gut – was bedeutet das? Wenig. Oder nichts. Eine Farce."
Moreau läßt sich in einen Lehnstuhl fallen.
„Darf ich Sie fragen, weshalb Sie einen Auftrag angenommen haben, der Ihnen – nicht wahr? – so wenig zu bedeuten scheint?"
Der Zeichner hat seinen Block hervorgezogen und zeichnet emsig mit gekräuselter Stirn.
„Ich bin nicht der, der ich scheine ..."
Moreau lehnt den Kopf an den roten Samt des Stuhles zurück und blickt zu den Putten und Amoretten an der Decke.
„Wie sie spielen, ganz spielender Stein. So ernst gefaßt. So leicht gewollt. Die Kunst ist etwas Großes."
„Es ist größer, ein Heer zu führen. Am allergrößten: ein Volk."
Der Maler sagt es wie zerstreut.
Moreau spricht langsam und kaut jedes Wort in seinem Munde: „Ich hasse das Volk, nachgerade, einzeln und in Masse. Was wollen Sie von mir? Es ist Friede. Können die Bourbonen noch immer nicht schlafen, wenn sie nachts an Frankreich denken?"
„Sie träumen auch am Tage von Frankreich."
Der Zeichner strichelt an seinem Blatt.
„Man will eine Diktatur errichten. Bonaparte ist aus

Ägypten zurückgerufen. Man schwankt zwischen Bonaparte und – Ihnen. Die Tugend und ihr Recht, General, ist auf Ihrer Seite. Warum zögern Sie? Ein Wort – und Sie sind Frankreichs Konsul. Das Volk liebt Sie. Es fürchtet Bonaparte."
„Ich hasse das Volk. Darum wünsche ich ihm Bonaparte. Er wird es zugrunde richten. Ich werde denken: er ist das Werkzeug meiner Hand – weil meine Hand ihn gewähren ließ –, wenn er Frankreich quält. Denn es kostete mich – kaum ein Wort, nur eine winzige Tat, und Frankreich segelte nach meinem Winde. Aber ich bin Soldat. Nur Soldat. Verstehe mich nicht aufs Regieren. Nehmt den kleinen Korporal."

Der Wagen rauscht durch die herbstliche Landschaft.
Nebel hängt sich an die Flanken der Pferde.
Wohin fahre ich?
Moreau vergräbt sich in die Polster einer zärtlichen Vergangenheit. Noch schwärmt der Duft süßester Demoisellen verstaubt in den Nähten der Kissen, in den Ritzen der Fenster. Noch schwingt ein Hauch galanter Worte in den wehenden Gardinen.
Die süßesten Demoisellen wurden wilde Panther, die mit den Zähnen ihre Opfer zerrissen.
Die lispelnde Galanterie verklang im Gebrüll der Carmagnole.
Der König, – wenn er ein wenig vernünftiger gewesen wäre?
Aber Könige sind nie vernünftig.
Es hat ihn gereizt, das Schicksal, das er über sich aus den Lüften hereinbrechen sah, herauszufordern.
Was tat er, Moreau, anderes?
Der Bonaparte ist ein böser Hund, den man zertreten sollte. Er wird noch einmal die Tollwut kriegen. Die Inkarnation des Pöbels. Vom Pöbelwahn geboren. Im Meer des Volkes an den Strand getrieben. Eine ganz gewöhnliche Muschel, die vortäuscht, eine Perle zwischen ihren Schalen zu verbergen.
Ein Italiener! Ein Korse!
Das Volk braucht zur Anbetung immer ein Fremdes,

Unbegreifliches, eines, das aus der Ferne kommt, die niemand kennt, von den Felsen Korsikas, aus der Bläue eines heißeren Himmels, im Blut die Rache seiner Väter fühlend.
Mein Vater war nur ein harmloser Advokat.
Advokaten liebt das Volk nicht. Es will betrogen, aber nicht verteidigt sein. Angeklagt will es werden. Ausgepeitscht. Gemartert und bespien. Dann leckt es verzückt seinem Quälgeist die Schuhe und frißt aus der Hand.
– Es dunkelt.
Der Wagen hält. Ein einsames Gasthaus liegt, wie aus dem Himmel gefallen, gleich einem Klotz im unfreundlichen Nebel. Der Kutscher steigt vom Bock und öffnet den Schlag.
„Mein Herr, wir müssen übernachten ..."
Moreau wird mißtrauisch: „Was ist das für eine zweifelhafte Bude? Ihr seid bestochen. Wohin fahrt Ihr mich?"
Der Kutscher zuckt nachsichtig die Achseln.
„Eine schlimme Zeit. Aber ich bin nicht befähigt, sie zu verschlimmern."
Moreau ragt im Nebel vor dem Wagen wie ein Meilenstein. Eine schmierige Funzel hängt wie ein Lampion trübe über ihm. Rechts stehen lange Reihen steifer Gespenster, welche die hölzernen Giraffenhälse nach Moreau recken.
Ich könnte jetzt in den Wald entlaufen, überlegt Moreau. Man würde mich nicht finden bei einem solchen Nebel.
Laut sagt er: „Ihr kennt Bonaparte?"
„Ja – und ich kenne Euch – und Sie kennen mich ... Treten Sie nur unter das Haustor dort. Der Regen durchnäßt einen bis auf die Haut. Wir bleiben die Nacht hier." –
Moreau sah die schlanken, eleganten Hände des Kutschers:
Wo habe ich nur mit diesen Händen schon zu tun gehabt?
Streichelten sie nicht einst einen Fiebernden und lagen

kühl und fest auf seiner Stirn? Und dieser gute Glanz der Augen!
„Warum kommt Ihr immer wieder zu mir? Glaubt Ihr, daß ich krank bin?"
Der Kutscher sagte:
„Sie sind krank, General. Ich will Sie heilen, wie ich Sie schon einmal geheilt habe."
„Ich habe den Maler neulich zur Tür hinausgeworfen."
Der Kutscher lachte höflich.
„Oh, das hat nichts zu besagen. Sie werden ihn übrigens ebenfalls hier im Hause vorfinden. Dazu jemand, den Sie schwerlich hier vermuten werden. Treten Sie, bitte, ein."
Er stieß die Tür auf (mit einem seiner schweren Stiefel: es machte ihm ersichtlich Vergnügen, Kutscher zu sein) und ließ Moreau eintreten. In einem gekalkten und verräucherten Gastzimmer saßen etwa zwanzig Männer ernst und schweigend beim Schein einiger Kerzen um einen langen, ungedeckten Tisch. Jeder hatte eine Kanne mit rotem Wein vor sich stehen.
Beim Eintritt Moreaus erhoben sich alle von den Bänken.
Einer sagte: „Es lebe Moreau!"
Die andern stimmten leise ein.
Ein Platz am Tisch war freigelassen. Moreau ging auf ihn zu und nahm Platz.
Er sah sich flüchtig, aber aufmerksam um. Der erste, dessen Augen er begegnete, war Pichegrue, sein ehemaliger Oberfeldherr im Nordfeldzug gegen Holland. Er sah den Maler Boubourouche. Er sah viele andere, deren Namen er nicht wußte und deren Gesichter seine Erinnerung zu kennen vermeinte.
Aber oben an der Tafel saß an der Schmalseite, allein für sich, jemand, der sein Blut zu Kristall erstarren und erfunkeln machte, ein Jüngling von etwa neunzehn Jahren, schlank, verträumt, mit Händen, die wie Elfenbein unter Spitzenmanschetten lagen.
Es war der Bourbone.
Er erhob sich und ging auf Moreau zu. Sein Gang war Musik, in deren Rhythmus sich der zarte Leib wiegte.

Über seine Stirne fielen dunkelbraune Locken. Seine Ohren waren klein wie die einer Maus. Seine Augen blinkten ruhig und unverwirrt wie zwei Gestirne.
Er reichte Moreau beide Hände und sagte:
„Willkommen, General."
Moreau hielt diese Hände eine Sekunde fiebernd in den seinen.
Das war das Volk nicht mehr, das er gelernt hatte zu verachten. Das war nicht der Schweiß des marschierenden Soldaten, nicht der hungrige Blick des Plünderers, grün schillernd, nicht der zitternde Sprung des Schänders, die schwelende Hand des Brandstifters.
Das war ein Engel, von Wolken sanft herniedergestiegen, durch den Nebel des Herbstes. Unerkenntlich dem großen Haufen der brüllenden Plebejer.
Das war ein Sohn der Madonna.
Wenn selbst das Volk ihn sähe – es würde ihn nicht erkennen.
Er, Moreau, war ein Auserwählter. Ein Soldat Gottes. Ein Soldat der Madonna. Ein Diener ihres Sohnes.
O selig, Diener eines solchen Herrn zu sein.

Moreau schlug den Plutarch auf und las:
„So sind denn die sonderbarsten Ereignisse auch dieser Männer dargetan worden. –
Vergleicht man nun das Leben des einen mit dem Leben des anderen überhaupt und im besonderen, so fällt der Unterschied nicht so leicht in die Augen, da er unter einer Menge bedeutender Ähnlichkeiten beinahe vergeht. Wenn man aber jeden wie ein Gedicht oder Gemälde nach den einzelnen Linien und Teilen einer besonderen Prüfung unterzieht, so ist es zwar beiden gemein, daß sie ohne alle vorhandenen Hilfsmittel allein durch ihre großen Eigenschaften und Talente zu den höchsten Ämtern und dem höchsten Ansehen gelangt sind. Aber man findet auch, daß Aristeides zu einer Zeit, wo Athen noch nicht so stark und mächtig war, wo die Führer und Häupter des Volkes noch in ziemlich gleichem und ebenem Verhältnis zueinander standen, sich emporgeschwungen hat. Cato hingegen wagte es, aus dem Bau-

ernstand heraus sich in das ungeheure Meer der Staatsverwaltung zu stürzen, die keinem mehr gestatten wollte, den Pflug mit dem Stab des Feldherrn und die Schippe mit dem Talar des Richters zu vertauschen. Eine Gesellschaft, die in ihrer Machtvollkommenheit jedem, der außerhalb ihrer stand, mit frechem Stolz begegnete.
Im Krieg waren beide unbesiegbar, aber in der Verwaltung des Staates mußte Aristeides unterliegen, da er durch Kabalen verdrängt und aus der Stadt verbannt wurde ..."
Moreau hielt inne mit Lesen. War das Vergangenheit? Zukunft? Was wußte dieser alte Grieche? Ach, daß es immer dieselben Menschen gibt, und daß auch die außergewöhnlichen noch sich gleichen wie ein Ei dem andern. Mit dem Unterschiede, daß der eine ein Kiebitzei und der andere ein Kuckucksei ist ...
Ich bin, wie es scheint, ein Kuckucksei. Mich hat der Vogel Zeit in ein falsches Nest gelegt. Moreau las weiter:
„Daß der Mensch keine vollkommenere Tugend besitzt als die politische, darüber ist sich jedermann klar ..."
Eben diese Tugend habe ich nicht. Ich glaubte einmal, sie zu besitzen, als ich in Rennes die Studenten organisierte. Als ich vom Balkon die Prozession des Volkes schreiten sah. Es war der Rhythmus der Masse, das Soldatische, das mich begeisterte. Die Buntheit des Tuches. Der Wunsch, den Farben, Klängen, Bildern zu befehlen.
Ich habe nur eine Tugend: die soldatische.
Und alle Fehler: die soldatischen.
Der gesetzgebende Rat gab den Generälen Moreau und Bonaparte am 4. November ein Fest im Siegestempel.
Der 4. November war zufällig Moreaus Geburtstag.
Moreau sprang wie ein kleiner Junge durch das Fest.
Er tanzte mit Christophe und stellte ihn allen Leuten als seinen Sohn vor.
Eine Dame schwebte von der Estrade herab. Ihre Augen treffen sich. Verbrennen ineinander.
Glück einer Sekunde. Glück einer Ewigkeit. Die Kronleuchter läuten.
Viktoria! Viktoria! Sieg!

Man hatte ein Hoch auf Moreau ausgebracht. Aber Moreau hat es überhört. Er sieht nur die Dame. Die schwebt näher. Ihr Engelsantlitz schrumpft zusammen. Ihre funkelnden Hände werden matt. Ihr heller Hals schimmert ölig und speckig. Ein törichtes Vergnügen umspielt ihren schiefen Mund.
Es ist Jeannette.
Gleichzeitig mit ihr tritt ein weicher, wohlbeleibter Herr an ihn heran.
Er stellt sich ergebenst vor. Es ist der schweizerische Gesandte. Jener Welschschweizer vom Fest in Rennes.
Und Jeannette ist seine Frau.
Wir standen uns einmal mit den Waffen in der Hand gegenüber, mein General. Als wir jung waren."
Moreau denkt: Als wir jung waren –
Jeannette ist beglückt.
Moreau stützt sich auf Christophe.
„Ich bin Ihnen dankbar, daß Sie mich damals zum Kampf zwangen. Ich habe mir meine Frau erkämpft, im Kampf gegen Sie."
Jeannette lächelt.
„Sie haben mich gelehrt, ihren Wert zu erkennen."
Moreau sieht den Wald von Rennes:
„Ich glaubte damals an Gerechtigkeit. Und zog nur für eine Dame dieses Namens den Degen."
Der Schweizer stimmte verbindlich zu:
„Sie haben immer für Gerechtigkeit gekämpft. Moreau und Recht sind Synonyme."
Moreau betrachtet Jeannette.
Christophe lächelt vergebens seitwärts.
Sie ist wieder ein wenig von mir weggetreten. Distance, Madame, Distance – und Sie sind mir wieder nah. Distance, Madame, ein wenig mehr – und ich bin bereit, meinen Degen zu ziehen, nicht für die Gerechtigkeit, nicht für Sie, Madame, für mich ... für mich ganz allein.
Jeannette versinkt in Erinnerung und Tränen.
Moreau blickt in die Höhe.
„Madame ist nicht wohl."
Der Schweizer ist um Jeannette besorgt.

„Mein Liebling – du fühlst dich schlecht?"
Jeannette erwacht.
„Bring' mich nach Hause, Adolphe. Ich habe Kopfschmerzen."
„Tausend Verzeihung, mein General. Auf Wiedersehen."

Moreau steht hinter einem Vorhang und beobachtet die Straße.
Es regnet. Zwischen den Tropfen glitzern da und dort einige Schneeflocken. –
Jetzt treten sie aus dem Portal.
Sie steigen in einen Wagen.
Der Pöbel brüllt.
Das Pflaster klappert an den Hufen.
Eine Hand legt sich leicht auf seine Schulter.
Er wendet sich um.
Es ist Christophe.
Er steht wie ein Erzengel in seidener Rüstung vor ihm.
Seine Augen leuchten.
„Du hast Wein getrunken?"
Christophe nickt.
„Ich bin froh und traurig zugleich."
„Hast du mit einem kleinen Fräulein getanzt?"
„Sie wollten alle mit mir tanzen. Aber ich wollte nicht. Ich war bei dem großen Mann und habe ihn sprechen hören. Er hat mir Wein eingeschenkt, und ich habe auf sein Wohl trinken müssen."
Moreau krampft sich mit den Fäusten in den schwarzen Samtvorhang.
„Du warst bei Bonaparte?"
„Ja. Ich hörte seine Stimme von weitem und ging auf sie zu. Ich wollte ihn nur sprechen hören, sonst nichts. Er sagte zu mir, daß ich ein gentiler Junge sei. Und wem ich gehöre. Ich sagte … Ihnen."
Moreaus Spannung löst sich.
„Hast du das gesagt? Ist das wahr?"
Der Knabe nickt.
„Es ist wahr."

„Gesteh's, daß er dich mir rauben will."
„Er will es vielleicht, aber er wird es nicht können. Denn ich werde nicht mehr sein. Ich liebe Sie. Aber Sie lieben mich nicht mehr. Oh, widersprechen Sie mir nicht. Sie versuchen nur noch, mich zu lieben."
Moreau traten Tränen in die Augen.
„Christophe, begreife meinen Schmerz. Du entschwindest mir."
„Ich würde vielleicht wünschen, bei Bonaparte zu bleiben. Aber er ist vom Volk. Und das Volk liebt mich nicht. Ich bin zu krank für seine Liebe. Er würde mich nicht mit Händen, er würde mich mit Pranken anfassen. Jeder Handdruck würde mir Blut entpressen."
Moreau verbarg sein Gesicht.
Christophe zog seine Flöte.
„Denken Sie manchmal an mich, wenn Sie nicht schlafen können."
Wie der Erzengel Raffael drehte er sich silbern vor dem schwarzen Himmel des Vorhangs, in den voreilig sich die Nacht verwandelt hatte, und blies und sang:

„Ich bin von Menschen so verlassen, daß
Zwei milde Mäuse nun mein Spielzeug sind,
Aus grauem Stoff ersonnen, und von Glas
Die schwarzen Augen, funkelnd, aber blind.

Auf sich beschränkt, ist rings die Welt so tot,
Wie diese Mäuse sind: des Unseins Raub.
Aus grauem Stoff verfertigt, blind und taub,
Erkennet eines nicht des andern Not.

Verstehet eines nicht des andern Wort,
Fühlt eines nicht des andern Herzens Schlag.
Und also ist ein jegliches verdorrt;
Und alles ist nur eines: Nacht und Tag.

Im Gewühl des Festes treffen sich zwei Bürger.
Stutzen.
Treiben aneinander vorbei.
Wenden.

Sie suchen sich mit den Augen zu fassen. Funkeln eitel und ehrgeizig wie zwei Pfauen.
Der eine packt den andern vorsichtig bei der Hand und führt ihn in eine Nische.
„Gevatter Spiegelfechter?"
„Gevatter Wolkenkämpfer?"
„Wie steht das werte Befinden?"
„Das Ihre, mein Herr?"
„Sehen Sie noch immer in allen Spiegeln sich selbst und schlagen Sie sich mit Ihren eigenen Grimassen herum?"
„Rufen Sie noch immer Wolken vom Himmel, um Frankreich zu verdüstern?"
„Ich lasse regnen auf Frankreich. Frankreich ist fruchtbare Erde. Frankreich soll Frucht tragen. Meine Frucht."
„In meinem Spiegel soll Frankreich sich erkennen – und es wird sich entsetzen vor seinem Bildnis."
„Wir kennen uns ...?"
„Ewig ..."
„Als Brüder?"
„Als Brüder!"
„Als Feinde?"
„Als Feinde!"
Gelächter plätschert wie ein Springbrunnen.
Tanz der Eulen und Schmetterlinge. Ein Menuett von Rosendüften.
Moreau und Bonaparte schütteln sich die Hand.

Moreau löst am 18. Brumaire mit einem Kommando Musketiere das Direktorium auf.
Bonaparte tritt seine Diktatur an.
Er fährt am Nachmittag in einer mit vier Schimmeln bespannten Karosse bei Moreau vor.
Moreau liegt müde auf einem persischen Diwan.
Die Kerzen sind halb heruntergebrannt. Schwere Schatten fallen über die aufgeschlagene Bibel.
Bonaparte ist von einem flackernden Gefolge von Offizieren und hohen Beamten umgeben.
Moreau erhebt sich fragend aus den Kissen.

Ein Offizier im Dreispitz nähert sich mit einem goldbestickten seidenen Polster, auf dem zwei mit Diamanten besetzte Pistolen ruhen.
Bonaparte spricht mit seiner rauhen, blechernen Stimme:
„Einige Ihrer Siege, Bürgergeneral, sind darauf eingraviert, aber nicht alle, sonst hätten keine Diamanten mehr Platz gefunden. Erlauben Sie mir, mit dem Dank des Vaterlandes Ihnen zugleich meine Bewunderung für Ihre Feldherrntugenden auszusprechen. Mein Feldzug in Italien war der eines jungen Mannes. Der Ihre war der eines vollendeten Feldherrn – des Soldaten an sich." –
Die Wachskerzen flattern.
Sie duften wie ferne Jugend.
Bonaparte hat recht.
Ich bin ein Feldherr. Kein Weltherr. Er ist ein junger Mensch. Und jungen Menschen gehört die Welt.
Moreau verneigt sich.
„Verbindlichen Dank, Konsul, für die Ehrenpistolen. Ich darf den Aufwand dieser Feierlichkeit, den Sie mir zu widmen geruhen, vielleicht mit einer Zeremonie verbinden, die ich schon seit langem plane. So habe ich es nicht nötig, zu meiner Szene mir erst das Publikum zu suchen, dessen ich bedarf. Einen Augenblick, meine Herren."
Moreau schellt.
Christophe erscheint.
„Ruf' mir den Koch – und bring' mir das goldene Kasserol, das heute morgen erst der Goldschmied sandte."
Der Knabe enteilt. Bonaparte wartet verbissen.
Das Gefolge steht stumm und betroffen.
Der Koch schwankt durch die Tür. Behäbig und lebhaft. Ein Südfranzose. Wie eine weiße Wolke kriechend. Er tanzt seine Reverenzen.
Christophe trägt auf einem dunkelgrünen Samtpolster ein goldenes Kasserol.
„Meine Herren. Der Konsul war so gütig, mir soeben in seinem und des Vaterlandes Namen ein paar Ehrenpistolen zu verleihen für Verdienste, die ich von mir sel-

ber nur als Pflicht und Notwendigkeit anerkennen kann. Ich bin ein Mensch der Tat. Ein Mann des scharfen Schwertes. Ein Soldat. Die Gabe der Phantasie, des Traumes am Tage, wurde mir nur spärlich zugemessen. Dieser Mann allein (und Moreau deutete auf den Koch, der sich schwänzelnd verbog und verbeugte) vermochte zuweilen sie aus meinem Herzen hervorzulocken: durch eine Sarabande von Poularde, durch ein Scherzo von Salat, durch ein Omelett, leicht und wehend, als esse man eine süße Wolke. Er ist ein wahrer Künstler – an Erfindung und Kraft. Ich gestatte mir, mein lieber Guy, dir vor den Augen dieser erlauchten Versammlung dieses goldene Ehrenkasserol zu überreichen. Möchtest du dich seiner würdig erzeigen." –
Christophe kniet vor dem Koch nieder.
Der hüpft verlegen, ratlos und beglückt im Kreis.
Bonaparte beißt die Lippen aufeinander.
Das Gefolge zittert.
Bonaparte lächelt.
„Ich habe eines vergessen, Bürgergeneral. In meinem Namen und im Namen des Vaterlandes übertrage ich Ihnen den Befehl über die Rheinarmee."
Moreau fällt ermattet und erblaßt in die Kissen.
Das Gefolge lächelt.
Christophe zittert.
Der Koch tanzt mit dem goldenen Kasserol Menuett.
Bonaparte winkt Christophe.
„Deinem Herrn ist nicht wohl. Bring' ihm ein Glas Wasser."
Er verneigt sich.
Man geht.

Moreau friert.
Befehlshaber über eine Armee, die nicht existiert.
Er ist mir über.
Er kann fliegen.
Ich kann nur gehen. Allerdings auf zwei festen Beinen.
Die Kerzen verlöschen.
Er liegt im Dunkel.

Er zieht sich eine Decke über die Augen, um das Dunkel noch zu verdunkeln.
Die Nacht bricht an.
Er liegt die ganze Nacht wach.
Wo steckt der kleine Bourbone?
Er ist ein anmutiger Herr. Ich muß ihn wieder einmal sehen.
Seine Hände sind gewiß nur da, um zu spielen. Aber Spiel ist heilig, wenn ein Heiliger spielt. –
Im rosagrauen Frühlicht hallen Schritte durch die Korridore.
Schreie stolpern die Treppe hinab. Die Wände bersten vor Schmerz. Wehklagen winselt um die Säulen. Die Amoretten an den Decken weinen.
Eine Stimme bellt. Wie ein Hund. Unaufhörlich:
„Moreau ... Moreau."
Echo erwidert aus einem andern Stockwerk:
„Moreau ... Moreau."
Grau, bleich und übernächtigt springt Moreau in den Haufen der Diener.
„Was ist ...?"
Entsetzen lähmt ihre Zungen. In ihren Blicken dreht das Grauen grauenvolle Spiralen.
Ein alter Diener jenseits der Qual des Lebens ermannt sich:
„Guy, mein General, ist verrückt geworden ..."
„Welcher Guy ... Der Koch?"
„Der Koch, jawohl."
„Hat ihm das Ehrenkasserol den Kopf verrückt?"
„Wer weiß, mein Herr (und leiser Haß vibriert in seinen Worten), man soll mit Menschen nicht spielen."
„Wer spielt mit Menschen?"
Der Alte zuckt die spitzen Achseln.
„Was hat Guy getan?"
Alles erstarrt in Schweigen. Die Menschen, die Wände, die Bilder, die Geräte, die Fenster.
Moreaus pfeifender Atem durchschneidet die leere Luft.
Da hört jemand den Springbrunnen im Vestibül leise plätschern, und plötzlich rinnen Tränen in aller Augen.

Und wie die Griechen einst um Adonis jammerten, klingt ein Wort der Klage von den blutleeren Lippen: „Christophe."
Moreau steht vor einem Turm. Der droht kalt und steinern.
„Was ist mit Christophe?"
Der Alte sucht wie verlorene Geldstücke einige Worte zusammen:
„Der Koch hat ..."
Moreau greift den Alten an der Gurgel und schüttelt ihn.
„Ich erwürge dich, wenn du das Wort nicht findest."
Der Alte klappert wie ein Skelett.
Er will reden. Er holt das Wort ganz unten heraus.
Aus der Lunge. Noch tiefer. Aus den Gedärmen.
„Geschlachtet ..."
„Der Koch hat ... Christophe ..."
Moreau schließt die Augen. Er spricht das Wort selbst aus:
„Geschlachtet."
Und da der Diener erst das eine entsetzliche Wort hat, findet er deren mehr und schwätzt:
„Er hat ihn in dem goldenen Kasserol ... gekocht."
Moreau schlägt ihm die Faust unters Kinn.
Ich böses Tier. Ich Schicksal. War der Koch nicht immer verrückt? Hat er nicht den Veitstanz in allen Gliedern?
Er liebte Christophe. Gewiß. Wußte ich das nicht?
Wer liebt Christophe nicht.
Warum habe ich Christophe nicht zum König von Frankreich gemacht. Er war der Würdigste. Jeder hätte ihn geliebt. Das Volk hätte ihn vergöttert. Warum habe ich es nicht vermocht. Jetzt ist es zu spät.
Oder steckt dieser ... Bonaparte dahinter? –
Er sagt kalt und steinern:
„Was ist mit dem Koch?"
„Er verwest."
„Wo?"
„Er fault im Eimer der Abfälle und Küchenreste."
„Was habt ihr getan?"
„Man hat ihn erschlagen."
„Wer?"

„Niemand weiß es … Die Rache Gottes …" murmelte der Alte.
Da erwachte Moreau.

Moreau fuhr nach Basel.
Er war nur noch Gedanke. Wille.
Befehl.
Ganz Eisen und Stirn.
Innerhalb dreier Monate hatte er eine Rheinarmee geschaffen.
Aus dem Nichts.
Neunzigtausend Mann.
Frankreich liebte ihn noch. Noch schworen die bärtigen Soldaten bei seinem Namen.
Bei Moreau! galt ihnen als der höchste Schwur.
Bonaparte ließ ihm den Adler der Ehrenlegion senden.
Moreau hängte ihn seinem Hunde Fraternité um den Hals.
Bonaparte bot Moreau den Oberbefehl an über die Armee, die nach seinen Plänen bestimmt war, in England zu landen.
Er habe doch mal mit Kavallerie eine Flotte attackiert – vielleicht würde es ihm diesmal gelingen, mit Infanterie unangefochten über den Kanal zu schreiten. Wie einst Moses mit den Juden durch das Rote Meer schritt.
Moreau antwortete auf Bonapartes Anfrage nicht.
Er kehrte nach Paris zurück, wo er ständiger Besucher im Bordell der Madame Richepin wurde. Er ließ sich den Tanz der Ornamente von sechs Mädchen vortanzen und unterhielt sich mit einer Spanierin, deren Haare wie dunkelgrüner Tang an ihrem Scheitel klebten und deren Liebkosungen er bis zu einem gewissen Grade duldete.
An manchen Tagen mietete er das ganze Bordell für sich, ließ alle vierundzwanzig Mädchen nackt antreten und exerzierte sie nach soldatischer Manier.
„Vorwärts marsch."
„Rechtsum kehrt."
Er ernannte Unteroffiziere und die tanghaarige Spanierin zum Hauptmann.

Er verlieh bunte Ehrenstrümpfe und Ehrenhaarbänder.
Er ließ Schlachten schlagen und sah dem Getümmel nackter Frauenleiber interessiert zu.
„Recht so, Marion. Beiß der Henriette die Brust ab."
Wenn über ihre Brüste und den Rücken herab Blut floß, glänzten seine Augen.
Aber er schlug niemals eine Frau mit eigener Hand.
„General Moreau ist ein unartiger Liebhaber", meint Madame Richepin. „Er strapaziert meine Kinderchen zu sehr. Es tut ihnen nicht wohl, mit General Moreau zusammen zu sein. General Moreau, sagt die kleine Spanierin immer, ist ein Schwein. Und das mag stimmen. Er ist ein Knicker und zahlt nur gerade den Preis, den ich ihm mache."
Als Moreau eines Tages das Bordell der Madame Richepin durch eine Hintertür verließ, wurde er auf Befehl des Diktators Bonaparte verhaftet und in den Tempel gebracht.
Bonaparte beschuldigte ihn des Vaterlandsverrates und der Konspiration mit den Bourbonen. Er benannte als Zeugen Moreaus Adjutanten Rapatel, und berief sich auf eine Unterhaltung, die er beim Siegesfest mit dem nunmehr verstorbenen Pagen Christophe des Generals Moreau geführt habe.
Weitere Zeugen fanden sich.

Jedermann fürchtete, Moreau werde im Gefängnis vergiftet werden.
Da meldeten sich, unter der Führung eines alten Korporals, sechzig Soldaten von der Gendarmerie d'Elite, um freiwillig Wache bei Moreau zu halten und ihm Speise mit ihren eigenen Händen zuzubereiten.
Sie erboten sich, das Tor des Gefängnisses zu zerbrechen.
In der Abenddämmerung, am Tage vor der Gerichtssitzung, tauchten vermummte Gestalten in seiner Zelle auf. Man hatte Mühe, Moreau zu wecken.
Er schlief schnarchend auf einer Holzpritsche.
„Auf", riefen die Vermummten, „auf zur Freiheit! Das Volk wartet!"

Der eine Vermummte schlug schlank die Kapuze zurück.
Er beugte sich vertraulich wie ein Bruder über Moreau, und seine edle Stimme fragte:
„Erkennen Sie mich nicht, General?"
Moreau strich sich über die Wimpern.
Er meinte zu zaubern.
Es war der Bourbone.
Seine hohe Stirn leuchtete wie eine blasse Ampel im Dunkel der Zelle. Seine Stimme klang wie eine Glocke vom Turm.
Dies ist die ewige Lampe. Ich trage ihr Feuer nicht auf meiner Stirn.
Er sagte:
„Sire, verzeihen Sie, ich habe keinen Herrn mehr. Mein Koch hat ihn erschlagen und in einem goldenen Kasserol gekocht. Mich ekelt dieses Volk, für das jeder Herr zu schade ist. Und gar ein holder Herr wie Sie. Ich war ein milder Soldat. Ich bereue es. Weshalb habe ich das Volk, dieses stinkende Gewürm, nicht niederkartätschen lassen, als ich die Macht hatte. Denn, Sire, ich habe keine Macht mehr."
„Sie werden wieder mächtig werden. Durch die Liebe des Volkes, dem Sie in Ihrer Not unrecht tun. Man liebt Sie im Volk."
„Sire, das Volk liebt den, den es fürchtet. Das Volk liebt Bonaparte. Ich habe stets einen eigenen Kopf gehabt und nach ihm gehandelt. Der Pöbel schwärmt für mich, weil ich bald keinen Kopf mehr haben werde."
Moreau drehte sich der Wand zu: „Ich bin müde, Sire. Lassen Sie mich schlafen."

Es bildete sich eine Verschwörung, Moreau gewaltsam zu befreien, falls er zum Tode verurteilt werden sollte.
Im Gerichtssaal begaben sich die Verschworenen, verkleidete Offiziere der Rheinarmee, auf ihren Posten.
An bestimmten Plätzen wurden zwei Wagen bereitgehalten. Zweiundneunzig gesattelte Pferde waren an verschiedenen Orten verteilt.
Bonaparte hielt sich am Tage des Gerichtes verborgen.

Er hatte Dutzende von anonymen Drohbriefen empfangen.
Er durfte es nicht wagen, Moreau zum Tode zu verurteilen.
Moreau wurde vom Gericht zu drei Jahren Gefängnis verurteilt. –
Moreau nahm den Urteilsspruch schweigend und verächtlich hin.
Dann wandelte er, ohne ein Wort zu sagen, durch den Gerichtssaal: durch die Menge, die ihm ehrerbietig und verwundert Platz machte. Er stieg langsam die Treppe des Justizpalastes herab und sah sich auf der Straße.
Er sah sich allein und von niemand verfolgt.
Paris begünstigte seine Flucht.
Moreau ging, sich leicht auf seinen Stock stützend, durch die leeren Straßen und rief zuweilen ein Haus an, ob es ihn nicht arretieren lassen möchte.
Endlich traf er eine Droschke.
Er winkte ihr.
Sie hielt.
Er befahl ihr, ihn auf dem kürzesten Weg in den Tempel zu fahren.
Er meldete sich selbst als Gefangener an.

Im kaiserlichen Moniteur vom 21. Juni war ein Schreiben abgedruckt, in dem der Exgeneral Victor Moreau den Kaiser um Erlaubnis bat, in freiwillige Verbannung nach Amerika gehen zu dürfen. Diese Erlaubnis wurde ihm erteilt.

In der Nacht vom 21. zum 22. Juni wurde Moreau von Soldaten Bonapartes trotz seines heftigen Widerstandes aus dem Tempel geraubt und in eiligen Stafetten über die Grenze nach Spanien geschafft.
Moreau lachte.
„Dieser Bonaparte glaubt mir die Freiheit zu schenken, weil ihn die öffentliche Meinung dazu zwingt."
Voll guter Laune, einen blauen Himmel über sich, traf Moreau in Barcelona ein.
Daß ich mich so wohl fühle, dachte Moreau grimmig,

das ist die den Ärzten so wohlbekannte Euphorie, das Glücksgefühl des Sterbenden.
Apfelsinenverkäufer schnarrten wie aufgezogenes Blechspielzeug um ihn herum.
Kleine Jungen schlugen gegen Entgelt strahlende Purzelbäume.
Glitzernde Damen mit wogendem Steiß strichen die Straßen entlang.
Herren mit sausenden Blicken und rollenden Mänteln tanzten dunkel und schwarz im Schatten.
Barcelona kreischte bunt wie ein Käfig voll Papageien.
Hier gibt es scheinbar keine Soldaten, dachte Moreau.
Das Volk ist von selber laut und bunt genug.
Er fuhr in einem holprigen Karren, über den zum Zeichen der Eleganz violette seidene Decken gebreitet waren, zur Arena hinaus.
Ach, wieder einmal Blut sehen!
An einem lebenden Körper Blut fließen sehen!
So wie der Stier blutete auch er. An der Stirn.
Aber niemand wußte es.
„Entschuldigen Sie, Señorita", wandte er sich an eine junge Dame, die neben ihm saß, „wieviel Stiere werden durchschnittlich in einem Schauspiel getötet?"
„Sechs, Señor, gewöhnlich sechs."
Moreau wunderte sich.
Nur sechs? warum nicht hundert, warum nicht tausend?
„Sehen Sie" – die Dame zitterte. – „Sehen Sie."
Der Stier stand schnaubend in der Mitte der Arena, den Kopf gesenkt, die Augen nach innen gerichtet.
Vor ihm bewegte sich breitbeinig wie ein Fahnenschwinger der Stierkämpfer, in der Linken schwang er ein rotes Tuch, in der Rechten ein kurzes, dolchartiges Schwert.
Im Rücken des Stieres hüpften die Gehilfen des Torero und stachen den Stier mit Messern und widerhakigen Speeren in die Flanken.
So also sieht das Schicksal aus, dachte Moreau.
Das Blut rann am hellbraunen Fell des Stieres in heißen, dunkelbraunen Bächen.

Der Stier rührte sich nicht.
Dann senkte er tiefer den Kopf.
Der Torero hob gerade die rote Fahne, da drehte er sich schon in der Luft um sich selbst und platzte platt auf den Boden.
Sein Bauch barst.
Um die goldenen Schnüre seiner Uniform ringelten sich die Gedärme.
Ein wollüstiger Schrei des Entsetzens lief rund um die Arena.
Der Stier stand unbeweglich wie zuvor schnaubend in der Mitte der Arena, den Kopf gesenkt, die Augen nach innen gerichtet.

„Bravo", klatschte Moreau.
Moreau schiffte sich in Cadiz auf der „Blanchette" ein.
Sie war ganz weiß gestrichen und am Bug mit zierlichen grünen Arabesken gezeichnet.
Welch ein hübscher Vogel!
Er wird mich auf seinen Schwingen in die Neue Welt tragen.
Als Moreau in New York landete, tobte ein ungeheuerer Aufruhr in ihm.
Die Fahrt war stürmisch gewesen, und seine Sinne waren vom Ozean gepeitscht.
Werde ich noch einmal branden und rauschen?
Er mußte den Niagarafall donnern hören und fuhr in Eilposten dorthin.
Es war nachts, als er am Niagara eintraf.
Der Vollmond flimmerte über dem Wasser wie eine weiße Sumpfblüte.
Er hörte ein Geräusch, als hämmerte jemand fern an Eisentüren, die sich ihm nicht öffnen wollen. Unaufhörlich.
Jemand klopft an das Tor der Erde! Macht auf!
Das Geräusch tobte und raste näher.
Moreau trieb den Kutscher zu fiebernder Eile. –
Er stand am Niagarafall.
An eine Buche gelehnt, sah er in den zischenden und brodelnden Kessel.

Der Mond rührte mit seiner Kelle funkelnd darin herum.
Für welchen Festschmaus kocht ihr diese Terrine Wasser zusammen? Wie? Ich hätte nicht übel Lust, diese heiße Suppe zu probieren.
Ach, ganz und gar zerdrückt, zerstoßen, zerkocht, zerfleischt, vergeistigt zu sein.
Sieh: ich brause wie du. Noch immer. Ich habe noch einen Feind.
Ich brauche einen Feind zu meinem Tode.
Und du, singendes Gefäll, wärst eher mein Freund, mein Bruder, mein erhabeneres Echo zu nennen.
Noch einmal muß ich zurück ins Leben.
Der Weg ist nicht mehr weit.
Nur einige Schritte noch durch den Wald, über den Hügel: da winkt schon die Lichtung, die ewige Wiese, die milde Ruh', der Gott.

Moreau kaufte sich ein kleines Landgut, sechzig Stunden von New York und dreißig von Philadelphia gelegen, unterhalb eines kleinen Wasserfalles des Delawarestromes. Ich muß wenigstens ein Abbild des Niagara in meiner Nähe haben. Wenn ich schlafe, will ich ihn von weitem rauschen hören.
Er stand stundenlang am Fluß und angelte. Die Fische, die er fing, warf er auf die Wiese hinter sich, wo sie vertrockneten.
Er ging täglich auf die Jagd und schoß an Tieren alles, was in den Bereich seiner Büchse kam.
Er schoß Hasen, Hirsche, Spottdrosseln, Kaninchen, Büffel, Ratten.
Die Kadaver ließ er, wo sie gefallen waren, verwesen.
Er überlegte, ob es nicht möglich sei, durch ein geeignetes Gift alle Fische im Delawarestrom zu vergiften.
Alle Vögel in der Luft durch Gaswolken zu töten.
Ob es nicht möglich sei, den Delawarewald anzuzünden, ihn mit allen seinen Inwohnern, Tieren und Indianern, zu verbrennen.
Eines Tages erfuhr er, daß die Delawareindianer das

Kriegsbeil gegen die Schwarzfußindianer ausgegraben hätten.
Er ließ ein Pferd satteln und ritt in die Wälder.
Er traf die Delawareindianer. Es gelang ihm mit Mühe, dem Tod am Marterpfahl zu entgehen und sich dem Oberhäuptling „Springender Hirsch", der ein wenig Englisch radebrechte, verständlich zu machen.
Der Häuptling, der endlich begriff, daß er den großen weißen Häuptling „Singendes Blut" vor sich hatte, von dessen blutdürstigen Neigungen die Sage auch zu ihm gekommen war, zeigte sich sehr erfreut über das Angebot Moreaus, die Führung eines Stammes der Delawareindianer zu übernehmen.
Moreau trat nach Erledigung einiger Formalitäten in die Gemeinschaft der Delawareindianer ein, worauf ihm der Oberhäuptling die Häuptlingswürde verlieh.
Es gelang dem „Singenden Blut", die Schwarzfußindianer vollkommen einzukreisen.
Sie wurden mit Stumpf und Stiel, mit Weibern und Kindern, ausgerottet.
Den Skalp des Oberhäuptlings der Schwarzfußindianer am Gürtel, kehrte Moreau in sein Landhaus am Delawarestrom zurück.
Der Oberhäuptling der Delawareindianer gab ihm seine Tochter Hau-Ri, das heißt: „Zarter Sinn", zur Frau.
Sie war sechzehn Jahre alt und schön und unwissend dieser Welt.
„Du darfst sie lieben", raunte der Häuptling. „Aber wisse: unsere Medizinmänner haben gesagt, daß sie sterben muß, wenn sie ein Kind gebiert."
Moreau las vom russischen Feldzug Bonapartes. Er hatte Bonapartes Lauf auf das eifrigste verfolgt.
„Der große Mann macht sich diesmal sehr klein", wimmerte er fröhlich.
Hau-Ri sah ihm über die Schulter.
„Was hast du da?"
„Ein Buch."
„Was ist das? Was tust du damit?"
„Den großen Geist befragen."
„Aber hast du nicht ein Herz?"

„Ich habe kein Herz, kleine Hau-Ri. Ich habe nur Umarmungen, die dich streicheln, Augen, die dich lieben, und Hände, die zum Töten geboren sind."
„Warum bist du so wild und so mild, so gut und so böse zugleich? Und welchen großen Mann meintest du vorhin, über den du den großen Geist befragen willst?"
„Der große Mann, das ist mein Feind."
„So willst du wieder auf den Kriegspfad ziehen?" fragte Hau-Ri erschrocken.
„Vielleicht", seufzte er, „denn ich muß den Kreis, den mir der große Geist vorgezeichnet hat, vollenden."
Hau-Ri schüttelte den Kopf.
Sie blickte in den Wald und horchte auf seine Geräusche. Dann ging sie an den Wasserfall, um den Strom reden zu hören, denn Moreau redete Unbegreifliches und sang zu ihr wie ein fremder Vogel.
Eines Nachmittags stieg ein Mann im schwarzen Mantel über die Mauer, die Moreaus Landhaus umfriedete.
Hau-Ri sah ihn schon, wie er den Hügel herabkam, und schrie.
Er verdunkelte die Sonne, und sein Mantel warf einen wehenden Schatten.
Moreau trat aus dem Haus.
„Kreuzt Ihr wieder meinen Weg? Wie habt Ihr bis hierher gefunden? Ich war vor Euch geflohen."
„Ich finde immer zu Euch", sagte der Mann im Mantel. „Hört, was ich Euch zu berichten habe. Napoleon ist in Rußland aufs Haupt geschlagen. Sein Heer vernichtet, wie Mürbeteig zerrieben. Frankreich harrt Euer. Eine Revolution ist am Werke. Man wird Euch zum Präsidenten der provisorischen Regierung erwählen. Eilt. Laßt Euer Vaterland und Euer Schicksal nicht warten."
Der Mann schlug den Mantel enger um sich, und die Dämmerung entzog ihm seine Konturen.
„So hat der Polarstern dem Bonaparte ein böses Licht aufgesteckt. – Was ist mit meinem Stern, der Wage? Wohin schwankt sie? Auf welche Seite neigt sie sich?"
„Bleibe hier", sagte Hau-Ri leise.
„Kind", sagte er, „ich würde dich töten, wenn ich dich wahrhaft liebte."

„Liebe mich“, flüsterte Hau-Ri.
Der Mann im Mantel sprach weiter. Es wurde dunkel, und die Nacht sprach zu Moreau:
„Rußland, Preußen, Schweden, Österreich verbinden sich gegen Bonaparte. Ich habe eine Botschaft des russischen Kaisers Alexander an Euch. Er hat die Gewogenheit, Euch in das Hauptquartier der Alliierten zu laden. Er bittet Euch, den Verbündeten Euer Genie nicht vorzuenthalten. Eine hohe, überragende Stelle an der Spitze der verbündeten Heere ist Euch gewiß.“
Moreau lauschte verzaubert.
Das braune Mädchen, der hohe Mond, der Mann im Mantel bewegten sich wie Schatten seiner Phantasie.
Endlich eine Möglichkeit, dem Haß die wirkliche Tat zu leihen. Das Gefäß, das danach dürstete, bis an den Rand mit Blut zu füllen.
Oh, wie er lechzte nach Blut und Tod.
Oh, wie er dieses Frankreich haßte.
Wie er gedachte es auszurotten von seinem peinlichen Pöbel wie das Geschlecht der Schwarzfußindianer.
Er wollte es vernichten, dieses Frankreich, und seinen Inbegriff: Bonaparte.
Ich werde an der Spitze eines fremden Heeres in mein Vaterland einziehen und werde es demütigen und knechten, wie nie ein Volk erniedrigt wurde.
Moreau schiffte sich auf der „Blanchette“ nach Europa ein.
Sie war ganz weiß gestrichen und am Bug mit zierlichen roten und grünen Arabesken geschmückt.
„Sieh, Hau-Ri, welch ein hübscher Vogel! Er wird uns bald auf seine Fittiche nehmen und in unsere Heimat tragen.“

Moreau traf am 7. August über Schweden in Stralsund ein. Er reiste sofort nach Berlin weiter. Seine Reise glich einem Triumphzug.
Ein Augenzeuge berichtet:
„In einfacher, bürgerlicher Kleidung erschien Moreau so anspruchslos, wie sein ganzes Wesen wirkte. Auf seinem freundlichen, geistvollen Antlitz lag jene Ruhe des Ge-

mütes ausgebreitet, die den Hauptzug seines überaus liebenswürdigen Charakters bildet. Doch konnte man auch die Spuren nicht verkennen, welche die Pflüge des Schicksals darauf zurückgelassen hatten.
In seine Stirn, die sich in scharfe Falten legte, war das Kreuz des Dulders eingedrückt. Unwiderstehlich fühlte man sich durch seine Offenheit angezogen, aus der eine schöne Seele wie aus einem reinen Spiegel strahlte.“ –

Tags darauf reiste Moreau ins russisch-preußische Hauptquartier ab.
Er traf mit Alexander von Rußland, Franz I. von Österreich und Friedrich Wilhelm III. von Preußen zusammen.
Franz schüttelte ihm die Hand und dankte ihm für die Milde, mit der er einst in seinem siegreichen Feldzuge seine österreichischen Staaten behandelt habe.
„Verläßt man“, sagte Moreau, „nach Jahren einsamer Betrachtung ein Land wie Amerika, so kann dies nur geschehen, um der Welt den Frieden zu geben oder in ihr umzukommen.“
Alexander umarmte ihn und hatte eine zweistündige Unterredung mit ihm.
Moreau schlug vor, Bonaparte bei Dresden anzugreifen.
Die Marschrichtung sowie das Kommando der einzelnen Armeen wurde im Kriegsrat genau festgesetzt.

Dresden war bis auf die Ausgänge der Friedrichstadt eingeschlossen.
Es war dem linken Flügel der Verbündeten noch nicht gelungen, auf dieser Seite weit genug vorzustoßen.
Um 3 Uhr nachmittags setzte der allgemeine Angriff ein.
Ein feiner Regen rieselte wie Nebel nieder.
Moreau und Kaiser Alexander hielten hinter einer preußischen Batterie auf den Recknitzer Höhen, gegen welche zwei französische Batterien von der alten Garde aufgefahren waren.
Moreau zügelte gerade sein Pferd, um die Stellung zu

verlassen, als eine dritte seitwärts in einem Hohlweg verschanzte französische Batterie den ersten Schuß abfeuerte.
„On l'aura", wandte sich Moreau auf dem schmalen Pfad halb rückwärts zum Kaiser.
Da brachen Pferd und Reiter zusammen.
Moreau schlug mit der Hand in die Luft.
Die Bretagne blendete.
Mütterliche Güte strich über seine Stirn.
Seine Wimpern zitterten. Er wollte weinen.
Aber er schlief ein.

Seine beiden Füße waren ihm vom Leibe gerissen.
Über seine Leiche hingebückt gab die kleine Indianerin einem Kinde das Leben und starb.
Bauern aus Recknitz nahmen sich des Kindes an.
Was aus ihm geworden ist, ob es ein Knabe, ob es ein Mädchen war, niemand weiß es.

Bonaparte ließ sofort durch Armeebefehl das Heer vom Tode des Landesverräters Moreau in Kenntnis setzen:
„Die erste Kugel, die die französische Gardeartillerie bei der Verteidigung Dresdens abschoß, fällte den Deserteur Moreau, ehemals General in meinen Diensten. Er verlor beide Füße, damit er nicht mehr nach Frankreich gehen und die Luft seines Vaterlandes mit seinem Atem verpesten könne. Gefoltert von den Schmerzen seines Leibes, der Reue über sein verfemtes Sein, verreckte er in den Armen des asiatischen Zaren als ein Verräter der französischen Kultur, gehaßt von seinen früheren, verachtet von seinen jetzigen Freunden, geliebt von niemand.
Soldaten! Der Himmel gab uns ein gutes Zeichen! Unser ist die Gerechtigkeit! Wir werden den vielfach überlegenen Feind niederringen.
Wir wollen, sollen, müssen und werden siegen!
Vorwärts!
Es lebe Frankreich!"

So oft Bonaparte schlecht schlief und sich von unheilvollen Träumen, wie Schwärmen schwarzer Raben, bedrängt und geängstigt sah, sagte er leise zu seinem Kammerdiener:
„Moreau se remue dans son tombeau."
„Majestät", erwiderte der devote Mulatte, „die Soldaten behaupten, das Skelett von Moreau führe, ein blutendes Mal in der Gestalt eines Kreuzes auf der Stirn, auf einem weißen Schimmel reitend, die Reihe der Verbündeten an."
„Rustem", meinte Bonaparte und blickte trübe in den grauenden Morgen, „wenn die Soldaten das verfluchte Gespenst gesehen haben, so wird es wahr sein."

MOHAMMED

Roman eines Propheten

Ambra und Aloe und alle Wohlgerüche Arabiens über dich, den erlauchten Leser dieses geringen Buches. Du stehst mir nahe wie meiner Eltern Kind. Sei mein tapferer Bruder! Meine scheue Schwester!
Mohammed Ibn Ishak grüßt den edlen Gefährten und die anmutige Genossin einer kurzen Reise durch die Märchenwildnis seiner Schrift. Nach mündlichen Berichten und Zeugnissen und den gewissenhaften Erzählungen seiner Freunde schrieb er das Leben Mohammeds, des Gesandten Gottes, wie er es wahrhaftig erlebte. Möge Nachsicht seinem gewagten Unternehmen vergönnt sein! Die Agave muß blühen, das Weib muß lieben, die Sonne sich sonnen, Mohammed Ibn Ishak mußte dichten: die goldene Geißel und die rosene Entzückung seines Seins.

Der Schatten einer Palme segnete Aminah, die Liebliche, welche sanft dahingestreckt sich ihm vertraute. Die bronzene Wüste lag vor ihren Blicken, ein Kessel, der über unsichtbaren Feuern schwang. Ihre Ahnung irrte nach Westen. Dort hob sich eine Wolke Staub vom Boden, als entstiege sie einer Karawane. Mit lässiger Ängstlichkeit spielten ihre kleinen grauen Hände wie zwei Mäuse im silbernen Sand. Die Wolke aber kam näher, und sie nahm die Gestalt und den Glanz eines Jünglings an. Die Palme zu ihren Häupten begann zu tönen. Die Luft bestürmte sie. Zu schwarzen seidenen Kissen wandelte sich der Schatten, in dem sie lag. Eine selige Müdigkeit streichelte ihre Glieder. Ein strahlendes Echo zitternd gestammelter Liebkosung empfing sie aus der Wolke, dann sank sie rücklings in einen schwärmerischen Schlaf.

Als sie erwachte, hing ihr die Dämmerung ins Gesicht. Ihre Brüste stießen hell und hart ins Dunkle. Die schimmernden Brustwarzen berührten die steigenden Sterne, ihre Geschwister. Ermattet und erlöst sah sie den braunen Rücken eines Jünglings, der in das Abendrot schritt. In weiter Ferne unkörperlich sich entfaltete und in einer blauen Wolke entschwand.

Als Aminah einen Sohn gebar, da nannte sie ihn Mohammed. Sie empfand aber keine Wehen, wie die Weiber sonst, wenn sie gebären. Sie krümmte sich nicht wie die Weinbergschnecken. Sie schrie nicht wie der Schakal oder die wilde Katze. Sie lächelte, da sie ihn von sich nahm. Die Wunde schloß sich alsobald, sie erhob sich von ihrem Lager und eilte leichtfüßig, das Kind auf den Armen, nach der Kaaba. Dort brach sie in die Knie. Der schwarze Stein, der einst vom Himmel gefallen war, berührte die weißen Lippen des Säuglings, der, noch erblindet, sich an ihn saugte und die Milch von ihm trank wie von den Brüsten einer Mutter.

Aminah aber war zart, und Mohammed ergriff sie mit den Pranken eines jungen Tigers. Da sprach Abd Almuttalib zu ihr:
„Ich werde gehen und eine Amme suchen. Denn das Kind ist stark, wie ich noch keines sah; es könnte dich töten ... Auch mangelt es an genügender Nahrung für dich. Wir haben Dürre und Hungersnot. Ich werde gehen zu den Frauen vom Stamme der Benu Saad, deren Beruf und Verdienst es ist, zu säugen."

Abd Almuttalib ging auf den Markt, wo die Frauen vom Stamme der Benu Saad sich als Ammen anbieten, und rief: „Eine Amme für Mohammed, den Sohn der Aminah!"
Das Gemurmel der Frauen, das wie Plätschern eines tiefen Brunnens klang, riß mitten hindurch wie ein Leinentuch. Sie spitzten ihre Ohren wie Häsinnen.
Als sie aber hörten, daß der Name eines Vaters nicht ausgerufen wurde, überstürzten sich ihre Stimmen wie Kaskaden, um dann munter und eben weiter dahinzuplätschern.
Ein Waisenkind! Pah! Was soll es damit! Das Gehalt fällt mager aus, wenn der Vater fehlt. Und wo bleiben die üblichen Ehrengeschenke des Erzeugers an die Amme? Der Großvater wird sich nicht sonderlich um das Kind kümmern.
Abd Almuttalib lief den Markt auf und ab und rief:

„Eine Amme für Mohammed, den Sohn der Aminah!"
Er lief den ganzen Vormittag. Als alle anderen Frauen schon Säuglinge gefunden hatten, trat Halimeh, die Ärmliche und Unscheinbare, mit den schlaffen Brüsten, welche fürchtete, um ihren Verdienst zu kommen, auf Almuttalib zu und sprach: „Ich bin bereit, Mohammed, den Sohn der Aminah, zu säugen und zu pflegen ..."
Sie nahm den Knaben auf die Arme und trug ihn, mißvergnügt, daß sie ein Waisenkind davongetragen und weiterer Geschenke verlustig gehe, zu ihrer Kamelin, einem halbverhungerten kärglichen Tier, und schloß sich der Karawane der Ammen an, die mit ihren Säuglingen heimritten.
Als sie nun Mohammed an ihren schlaffen Busen legte, da schwoll er rund wie ein Granatapfel und gab Milch im Überfluß. Am Abend, da es sie hungerte und ihr Mann die Kamelin molk, molk er viele Eimer voll. Als sie sich zum Schlaf niederlegten, standen Dattel- und Feigenbäume um ihr Lager und sie tranken und aßen sich seit langem wieder einmal satt. Halimeh aber sagte: „Wisse, wir sind in einen Garten der Wunder getreten. Die Welt liegt hinter einem Rosenbusch. Palmen fächeln wie Mohrensklaven. Ich bin jung und wieder schön. Küsse mich Geliebter ..."

Das Land der Benu Saad, welches das unfruchtbarste Arabiens ist, wandelte sich, wo die Schritte Halimehs, der Amme Mohammeds, es berührten, zu einem paradiesischen Acker. Schwer mit Milch beladen schwankte Halimehs Vieh jeden Abend heim. Die Bäume warfen Schatten und Früchte ins ehedem leere Haus. Vögel und Blumen, die man vordem in dieser Gegend nie gesehen, blühten und zwitscherten um Mohammed und Halimeh. Nach zwei Jahren entwöhnte Halimeh Mohammed von ihrer Brust. Er aber verlangte noch oft nach ihr, bis in sein viertes Jahr.

Mohammed verbrachte die Tage als Hirt auf den Wiesen der Tochter Abu Dsueibs.
Öfter sprach Halimeh mit ihrem Mann: „Wundert es

dich nicht, daß seine Mutter gar nicht nach ihm verlangt? Ist das noch eine rechte Mutter, die vier Jahre, zwei Jahre nach der Entwöhnung, sich gar nicht nach ihrem Knaben erkundigt?"

„Abd Almuttalib schickt regelmäßig das Abgehandelte und Ausgemachte. Und haben wir nicht sonderbaren Segen durch Mohammed? Bekümmere dich nicht um die unmütterlichen Gefühle fremder Mütter", entgegnete ärgerlich ihr Gatte. Das Gespräch durchbrach, wie der Wolf die Lammhürde, bellend der Milchbruder Mohammeds, ihrer beider Sohn.

Ein riesiger Vogel, so erzählte er stammelnd, sei auf Mohammed, der sich bei den Tieren auf der Wiese befand, aus der Sonne herniedergestoßen, habe ihm mit dem goldenen Schnabel die Brust aufgehackt, so daß die Gedärme heraushingen, und habe in den Gedärmen gewühlt, als suche er das Herz. Da habe sich plötzlich eine schöne Frauengestalt, durchsichtig wie Glas und wie ein Schleier über die Wiese wehend, gegen den Vogel geworfen, der, von seinem Opfer ablassend, sich nunmehr gegen die offenbare Feindin wandte, sie mit seinen riesigen Krallen ergriff und mit ihr in den Lüften verging.

Erschreckt eilten Halimeh und ihr Gatte, der in Eile eine Hacke als Waffe an sich riß, auf die Wiese. Sie fanden das Vieh ruhig grasend und inmitten des Viehes auf einem kleinen Hügel Mohammed ohnmächtig, mit aufgerissener Brust und einer Wunde in der Herzgegend. Sie trugen ihn ins Haus und verbanden die Wunde, welche zusehends heilte.

Nach drei Tagen schon sprang Mohammed wieder, der über sein Erlebnis keine Auskunft geben konnte, zwischen den Eseln und Kamelen im Stall umher.

Aus der Beschreibung der schleierhaften Frau, die Mohammeds Milchbruder malte, schlossen Halimeh und ihr Gatte mit Bestimmtheit, daß es Aminah, Mohammeds Mutter, gewesen sein müsse. Das Abenteuer entsetzte sie aber dermaßen, daß sie beschlossen, Mohammed seiner Familie zurückzubringen und das Kostgeld aufzusagen.

Als sie ihn zu Abd Almuttalib brachten, erfuhren sie,

daß Aminah, Mohammeds Mutter, gestorben sei. Der wunderliche Alte hatte es ihnen drei Jahre verheimlicht.

In Syrien lebte ein Mönch namens Bahirah in einer Einsiedelei inmitten eines Gehölzes. Er hatte ehemals seine Hütte unter einem Baum, nicht weit von der großen Karawanenstraße, errichtet. Es war aber nach und nach ein ganzer Wald um seine Behausung aufgeschossen, der sie vor den Blicken und Besuchen neugieriger Schnüffler verbarg. Er war ein Christ und mit christlichen Sitten und Gebräuchen wohlvertraut. In seiner Hütte verwahrte er an einer eisernen Kette ein heiliges Buch, zu dem die Mönche und Schriftgelehrten von weither pilgerten. Das Buch aber hatte ihm prophezeit, er werde den Gesandten Gottes erblicken und in den Armen halten an dem Morgen, an dem er es nicht werde berühren können. Und der Gesandte Gottes werde eine Narbe über dem Herzen haben: die Narbe, da Gott ihm sein menschliches Herz aus der Brust geschnitten und ihm ein englisches eingesetzt habe an seiner Statt. Jahrelang hielt Bahirah Ausschau nach dem Gesandten Gottes und bereitete sich auf ihn vor mit Gebeten und Kasteiungen.
Eines Morgens, als er den Tag wie gewöhnlich mit einem Gebete aus dem heiligen Buch eröffnen wollte, sah er, daß das heilige Buch vollkommen eingesponnen war. Auf dem grünen Gespinst hockte eine große giftige Spinne, das Zeichen Luzifers auf der Stirn.
Kaum hatte Bahirah sich von seinem Schreck erholt, als Getrappel von Pferden und Kamelen auf der Landstraße vernehmlich wurde.
Bahirah stürzte sich auf die Straße und warf sich der Karawane entgegen, die Arme weit gebreitet. Er fiel dem vordersten Reiter in Zügel und schrie: „Ich lasse Euch nicht, Ihr tut mir denn die Ehre und seid für heute meine Gäste. Der Gesandte Gottes weilt unter Euch, ich will ihm huldigen."
Seinen weißen Bart zauste der Wüstenwind. Seine Augen brannten.

Die Kureischiten lächelten, und ihr Anführer, Abu Talib, der Oheim Mohammeds, sprach: „Ehrwürdiger Vater, wir wollen Euch gern das Vergnügen machen, uns zu bewirten. Aber den Gesandten Gottes, von dem Ihr spracht, führen wir nicht bei uns, erinnern uns auch nicht, von einem solchen gehört zu haben."
Die Karawane sattelte ab. Mit Hilfe seiner Jünger richtete Bahirah unter einem Baume ein Mahl her: Lammfleisch, Brot und Milch, und lud sie alle ein, jung und alt, Sklaven und Freie.
Als sie bei Tisch saßen, musterte Bahirah seine Gäste der Reihe nach mit gütigen Augen und sprach: „Kureischiten, es darf keiner, auch der Geringste nicht, zurückbleiben. Ich habe Euch alle eingeladen; fehlt auch niemand in der Runde?"
Die Kureischiten lächelten, und Abu Talib sprach: „Wir sind alle hier versammelt. Ein Knabe nur, mein Neffe, blieb im Lager, um auf die Tiere achtzuhaben."
Da sprang Bahirah auf und schrie: „Holt mir den Knaben!" Zwei Sklaven brachten Mohammed, der unbefangen auf den Mönch zutrat und sich tief vor ihm verneigte, die Arme über die Brust gekreuzt.
Als er die Verbeugung vollendet hatte und die Arme seitwärts fallen ließ, erkannte Bahirah auf dem nackten Oberkörper unter dem Herzen die Wunde, das Mal des Prophetentums. Bahirah aber gedachte ihn zu versuchen und sprach:
„Schwör' mir bei Lat und Uzza, Knabe, ob du wahre Träume hast!"
Der Knabe schüttelte den dunkeln Kopf, und eine Gebärde des Ekels erschütterte seine Züge. „Ich glaube nicht an Lat und Uzza, die Götzen der Kureischiten. Jeder Eid, der bei ihnen geschworen wird, ist ein Meineid."
„Woran glaubst du sonst, Knabe, wenn nicht an die Götter deines Volkes?"
„Die Götzen meines Volkes sind tönerne Götzen. Ich kann sie mit meinem Stecken zerschlagen."
„Und woran glaubst du, Knabe?"

Der Knabe hob den Kopf. Den linken Arm schön um eine Bambusstaude geschlungen, sprach er leise:
„An mich."
Bahirah kreuzte die Arme und neigte sich vor dem Knaben, wie der Knabe soeben vor ihm. Dann führte er ihn in das Haus, das heilige Buch ihm zu zeigen.
Da sah er wieder das grüne Gespinst und auf dem Gespinst die giftige Spinne. Sie zischte wie eine Schlange, als Mohammed ihr nahekam.
Er aber packte sie mit der Faust, warf sie auf den Boden und zertrat sie mit bloßer Sohle.
Er riß das Gespinst auseinander, schlug das Buch auf, und ob er gleich zuvor niemals gelesen und keiner Buchstaben kundig war, las er:
„Gelobt sei Gott, der Herr der tausend Welten. Der Allerbarmer. Der König der Richter und der Richter der Könige. Ihm dienen wir, so dient er uns. Er leite uns den geraden Weg: den Weg der Gnade und der Güte. Des Willens und der Weisung. Es ist nur ein Gott, ihn zeugte niemand, er zeuget niemanden, es ist nur ein Gott, und Mohammed ist sein Prophet ..."
Des Abends, als die Kureischiten sich zum Aufbruch rüsteten, nahm Bahirah Abu Talib beiseite:
„Wisse, daß Ihr den Gesandten Gottes unter Euch habt. Meine alten Augen sind selig, da sie ihn noch gesehen, meine dürre Lippc lobpreist seine kindliche Gottheit."
Abu Talib lächelte verzeihend:
„Wer ist es, den Ihr meint, ehrwürdiger Vater?"
Der Greis verneigte sich:
„Es ist Mohammed, Euer Neffe."
Abu Talib lachte:
„Märchenerzähler!" und schwang sich aufs Pferd. „Die Kureischiten handeln mit Edelsteinen und Seidenstoffen, aber nicht mit Göttern. Mohammed ist ein Kaufmann."
Der Alte ballte die Faust. Er bellte:
„Er wird Euch Euren Unglauben mit rechter Münze heimzahlen!"

Mohammed kehrte von einer Geschäftsreise, die er im Auftrag seines Oheims Abu Talib unternommen hatte, aus Syrien zurück. Die Geschäfte waren ihm nicht nach Wunsch und Willen gelungen, und mißmutig ritt der Jüngling seiner Straße. In sich versunken, bemerkte er nicht, wie er in die Fährte einer kleinen Reisegesellschaft geriet und, von ihr geleitet, sich besinnungslos ihrer Führung ergab. Die Gesellschaft machte halt. Mohammed stieg ebenfalls vom Pferde. Man begab sich in ein Haus. Mohammed, eine Gaststätte vermutend, folgte. Wohlig auf einem Kissen dahingestreckt, hing er müde geflügelten Träumen nach. Als er sich von einem Sonnenstrahl des bunten Fensters geblendet zur Seite ins Dämmerige wandte, sah er eine Dame vor sich, die ihm eine Schale Kaffee reichte.
Er erhob sich, errötend und verwirrt.
„Herrin, wer seid Ihr? Täuscht mich Trübung der Träume? Bin ich in keinem Gasthaus?"
„Beruhigt Euch, Mohammed – Ihr seht, ich kenne Euch – Ihr seid in einem gastlichen Hause – im Hause der Chadidjeh, der Tochter des Chuweiled."
„Herrin, führt mich zu Chadidjeh, daß ich sie um Verzeihung bitte für meine Eindringlichkeit in ihr Haus. Der heiße Tag, die Ahnungen der Seele verwirrten mich."
„Entschuldigt Euch nicht, Mohammed, Chadidjeh steht vor Euch."
Mohammed verneigte sich dreimal.
Die Röte, die über sein Gesicht flutete, durchflammte die Dämmerung.
„Herrin, ich sah auf meinen Wanderungen viele Frauen. Ich las in ihren braunen Dattelaugen und versuchte die weiße Schrift ihrer Stirnen zu enträtseln. Ich nannte sie Schwestern, aber keine verlockte mich zur bleibenden Einkehr. Da öffnet sich ein Haus: gleichsam von selbst. Da öffnet sich ein Herz: in abendlicher Dämmerung. Ein Blutstrom umbraust mich. Ich kralle mich wie ein Geier in die Äste meiner Verzweiflung. Helft mir, Herrin, zum Guten und zur Vollendung oder ruft einen Sklaven, daß er mich erschlage ..."

Chadidjeh zitterte.
„Mohammed, bleibt in diesem Hause, das sich vor Euch aufgetan.“
Mohammed fiel in die Kissen.
„Wie soll ich Euch verstehen? Ihr spottet meiner! O kenntet Ihr die Qual meines Tuns, bisher bestimmt, den Reichtum meines Oheims zu mehren, aus fremden Börsen Gold in die seinen zu tun, um falsche Werte fronend zu feilschen. Handle! fordert der Ohm. Handle! das gleiche Wort, doch welch entfernter, heilig hoher Sinn! – schreit eine Stimme aus blumiger Wolke, die mich stets beschattet.“
Chadidjeh lehnte an einer Säule, um die sich eine geschnitzte Schlange schlang:
„Mohammed, du glaubst gewiß, daß du es warst, der unserer Karawane sich anschloß. Wisse: wir waren es, die dir folgten ... Wir sahen die Wolke über deinem Haupte, die dein Kamel und dich beschattete, und folgten dir, um des Schattens teilhaftig zu werden, denn die Sonne versengte unsere Stirnen. Wir sind es, die dir zu Dank verpflichtet sind, daß du uns in deinem Schatten reiten ließest – denn die Wolke folgte dir wie ein getreuer Hund.“
„Herrin, ich schuf die Wolke nicht: dankt ihm, der sie uns sandte ...“
„Wir sahen nur die Wolke, doch hörten wir die Stimme nicht.“
„Die Stimme wird Gestalt annehmen und unter uns wandeln. Sie wird ihren Mund finden, dem sie weithin vernehmbar donnernd entfahre.“
„Mohammed, Gesegneter, ich biete dir mein Haus als Burg der Zuflucht. Handle, wie die Götter es dir befehlen, mit Worten der Wildheit und Wehmut und mit Münze nicht mehr. Betritt und verlaß mein Haus, daß das deine sei, wie du es immer willst, und sei mein Gatte. Nicht werden meine Arme dich ketten und halten, wenn dich der Geist in die Weite und Wüste treibt.“
Mohammed stürzte vor Chadidjeh zusammen. Sie hob ihn auf und führte den Jüngling zu Chuweiled Ibn Asad,

ihrem Vater. Abu Talib hielt für Mohammed bei Chuweiled um dessen Tochter an.
Mohammed brachte zwanzig junge Kamele als Morgengabe mit in die Ehe, die ihm Abu Talib schenkte, obgleich ihn der schlechte Ausfall der syrischen Geschäfte, die Mohammed für ihn geführt hatte, verdroß.
Chadidjeh aber war damals die angesehenste Frau unter den Kureischiten, sowohl hinsichtlich ihres Geblütes als wegen ihres großen Reichtums, um den sie jedermann beneidete.

Nach einer mondhellen Nacht fanden die Wächter des Heiligtumes der Kaaba, da sie die gewohnte Runde machten, den heiligen, vom Himmel gefallenen Stein nicht mehr.
Durch Mekka scholl der Klagegesang der Kureischiten.
Man verdächtigte einen griechischen Kaufmann, dessen Schiff bei Djidda gestrandet war, des Diebstahls. Der Grieche beteuerte unter fünfundzwanzig Peitschenhieben heulend seine Unschuld.
Man suchte in allen Häusern der alten Stadt und in den Armenquartieren nach dem Stein. Man scheuchte Gesindel und allerlei Laster und Verbrechen auf. Der Stein blieb verschwunden.
Da beantragte Mohammed, man möchte in den Palästen der Reichen und Vornehmen die Untersuchung fortsetzen.
„Bei Lat und Uzza", erstaunte Otba, der Emir, „ich finde des Jünglings Rat vorlaut angebracht und übel gegeben. Die Sklaven werden rebellieren, es wird ihnen der Kamm schwellen, wenn sie erfahren, daß man Herren ebenso behandelt wie Knechte, Edle wie Niedre, Reiche wie Arme. Unsere Macht beruht auf den Privilegien unserer Kaste. Sind wir so närrisch, uns dieser Privilegien freiwillig zu begeben? Wir verdienten, gepeitscht zu werden wie der dicke Grieche, der sich zum Stranden künftiges Mal eine andere Küste aussuchen wird als die unsere."
Otba schmetterte ein Gelächter in den Raum, als schütte er einen Sack Nüsse auf die Steinfliesen.

Da erhob sich Iblis, der Böse, in Gestalt eines vornehmen Kureischiten und sprach:
„Glück und Seligkeit auf deinen Samen, Otba. Du bist mir lieb wie Vater und Mutter: ich gebe meine Geliebte und mein schönstes Kamel für dich hin – gestatte mir aber, in Freundschaft und Verehrung zu bemerken, daß ich Mohammeds Rat gerecht und so arg nicht achte. Nur bin ich der Meinung, im Hause der Chadidjeh, bei welcher Mohammed, ihr Gatte, wohnt, mit der Untersuchung zu beginnen."
Iblis zwinkerte mit seinem einen Auge. Um die Stelle, wo sich beim Menschen ein zweites Auge zu befinden pflegt, hatte er ein rotes Tuch geschlungen, indem er vorgab, an einem Augenübel zu leiden.
Otba, der Emir, erhob seinen Blick und ließ ihn lang auf Iblis ruhen. Dann strich er sich über die braune gefurchte Stirn und schwang eine kleine silberne Schelle.
Zwei schwarze Sklaven sprangen, voll tierischer Demut wie Kaninchen, an Otba empor, mit gesteiften Ohren und halb offenen Lippen seines Winkes gewärtig.
„Man untersuche das Haus der Chadidjeh, der Gattin des Mohammed, Neffen des Abu Talib, nach dem schwarzen Stein."

Chadidjeh empfing am Tore die Boten des Rates.
„Herrin", sagte der erste, „verzeiht, daß wir Euch Ungelegenheiten bereiten. Es ist unsere Pflicht."
„Tut nur, was euch befohlen", lächelte Chadidjeh, „das ganze Haus steht euch offen. Nur bitte ich euch, mit jenem Glasschrank vorsichtig zu verfahren, der meine Vasen enthält, daß ihr nichts zerbrecht. Ich habe erst neulich von jenem griechischen Kaufmann, den ihr so übel zugerichtet, einige kostbare Gläser erworben, die nach einer sonderbaren, mir unbekannten Manier hergestellt sind. Fremde Götter schweben darauf mit fremden Tieren und haben Harfen und Schalmeien in den Händen. Achtet ihrer gut!"
Chadidjeh zog sich in ihr innerstes Gemach zurück.

Die Boten durchsuchten das Haus, ernst und unmutig, von den Neckereien der Mägde verspottet.
„Ihr da!" zwitscherten sie und bespritzten die Diener der Gerechtigkeit kreischend mit Wasser, „wenn wir schon Diebe sind – was seid denn ihr dann, bärtige Unholde! Schäbige Schlucker!"
Als sie in das Schlafzimmer Mohammeds drangen, fanden sie den schwarzen Stein unter seinem Kopfkissen.
Die Mägde erblaßten.
Chadidjeh sank ohnmächtig an einer Säule nieder.

Mohammed ward des Diebstahls am Heiligtum der Kureischiten angeklagt.
Er trat mit freier Stirne vor die Richter und sprach:
„Erhabener Emir! und ihr andern! meine Brüder und Freunde! Erhebt euch nicht zum Richter über den, der vor euch steht. Er bedarf des Richters nicht, da er sich selbst zum Richter gesetzt. Der jeden Tag, ach jede Stunde mit sich hadert und rechtet, den einen Gott wie die Gazelle das Wasser sucht, und seines unwürdigen Wesens oft keinen Rat, seiner dunklen Furcht oft keine Zuflucht weiß. Vernehmt die Wahrheit Mohammeds und seinen Traum der Wirklichkeit: Mohammed kam nicht zum Stein, der heilige Stein kam zu Mohammed, auf daß geoffenbaret werde die Gesandtschaft und Sendung Mohammeds. Schwört ab der Götzen Lat und Uzza und zerschlagt ihre Standbilder mit Hammer und Keule!
Es gibt nur eine Gerechtigkeit! Sprecht sie, Richter! Es gibt nur eine Güte! Übt sie, Menschen! Es gibt nur einen Geist: er ist gezeugt von keinem Vater, er ist geboren von keiner Mutter. Er weht im Winde: so lauscht ihm denn. Er strahlt im Lichte: so seht ihn denn. Glaubt dem Wunder des Steines! Allah il Allah! Es ist nur ein Gott, und Mohammed ist sein Prophet!"
Da verwunderten sich die Richter, und Otba sprach:
„Er ist voll Hochmut und Trotz und voll verworrener Reden. Auch scheint mir schmachvoll, daß er seines Volkes Götter beschimpft. Aber, bei Lat und Uzza, ich sehe auf seine Stirn und finde keine Schuld an ihm."
Iblis, der Einäugige, biß sich auf die Lippen.

„Man kramte den Stein aus seinem Bett: wer stahl ihn sonst?"
„Jemand, der Mohammed übel will und ihm mit List nach Ehre und Leben trachtet", sprach Abu Talib.
Iblis zuckte mit seinem Auge. Abu Talib fuhr fort: „Ich kenne Mohammed gut, ich bin sein Ohm: er ist ein schlechter Kaufmann, aber der wahrhaftigste Mensch. Bahirah, der Mönch, schon nannte ihn den Gesandten Gottes. Das Volk aber nennt ihn Al Emin, ‚den Treuen', denn niemand fand je ein Fehl an ihm."
Da trat der Gerichtshof zusammen, und sie sprachen ihn des Diebstahls am Heiligtum frei, verurteilten ihn aber wegen Beleidigung der alten Götter der Kureischiten zu hundert Dirhem Geldstrafe.
In einer goldenen Kassette, die sie ihm zum Geschenk machte, trug Chadidjeh selbst am nächsten Tag das Geld zu Otba.

Auf dem Brunnenrande der Kaaba sonnte sich Tag für Tag eine große giftige Schlange, die sich gegen jeden, der sich ihr näherte, zischend erhob. Am Abend kroch sie in den Brunnen zurück, wo man ihr Fleisch hinabwarf, sie zu besänftigen.
Man wagte nicht, den heiligen Stein an seinem Orte wieder einzufügen, solange die giftige Schlange ihn argwöhnisch bewachte.
Mohammed aber stand auf und predigte: „Die grüne Schlange haben euch Lat und Uzza, eure Götzen, und Iblis, der Böse, geschickt, damit der heilige Stein nicht wieder zu seiner Stätte komme. Gestattet, daß ich mich der Schlange nähere und ihr das Haupt abschlage."
Sie aber hatten Furcht vor der Rache der Schlange und ihrer Götzen und schrien:
„Nein, wir wollen sie weiter füttern mit erlesenen Speisen, damit wir sie versöhnen."
Und sie warfen eines Tages ein Kind in den Brunnen, welches die Schlange fraß.
Da schlich sich Mohammed des Nachts zu ihr und erschlug sie, während sie schlief, mit einem Stein.
Als nun das Heiligtum wieder eingemauert werden

sollte, entstand Streit unter den Kureischiten, welchem Stamme die Ehre zuteil würde, die Mauerung des schwarzen Steines zu vollziehen.
Sie brachten Schalen mit Blut und schlossen Bündnisse gegeneinander, schlugen die Trommeln und Pauken und bliesen mit den Flöten und Trompeten.
Die Fackel des Krieges glänzte schon fern über den Nächten.
Mohammed aber trat vor die Kureischiten und sprach:
„Reicht mir ein goldenes Tuch!"
Und sie reichten es ihm.
Da legte er den schwarzen Stein auf das goldene Tuch und ließ jede Ecke des Tuches von einem aus den vier Stämmen der Kureischiten halten.
So trugen die vier Stämme der Kureischiten gemeinsam den heiligen Stein an seinen Platz.

Hind, die Tochter Otbas, verfolgte Mohammed mit ihren Nachstellungen.
Sie sandte ihm einen Brief durch eine Sklavin:
„Hind, die Tochter Otbas an Mohammed, den Neffen Abu Talibs:
Ich liebe Dich, Mohammed, und gebe Dir meine Keuschheit preis, indem ich es Dir gestehe. Ich bitte Dich, heute nacht zu mir zu kommen. Die, die Dir dies überbrachte, wird Dich am Platze der Kaaba erwarten und Dich führen. In Sehnsucht und Süße. Hind."
Mohammed zerriß den Zettel und ließ sie ohne Antwort.
Da sandte sie ihm am dritten Tag ein anderes Schreiben:
„Hind, die Tochter Otbas, an Mohammed, den Gesandten Gottes. Ich habe von Deiner neuen Lehre eines einigen Gottes vernommen und bin begierig, sie zu empfangen. Laß mich zu lange nicht in Unwissenheit und geistiger Armut schmachten. Ich verlange nach der heiligen Lehre und bin durstig, sie vom Munde des Propheten zu trinken. Hind."
Mohammed, der sie durchschaute, zerriß auch diesen Zettel und würdigte sie keiner Antwort.
Sie aber wurde fürder seine bitterste Feindin.

Chuweiled brachte einen Zug Sklaven, männliche und weibliche, aus Syrien. Er ließ nach seiner Tochter schikken, streichelte ihr über das Haar und bat sie, den besten Sklaven und die schönste Sklavin sich auszusuchen, ehe er sie verkaufe.
Chadidjeh wählte Ali, den Knaben, sie wählte ihn zu ihrem Diener, und Maria, die Koptin, das schönste Mädchen, welches sie je gesehen. Sie gedachte sie zu ihrer Freundin zu machen und schenkte sie weiter an Mohammed, der sie zu seiner zweiten Gattin erkor und zärtlich liebte.

Unerträglich wird mir der Anblick der Menschen, die Lüge ihres Mundes, das Prahlerische ihres Gesichtes. Sie sind wie Schnecken aus sich herausgekrochen, ihr Haus und Hort aber liegt weit hinter ihnen, ihre schleimige Spur ist verwischt, und niemand findet mehr zur Burg der Behütung. Ich selber, o Gott, was bin ich für ein schlimmer Gauch! Gefallener Engel! Liebloser Liebender! Wie der Gärtner das Wasser in den Mund nimmt, die Blumen zu besprengen, habe ich schöne Worte im Munde und lasse sie über die dürre Wiese regnen. Was nützt dem Grashalm der Regen von Worten, das edle Geplätscher, wenn ihm die Sonne, die Tat des Lichts, nicht folgt? Ich bin mir widerlich wie eine tote Ratte. Ich stinke von der Verwesung der Untat. Ich bin ein Gespött: der spinnenden Spinne, dem jagenden Wolf, der emsigen Ameise, der turtelnden Taube, dem hurtigen Hecht. Nichts tue ich als träumen. Nichts will ich als Wünsche. Nichts kann ich, als dich ehren, Erde, dich lieben, Tier, dich preisen, Geist – mich aber, ziellosen Wanderer in Listen und Lüsten, tatenlosen Trunkenbold, muß ich: ja: unausdenkbar und unaussprechlich verachten.

Mohammed stürzte sich in die Einsamkeit, brandend und brüllend, daß sie wie ein Meer über ihm zusammenschlug. Niemand durfte sich mit seinem zerbrechlichen Kahn auf die von der Geißel Gottes gepeitschten Wogen wagen, sie hätten ihn zerschmettert und als wertloses

Strandgut an die Küste geworfen. Nicht Chadidjeh, die schillernde Schlange, kroch die besonnten Felsen zur Einsiedelei empor. Nicht Maria, dem singenden Vogel, glückte der schmerzliche Flug durch das Dornengebüsch und an den Leimruten und Netzen der Vogelsteller vorbei.
Mohammed jubelte: sein Lachen brauste in den Lüften: seine Stirn stürmte zu den Wolken:
Ich bin allein! Niemandes Folgsamer und meiner endlich gewiß! Die Sonne ist meine Sonne, ich wandle meinen Schritt. Ich sehe mich im Spiegel des Baches und bin betroffen. Ich falle nieder am Ufer und trinke durstig mein Antlitz. Nachts fallen die Sterne auf meinen Weg und sind Kiesel, die im Mondlicht glänzen. Ich hebe sie in meine Hand und betrachte sie willig. Die Eidechse, meine kleine Schwester, hält an der Mauer meinen Blikken stand, und zärtlich sehe ich sie in dunkler Höhle entschwinden. Der ich in der Gemeinschaft und Gemeinheit der Menschen mich hassen lernte – ich wage mich zum erstenmal zu lieben und weine mich wie ein Kind in seligen Schlaf …
Mohammed rannte bis in die tiefsten Täler Mekkas.
Die Wildnis entwirrte sich vor ihm. Schlinggewächse entschlangen sich. Sumpf ward Erde. Silberne Quelle Labsal. Die Steine ebneten sich unter seinem fröhlichen Fuß. Die Fichten verneigten sich. Und die Felsen warfen sich Echo auf Echo zu wie einen klingenden Ball: Heil dir, Mohammed, Gesandter Gottes!

Es war der heißeste Ramadhan seit vielen Jahrzehnten. In den Straßen der Städte fielen die Maultiere tot um. Kamele verdursteten. Hunde wurden tollwütig. An den Karawanenstraßen schimmerten wie Meilensteine eines qualvollen Weges die Leichen der von der Sonne erschlagenen Araber. – Chadidjeh und Maria lagen im steinernen Schatten des Hauses, im kühlsten innersten Gemache, auf Bastdecken. Sie hatten die Kleider von sich gestreift, die, zu einem Knäuel geschichtet, wie ein bunter Götze aus der Dämmerung glotzten. Ihre schönen Brüste leuchteten wie weiße Ampeln. Sie tranken

Fruchtwasser, naschten an Zuckergebäck und spielten Mühle. Ein zahmer chinesischer Zeisig mit einem sonderbaren hahnähnlichen feuerroten Schopf sprang auf den Feldern des Spielbretts zirpend zwischen den Steinen.

Plötzlich warf Ali, der Knabe, den Vorhang zurück und meldete:

„Ein Bettler, Herrin, steht am Tor und läßt sich nicht abweisen. Ich bot ihm Datteln. Er wies sie zurück. Ich bot ihm Münze. Er schlug sie mir aus der Hand. Sein Bart und sein Haar ist verwildert wie ein Wald aus Knieholz. Er stinkt wie ein Schakal. Sein Leib ist mit schwarzen Krusten bedeckt. Er ähnelt einem Taschenkrebs. Die Arme schlägt er wie Mühlenflügel. Aus seinem Mund tropft heißer Speichel wie gesiedetes Blei. Seine Augen sind groß wie die Augen von Irren. Er wünscht Euch zu sprechen, Herrin ..."

Maria zitterte.

Ein Spielstein fiel aus ihren Fingern und klirrte aufs Brett.

Der Zeisig kreischte.

Chadidjeh stützte das Kinn in die Hand.

„Bring uns Decken, Ali."

Der Knabe huschte maushaft durch den Raum.

Die weißen Ampeln erloschen unter Tüchern.

„Der Mann soll kommen."

Mit klappernden Gliedern tanzte ein gebrechlicher Greis durch die Tür.

Unreiner Atem erfüllte die Luft.

Häßlichkeit mißhandelte die Blicke, die ihn beschauten.

Grauweißes Haar wuchs pilzig aus dem Kopf.

Der Burnus, der ihn wie mit Krähenflügeln beschirmte, stob schmutzig und zerrissen von seinen Lenden.

Lallend fiel er zwischen den Frauen nieder.

„Mohammed!" schrien die Frauen.

Wie Bambus schossen sie steil in die Höhe. Die Decken fielen von ihren Hüften. Ihre weißen Brüste funkelten.

Mohammed gesundete.
Die Frauen pflegten ihn wie ein Kind: mit Hühnerfleisch und Eselsmilch. Sie wuschen und kämmten ihn des Morgens. Sie trugen ihn im Sessel nachts, wenn Kühlung wehte, auf das Dach. Da saß er im Sessel und sah mit leeren Augen in die Sterne.
„Liebes Licht!" sagte er und winkte den goldenen Brüdern.

Als Mohammed eines Tages zu sich kam, sah er Chadidjeh in Unterhandlung mit einem Reisenden, der von Medina eingetroffen war und gute Geschäfte in Essenzen und Ölen für sie gemacht hatte.
„Während du fiebrig plappertest, Mohammed", Chadidjeh sah ihn an, „habe ich gehandelt."
„O Weib", sprach Mohammed, „dem Worte werden Füße wachsen, und es wird schreiten. Es wird ein Leib sein und eine Stirne haben. Seine harten Hände werden das Schwert schwingen und das Wort wird töten, welche an die Macht des Wortes nicht glaubten."
Der Herbst, der die Blätter rötete und bräunte, färbte auch Mohammeds Haar und Bart wieder braun. Seine Glieder dehnten, seine Muskeln füllten sich. Ohne Stab vermochte er kraftvoll wie einst zu schreiten.
Leicht, und nur aus Zärtlichkeit auf Maria gestützt, ging er in den glitzernden Abend.
„Erzähle mir, Mohammed", sprach Maria, „was sich ereignete, seit du uns im Ramadhan verlassen. Sofern es dich nicht schmerzt. Wenn es die Erinnerung belastet: wirf es von dir und auf mich. Ich will alle deine Lasten gern und heiter bis ans Ende aller Zeiten tragen. Peinigen dich aber meine Worte wie Mücken oder stechen sie wie giftige Kakteen: so laß uns schweigen und wie dunkle Palmen schweigsam im blauen Himmel stehn."
Mohammed haschte nach einem fliegenden Käfer.
„Jahrhunderte, so schien es mir, raste ich einsam durch die Welt. Der einzige Mensch. Kein Bruder und keine Schwester, keine Gattin und keine Geliebte waren mir zugetan. Ich nährte mich von den Früchten der Wildnis

und stillte meinen Durst an den springenden Bächen. Einst hatte ich Hunger nach Fleisch. Ich schnitzte mir einen Bogen und eine Lanze und jagte einer Hindin nach. Ich richtete den Bogen, der Pfeil schwirrte von der Sehne – ich fiel in mich zusammen. Blut rann aus meiner Brust. Der Pfeil hatte mich selbst durchbohrt. Niemals mehr stellte ich einem Tier nach. Gazelle und Löwe folgten freundlich meinen Schritten. Taube und Geier begrüßten mich schnäbelnd aus den Lüften. Bart und Haar sprossen lang aus Haupt und Brust und Beinen. Wild ward ich und alt und hatte keine Gedanken, kein Wissen und keine Vernunft. Da kam ich an den Berg Hira und erstieg ihn stöhnend. Und als ich den Gipfel erklommen hatte – ich stieg aber Monate und Jahre –, fiel ich in einen tiefen Schlaf. Dem enttauchte wie aus dunklen Fluten ein schöner Jüngling. Er hielt ein beschriebenes seidenes Tuch vor sein Gesicht. Nicht sah ich sein Gesicht, nur seine elfenbeinerne Gestalt. Und der Jüngling sprach: ‚Lies!' Ich aber lallte unwirsch kaum verständliche Laute – ich hatte in den Jahren und Jahrhunderten der Einsamkeit die Sprache vergessen und verloren. Da stülpte der Jüngling das Tuch mir über den Kopf, daß ich zu ersticken meinte, und donnerte: Mohammed! Dich ruft Gott! Ich bin Gabriel, sein Gesandter!"
Mohammeds Stimme wuchs und schlug wie der Donner von der felsigen Bläue des Himmels zurück.
„Der Engel aber riß das Tuch zurück und mit dem Tuch mein Haupt, das wie ein Bildnis blutend auf der Seide schwebte. Als ich das Bewußtsein wiedererlangte, lag ich in deinen Armen, Maria, und in den Armen von Chadidjeh. Ich sah vergehend noch den braunen Rücken eines Jünglings, der in das Abendrot schritt. In weiter Ferne unkörperlich sich entfaltete und in einer goldenen Wolke entschwand."
Maria breitete die Arme.
Sie sank der Nacht an die schwesterlichen Brüste.

Im Monat Dsu-l-kaadeh bestieg Mohammed zum zweitenmal das Gebirge Hira.

Als Mohammed vom Hira kam, umschritt er siebenmal die Kaaba, dann blieb er in der Mittagssonne stehn, steil wie ein Standbild, und kein Tropfen Schweiß trat auf seine Stirn. Er schickte aber Maria, die Koptin, seine Geliebte, die von zarten Sitten war, durch die Stadt. Glücklich gehorchte sie seinen Befehlen, denn sie glaubte an ihn, und ihr nächtlicher Wunsch, der wie ein Hund vor ihrem Lager ruhte, war: Gib mir, Gott, einen Sohn von Mohammed, oder wenn du willst, eine Tochter. Ja, laß mich ein Tier gebären: eine Schlange oder ein Kalb – eine Quelle oder einen Felsen – nur daß ich von ihm schwanger werde und ihm ein Lebendes oder Totes gebäre. Denn alles ist gut, was von ihm kommt: es sei nun die Geißel oder der Kuß. Die Liebe oder die Verachtung. –

Maria, die Koptin, ging durch die Stadt mit einer kleinen Glocke und läutete. Und das Volk strömte herbei; Männer und Weiber und Kinder, und ein alter Mann im weißen Bart – es war aber Abu Bekr, ein gelehrter Sonderling – fragte: „Was läßt du, schönes Mädchen, die Glocke klingeln? Bist du nicht Maria, die Koptin? Läutest du zu einem bunten Fest mit Wein, Musik und Reigen? Siehe, die Sonne steht hoch und brennt um unsere Stirnen wie nahe Fackeln. Erwarte den lauen Abend, die trauliche Nacht und rufe dann, aber leise, mit dem Zeichen eines Vogels, die Liebenden."

Maria aber sprach: „Ich bin Maria, die Koptin, und lade euch, Kureischiten, im Auftrage meines Herrn Mohammed zum Fest. Er wartet euer auf dem Platze vor der Kaaba und bittet euch, sofort zu kommen. Wer zu ihm eilt, der wird im Schatten wandeln, wenngleich die Sonne im Zenith zürne. Er wird Labung finden, Trank und heilige Feier."

So sprach Maria und durcheilte die glühenden Straßen. Es war ihr, als liefe sie auf glühenden Scheiten. Aber sie spürte ihre sengenden Sohlen nicht. Sie läutete die Glocke und sprach ihren Spruch.

Die Kureischiten gingen in ihre Häuser und richteten sich festlich her. In seidene Tücher hüllten sich die Frauen und bemalten sich Wimper und Lippe. Goldene

Spangen umrankten die zärtlichen Knöchel. Amulette hingen an geflochtenen Haaren zwischen den Brüsten: versteinte Skarabeen oder Libellen. Die Männer schnallten sich ziegenlederne Gürtel um den leuchtenden Burnus und steckten darein Dolch und Bogen und Flöte. Die Kinder aber, die keines Schmuckes bedürfen, sprangen nackt zwischen Eltern und Geschwistern, warfen sich zur Erde nieder, zum Himmel empor und wieherten wie junge Pferde oder gurrten wie die Tauben.

Als sie alle versammelt waren (es waren aber unter ihnen Otba, der Emir, Abu Talib, der Oheim, und Iblis, der Böse), hielt Mohammed seine Stimme wie einen Schild über sie und sprach:
„Kureischiten! Brüder und Schwestern! Die Zeit hat sich erfüllt, daß ich nicht mehr zu einzelnen trete und ihnen vertraulich von der Wahrhaftigkeit künde. Gott ist auf dem Berge Hira, der fortan der Heilige Berg genannt sei, zu mir getreten in Gestalt eines schönen Jünglings und hat befohlen: Tritt hervor mit dem, was ich dir auftrug. Predige deinem Volke und senke deine Flügel über die Gläubigen, die dir folgen. Sprich: ich bin der klare Prediger. Niemand kehrt zur Heimat denn durch mich.
Kureischiten! Die Zeit hat sich erfüllt. Der Greuel, so ihr mit Hilfe der Götzen Lat und Uzza verübt, sind genug und übergenug. Lüge schien euch ein mildes Mittel zum Leben. Betrug des Bruders, Eid- und Ehebruch erfreulichste Tat. Gold! stand goldgestickt auf den Bannern eurer Sehnsucht. Gold glänzte in euren toten Augen. Gold brach euch aus dem Herzen. Im Golde wühlten eure hohlen Hände. Lat prangte auf goldenem Sockel. Uzza fraß täglich tausend Unzen Gold. Man sprach zur Gattin nicht: ich liebe dich. Man sagte: Gold. Man grüßte den Bruder nicht: Gott segne dich! Man sagte: Gold. Das erste Wort, das der Säugling sprechen lernte, hieß: Gold. Das letzte, das des Greises erbleichende Lippe lallte: Gold. Mit Gold knechtetet ihr eure Brüder, kauftet Sklaven und Sklavinnen, daß sie euch dienten, dazu nur gut und geschaffen, lebende Maschinen, euch neues Gold wie Getreide zu dreschen. Und

doch ist ein Sklave ein Mensch wie ihr: mit Blut in den Adern und Seele im Herzen. Gebt frei, ihr Kureischiten, eure Sklaven. Sagt: frei sollen sein alle Menschen. Denn alle Menschen sind Geschwister, geschaffen nach dem einzigen Bilde des einzigen Gottes. In Freiheit soll jeder tun seine Tat, jeder denken seine Gedanken, jeder üben seine Übung, jeder träumen seinen Traum. Jedem soll glücken sein Glück!

Freiheit, ihr Kureischiten, jedem Sohne einer Mutter. Jeder Tochter eines Vaters.

Dies sei zum ersten gerammt als ein starker Pfahl des neuen Gesetzes: Freiheit!

Zum zweiten, ihr Kureischiten: reißt herab von ihren goldenen Thronen die goldenen Götzen Lat und Uzza. Stellt auf den Sockel des Glaubens den einzigen Geist!

Nicht: Gold! ihr Kureischiten: Geist! sei euer Feldgeschrei. Es ist nur ein Geist, dem sollt ihr Altäre und Moscheen bauen. Er warf euch einst den heiligen Stein vom Himmel! Heut spricht er durch des Menschen Mund zu euch. Erkennt die Zeichen, die er gab: Gott läßt den Regen der Sterne nicht vergebens regnen. Umsonst nicht schuf er Weib und Mann, Sonne und Mond, Tod und Leben: sich ergänzend. Die Erde ist der Wunder größtes. Der Mensch unmenschlichstes Geschöpf. Erkennet, Kureischiten, euren wahren Herrn.

Es sei gesteckt der zweite Pfahl des neuen Tempels: der Glaube an den einzigen Gott! Die einzige Güte! Den einzigen Geist!

Allah il Allah!“

Mohammed stand gekreuzigt gegen den blinkenden Himmel. Ein Schweigen lastete eisern über dem heißen Platz.

Da flog ein Stein gegen Mohammed (den ersten aber schleuderte Iblis der Böse), und dann ein anderer, ein dritter. Schließlich brach ein Hagel von Steinen über Mohammed zusammen, aus grauenvoller Stille geworfen.

Mohammed ward, schwer verwundet, von Ali, dem Knaben, und Maria, der Koptin, in das Haus der Chadidjeh getragen, wo er vor Sonnenuntergang noch von seinen

Wunden genas und sich dankend im Gebet nach Westen neigte.

Wolken jagten windgetrieben in wunderlichen Figuren über den Mond: blumenhafte Ornamente, schwarze Ringe, schnaubende Panther, verträumte Vögel, schlanke Krokodile, märchenwilde Menschen mit Ziegenbeinen und Widderhörnern.
Pfeifend fegte der Wind den Staub durch die Straßen.
Dann und wann erschien, ruhig und unverwandelt, ein Stern zwischen den wolkigen Wesen.
Mohammed warf sich schlaflos von einer Seite auf die andere.
Der Morgen verzieht. Und will und will nicht nahen. – Bin ich vergessen? Verworfen? Ein Bündel alter Kleider – in die Ecke? Wer hört mich, wenn ich spreche? Wer sieht mich, wenn ich schreite? –
Mohammed sprang auf.
Er stieß mit dem Fuß nach Ali, der neben ihm schlief.
Der Knabe rieb sich schlaftrunken Wangen und Augen.
„Was wünschest du, Herr?"
Mohammed senkte die Wimpern.
„Folge mir, Knabe. Ich habe Furcht ... allein. Ich will, daß etwas Lebendiges um mich sei."

Einsam und schallend schritten sie durch die nächtlichen Straßen Mekkas.
Der Mond warf ihre Schatten ihnen lang und spitz voraus.
Katzen kreuzten den Weg: aus schwarzen Winkeln wie im Arnikarausche leise tanzend.
Hunde bellten brav: fern hinter Hürden.
Hyänen heulten vor den Toren.
Ein Hahn stand weiß auf einer Mauer.
Im Zickzack durchzogen sie die schweigsame Stadt.
Torbogen nahmen sie dunkel auf und entließen sie strahlend.
Wolken schwärzten wie mit Pinselstrichen den Mond.
Ruhig und unverwandelt schien ein Stern.

Sie eilten eine Palmenallee entlang. Ein Tor erschloß sich ihnen.
Ali, der Knabe, bebte zurück.
Sie standen auf dem Begräbnisplatz von Mekka.
Mohammed schritt bis in die Mitte der Gräber. Die Gräber öffneten sich. Unabsehbar bis ans Ende der Welt dehnten sich die duldsamen Reihen der Toten im weißen Licht des Mondes. Die Schädel schillerten opalen. Skelett lag neben Skelett, in dünnen Totenhemden; frierend.
Mohammed erhob seine Stimme. Wie ein erzener Stab zerschlug sie die Einsamkeit.
„Ihr Toten, ich grüße euch! Ein Sterblicher segnet die Gestorbenen! Ich rede zu den Lebenden wie in eine leere Wand. Ihre Ohren sind mit Werg verstopft und ihre Lippen mit Leim verkittet. So erhebe ich meine Stimme zu den Toten, daß sie mich ihren Bruder nennen und begreifen. Ihr Toten, die ihr seid unzählige wie Sand der Wüste, verachtet und verscheucht nicht den, der elend zu euch flüchtet. Er ist geringer denn der Geringste von euch. Er ist unwissender denn der Unwissendste unter euch. O dürfte er nur eine Stunde einer der euren sein: mit Weisheit und Tugend, wie mit Juwelen beladen, kehrte er zuück in den Kreis der Lebenden, sie fabelhaft unfehlbar zu bekehren ..."
Schweigsam lauschten die Reihen der Toten. Unabsehbar dehnte sich Grab an Grab bis ans Ende der Welt. Die Schädel schillerten opalen. Skelett lag neben Skelett, in dünnen Totenhemden, im weißen Licht des Mondes unsagbar frierend.

Die ersten acht Gläubigen, die sich trotz aller Anfeindungen an Mohammed anschlossen, waren Ali, der Knabe; Zeid Ibn Haritha, der Freigelassene; Abu Bekr, der Gelehrte; Otham, der Mildtätige; Abd Errahman, der Gerechte; Zubeir, der Gütige; Saad, der Tapfere; Talha, der Schöne.
Als aber Talha sich zu Mohammed bekehrte, da raunten die Mädchen, die um ihn waren: „Wirst du uns nicht mehr lieben, schöner Talha?"

„Ich werde euch immer lieben", sprach Talha und entzog sich den sanften Händen der braunen Ebra; aber sein Blick flog über sie hinweg zu den Bergen, und er hörte nur ihre Stimme. Ihre Schlankheit, so verführerisch, hatte sich ihm entfremdet.
Ebra höhnte: „Mohammed wird dich häßlich machen und dir Furchen ins Antlitz graben, darein er seine Weisheit sät. Kein Mädchen wird sich mehr in dich verlieben. Die Weisheit ist für alte Leute, Talha – was willst du mit ihr beginnen? Sie ist ein dürres greisenhaftes Weib mit hängenden Brüsten. Sieh die meinen, schöner Talha, wie sie wie zwei Berge von meiner Erde stehen. Komm und ruhe zwischen ihnen."
Talhas Blick kam von den ewigen Bergen zurück, darauf er geruht, und er sprach:
„Ich brauche die Ruhe deines Leibes nicht, denn ich ruhte auf den Bergen der Ewigkeit. Die Wolke Wehmut beschattete mich. Der dunkle Strom floß zu meinen Füßen: darauf fuhr ein syrisches Boot, bewimpelt, Gesang ertönte der Gestorbenen, und es klang süß wie Vogelruf am Morgen."
Laut auf lachte Ebra. Die Mädchen schlossen einen Reigen um Talha und zwitscherten:

Der schöne Talha
Entwöhnt sich der Mädchen,
Geht zu den Toten,
Schmeichelt den Toten.
Der schöne Talha
Geht auf die Berge,
Streichelt die Bäume,
Seufzet am Quell.
Der schöne Talha
Liebt eine Wolke,
Morgens und abends
Späht er nach ihr.
Doch sie entgleitet,
Doch sie entschwindet,
Trauriger Talha,
Fliege ihr nach!

Versunken in sich schritt Talha wie ein Solotänzer in einem Knabenhaus den Reigen. Lachend und lieblich lebendig folgten die ungezogenen Mädchen.

Mohammed sah in seinen acht Gläubigen eine besondere Bedeutung: ein wohlgeordnetes Sternbild. Den Glauben errang zuerst und am leichtesten: das Kind, der freieste Mensch. Sodann der Sklave, der seine Ketten kannte, als Freigelassener ihrer ledig wurde. Sodann der Strebende, Forschende, ernsthaft Gelehrte. Sodann der Mildtätige, der seines Reichtums freiwillig sich begab. Sodann der Richter, der nicht Recht, sondern Gerechtigkeit sprach. Sodann der Gütige, der durch Leiden zur Güte kam. Sodann der Tapfere, der, nachdem er tausend Feinde zu Boden geworfen, endlich sich selbst besiegte. Zuletzt der Schöne, der, Gottes Antlitz wie eine Fahne vor sich schwingend: durch Stolz und Überhebung dennoch am schwersten zu Gott gelangt. Oft erst muß ihn der Aussatz oder die Blattern zerfressen, daß er erkenne das Vergängliche des gemalten Gleichnisses.
„Das erste und das letzte Glied an meinem Ringe", sprach Mohammed, „sind mir die liebsten. Sie binden den Ring und führen vom Anfang zum Ende: Ali, der Knabe, und Talha, der Schöne: sie sollen neben mir schreiten. Umschlungen mit ihnen will ich das Paradies suchen. Durch alle Himmel wollen wir rennen: ein seliges Dreigestirn, bis Gott im siebenten die letzte Binde von unsern Augen nimmt, und wir, nur leicht geblendet, das unverlöschliche Licht, die ewige Ampel enthüllen."

Die Kureischiten spotteten, daß Mohammed im Tempel der Kaaba mit den Geringen und Geringsten zusammensaß.
„Seht nur", riefen sie, „Gott hat durch Mohammed den alten Lumpen Fukeiha Jasar begnadet und begnadigt. Wenn Gottes Wort zu trinken wäre, er möchte ein sehr beredter Mann und der Heiligste der Heiligen werden."
Mohammed aber fuhr sie an wie ein fauchender Löwe:

„Fukeiha wollte nie mehr sein, als er ist: ein armer Lump mit einem Herzen zum Hellen. Aber ihr, edle Herren und reiche Händler, was seid denn ihr? Seidene Gewänder, hinter denen Standbilder aus Kot starren."

Die Sklavin, welche Mohammed einst die Briefe der Hind überreicht hatte, lauerte ihm auf, als er morgens, ehe die Sonne aufging, das Heiligtum der Kaaba betrat.
„Was willst du, Mädchen?" fragte er leise, das erblühende Licht nicht zu stören.
Sie neigte den ägyptischen Kopf:
„Ich bin von allen Sklavinnen erlost, mich dir darzubringen, Mohammed. Du streitest für unser aller Freiheit. So sind wir übereingekommen, daß eine von uns als schwachen Dank der Gemeinschaft die Freiheit ihres jungfräulichen Leibes dir opfere. Mich traf das Los. Nimm mich an heiliger Stätte hin, damit ich geheiligt werde."
Mohammed trug sie in den Tempel. Er warf sich über sie.
Ihr Name war Aischa.
Sie wurde seine dritte Frau und die Ahnin der Kalifen.
Als er sie von ihrer Jungfraunschaft erlöste, floß Blut über die Altarsteine.
Die Wächter fanden, nach Sonnenaufgang die Halle betretend, ein Büschel roter Mohnblumen auf den Fliesen des Altars.

Otba, Iblis, in der Gestalt eines vornehmen Kureischiten, und viele andere Erlauchte des Stammes trafen sich in einem Knabenbordell der alten Stadt.
Sie hatten je einen Knaben neben sich auf dem Polster.
Gelächter ertönte. Gedämpftes Saitenspiel und matter Klang von Küssen. Ampeln glänzten wie erleuchtete Pomeranzen.
Ein Knabe begattete im Schauakt eine dressierte Ziege.
Otba sprach:
„Mohammed wächst uns über den Kopf. Ich habe sein ir-

res Treiben mit Rücksicht auf Abu Talib, seinen Oheim und meinen Freund, bisher mit Nachsicht verfolgt. Seine Anhänger aber mehren sich. Schon sprießen finstere Gesichter aus dunkeln Gassen wie wilder Efeu. Sklavinnen und Sklaven wollen ihre Ketten nicht mehr tragen und murren, es gibt keine von den Göttern gewollte Abhängigkeit. Und es sei nur ein Gott: der Gott der Liebe."

Die Ziege meckerte.

Iblis, der Einäugige, echote meckernd:

„Huldigen wir nicht auch hier einem Gotte: dem Gotte der Liebe?"

Man lachte und lächelte.

Malik, der fette Wirt, der seinen weichen Wanst wie einen herabhängenden Altweiberbusen vor sich herschob, wieherte.

Otba fuhr fort:

„Neulich traf ich zwei Knaben beim Ballspiel. Sie warfen sich den Ball wechselseitig zu und riefen: Dies ist Lats Kopf. Er ist gehangen. Oder: Dies ist Uzzas Kopf. Er ist enthauptet. – Das ist Mohammeds Werk: er vergiftet die Jugend."

Abu Schem streichelte seinem Knaben über die braunen Locken:

„Ich begreife Mohammed nicht: ist er ein Zauberer?"

Abu Sofjam beschied:

„Er ist kein Zauberer. Er macht keine Zeichen und spricht keine Sprüche wie die Zauberer ..."

„So ist er ein Besessener?"

„Ich sah Besessene: Sie schlugen mit fiebrigen Armen in Feuer und Flamme. Bohrten sich Nadeln durch die Wangen. Stampften durch siedendes Pech. Mohammed tut nichts dergleichen."

„So ist er ein Dichter?"

„Ich las die Dichter der alten und neuen Zeit. Mohammed spricht nicht wie sie. Er redet ganz ohne Reime."

Da erhob Iblis die blecherne Stimme: „Er ist kein Narr, kein Dichter, kein Zauberer und kein Besessener. Er weiß recht gut, was er will. Er will, o Otba, die Macht im

Staate. Er will den Königsmantel um seine Lenden schlagen, damit ganz Arabien ihn zum Fürsten ausrufe und er geehrt und begütert sei vor allen andern. Dies, o ihr Freunde, ist Mohammeds wahres Gesicht und die trübe Quelle seiner Pläne."

Otba seufzte:

„Was sollen wir tun? Er ist mit vielen von uns verwandt. Ich schätze seinen Oheim. Sein Schwiegervater ist ein trefflicher Mann."

„Wählt aus allen vier Stämmen der Kureischiten je einen mutigen Jüngling", riet Iblis. „Gebt ihnen Schwerter in die Faust, daß sie ihn beim Morgengebet, das er in der Kaaba zu verrichten pflegt, erschlagen. Es wird kein Stamm der Schuldige sein, da die Schuld sich auf alle vier Stämme verteilt und sein Blut sich über sämtliche Familien verstreut ..."

Man applaudierte lebhaft den Worten des Iblis.

Äffisch ahmten die Knaben die Handbewegungen ihrer Herren nach und klatschten mit kleinen Händen dem Morde Beifall.

Die klatschenden Äußerungen der Hände gingen in einen von zwölf Knaben getanzten Reigen über.

Mohammed ward beim Morgengebet von vier mit Schwertern bewaffneten Jünglingen überfallen.

Ein Nebel verwirrte ihre Augen, so daß sie einander gegenseitig hinschlachteten.

Iblis, der Einäugige mit der roten Binde, fand ihre Leichen, als er den Leichnam Mohammeds suchte.

Er reckte den runzligen Arm gleich einem verdorrten Ast zum Himmel.

Von nun an hatten die Moslems, die Gläubigen Mohammeds, viel zu dulden. Man warf die Niederen, die keinen vornehmen Familienanhang hatten, tagelang in feuchte, naßkalte Keller, um sie darauf, auf Steinen festgebunden, der sengenden Wüstensonne preiszugeben. Schlangen und Kröten waren ihre Genossen und die Flöhe der Wüste, welche sich zwischen die Zehen krallten und die Füße zerfraßen. Sie wurden in Käfige gesteckt, in denen sie weder sitzen noch stehen konnten, und, halb liegend, zu unförmigen Geschöpfen gemästet,

um plötzlich durch Hunger zu vogelähnlichen Gerippen abzumagern.
Chadidjeh und Abu Talib, die mit ihrem Ansehen Mohammed gestützt, starben in einem Monat.
Chadidjeh bekannte auf der Bahre, in letzten Fiebern brennend, sich zu Mohammeds Lehre.
Mohammed bekränzte sie mit rotem Mohn, der Blume des Propheten, und hielt mit Maria, der Koptin, und Aischa, der Ahnin der Kalifen, die Totenwache.
Gabriel, der Engel, stand zu ihren Häupten und entzündete Sterne an den Totenkerzen.

Mohammed kehrte von seinem Abendgange heim, mit Kot beworfen. Die Kureischiten höhnten: „Wenn du Gottes Gesandter bist und Wunder vermagst, so verwandle den Dreck in eine goldene Krone, die dein Haupt ziere und dich zum Herzog erhebe!" Der Kamelmist hing ihm in die Stirne. Winselnd wusch ihm Maria den Kopf.
Ein Rhododendron blühte Mohammed zum Firmament.
„Weine nicht Mädchen, ich muß den heiligen Stein und die ungastliche Heimat für einige Zeit verlassen. Ich werde aber zurückkehren, ihn als letzten Stein in mein Gebäude einzufügen. Geh zu Abu Bekr, zu Talha und den übrigen und bescheide sie heimlich in die Höhle des Berges Thaur unterhalb der Stadt."
Iblis, der Böse, der von Mohammeds Plänen erfuhr, sandte einen Meuchelmörder, ihn in der letzten Nacht im Schlafe zu überfallen. Da dieser an Mohammeds Bett schlich und den grünen Mantel aus Hadhramaut von ihm zog, den Dolch gezückt, bereit, ihn Mohammed in die Kehle zu stoßen, sah er einen unirdisch schönen Jüngling im sanftesten Schlaf.
Klirrend fiel dem Mörder der Dolch zu Boden, und stöhnend stürzte er auf seine Stirn.
In der Höhle des Berges Thaur trafen sich nächtlich die Gläubigen, zur Auswanderung gerüstet.
Mohammed ritt mit Aischa, die ein Kind von ihm unterm Mieder trug, auf einer mageren Kamelin, dem ärmlichsten Tiere der Karawane.

Am Abend aber, als es sie hungerte, und Ali die Kamelin molk, molk er viele Eimer voll. Als sie sich zum Schlaf niederlegten, standen Dattel- und Feigenbäume um ihr Lager, und sie aßen und tranken sich satt. Maria sagte:
„Wir wandeln in einem Garten der Wunder. Das Leid liegt hinter einem Rosenbusch. Palmen fächeln uns: Freiwillige Diener unserer Einsamkeit. Ich bin so jung und schön. Küsse mich, Geliebter ...“

Schon winkten die Dattel- und Lotoshaine des eine Stunde von Medina gelegenen Berges Koba. Von Granatäpfeln, Zitronen, Pfirsichen und Orangen wehte ein Duft in die erregten Nüstern der Menschen und Tiere.
„Siehe“, sprach Aischa und deutete mit entflammter Hand nach dem gesegneten Hügel, „das Paradies!“
Mütterlichen Entzückens voll gedachte sie der Zukunft des Kindes, das unter ihren Brüsten leise hämmerte: wie ein verschütteter Bergmann, der zum Lichte will.
Klare Bäche sprangen vom Berge bis an ihre Füße.
Al Kaswa, Mohammeds Kamel, kniete nieder und trank.
Noch heute wird die Stelle, wo es in die Knie sank, dem Pilger von frommen Gläubigen gezeigt, welche dort, zum Andenken an Mohammeds Kamel, eine Moschee namens Al Takwa errichtet haben.

Mohammed ließ am Bache rasten.
Kaum war er aus dem Sattel gestiegen und hatte Aischa und Maria von ihren Kamelen gehoben, als eine Schar Aussätziger, schmutzig und schreiend, aus den Wein- und Aprikosengärten vom Berge Koba herniederbrach: wie Schlangen oft aus Blütenbüschen züngeln.
Die Leute von Medina pflegten ihre Kranken auf den Berg Koba zu schaffen, wo eine reine heilsame Luft wehte und die Natur sie selbst ernährte.
„He, mein Freund“, krächzte der Anführer der Aussätzigen, der sich an zwei Ästen als Krücken, wie ein Marabu hüpfend, fortbewegte: sein linkes Bein war nur mehr ein

grüner Stumpf und von weißen Maden zerfressen – und „wenn du ein Prophet bist, so beweise es dadurch, daß du ein Wunder tust: an uns, den elendesten und erbärmlichsten der Geschöpfe. Wir sind an Felsen geschmiedet gleich dem griechischen Gott, und Adler und Raben, Würmer und Ratten fressen uns bei lebendigem Leibe …
Hilf uns, Mohammed, und wir wollen dir glauben!"
Der Alte schwenkte flehend seine Krücke.
Und wie im eingeübten Chorgesang wiederholte blökend die Herde der Unreinen und Aussätzigen:
„Hilf uns, Mohammed, und wir wollen dir glauben!"
Ein leeres Auge glotzte wie ein Kiesel zum Himmel. Beinstümpfe bebten.
Eitrige Leiber krampften sich im blöden Gelächter. Auf blutenden Stirnen sammelten sich graue Wolken von Fliegen. Verfaulter Atem verpestete die Luft: unruhig scharrten Kamele und Pferde den Boden.
Aus Beulen tropfte bräunliche Flüssigkeit ins Gras, das alsobald verdorrte. Wangen klafften auseinander, und in die offene Mundhöhle kroch, eine silberne Schlange, die Sonne.
Entsetzt wichen die Moslems zurück, feindselig eine Wand von Blicken zwischen sich und den Aussätzigen aufrichtend.
Mohammed trat in den Kreis der Aussätzigen, der sich trillernd und quakend hinter ihm schloß.
Er warf das Haupt in den Himmel: „Herr, schenk mir ein Wunder! Ich möchte fürder nicht gehen, wenn diese humpeln, ich möchte nicht rein atmen, wenn diese verfaulten Lungen ächzen, nicht blicken, wenn sie mit erblindeten Gesten in die Räume tasten. Vergib mir, Herr, wie ich dir vergebe, und glaube mir, so will ich wieder an dich glauben! Es ist so viel des Elends, daß ich fast verzage …"
Da die Aussätzigen das Licht auf Mohammeds Stirn sahen, fielen sie anbetend zur Erde.
Mohammed berührte jeden mit seinem Stabe und sagte selig:
„Sei geheilt!"

Da entsprang der erste und war ein langohriger brauner Hase. Der zweite schrumpfte zur winzigen Maus zusammen und suchte sich piepsend ein Loch. Der dritte schwang sich als gläserne Libelle in die Lüfte. Der vierte wieherte und war ein Pferd, das den Genossen sich gesellte. Der fünfte war ein Feuersalamander, der zwischen den Steinen schillernd dahinschoß. Der sechste fand sich brav als Esel wieder, der siebente lockte als Tauber gurrend sein Weibchen. Und jeder war ein Tier, war gut und glücklich ...
Als Mohammed zu den Gefährten zurückkehrte, da schien es ihnen allen, als hätten sie geträumt.
Die Wand der Blicke war gefallen.
Sie ritten schon im Schatten des Berges Koba. Von Granatäpfeln, Zitronen, Pfirsichen, Orangen wehte ein süßester Duft in ihre erregten Nüstern.
Und leise, im Halbschlaf, sprach Aischa, an Mohammed geschmiegt:
„Das Paradies!"
Mohammed erreichte Medina, als das Gestirn sich nach Westen wandte und zwölf Nächte vom Monat Rabia-l-awwal verflossen waren.
Die von Medina lebten in vererbter Feindschaft mit denen von Mekka.
Sie nahmen den Propheten mit Jubel auf und zogen ihm mit Zimbeln und Gesang entgegen.
„Das Glück hat die von Mekka verlassen", sangen sie, „und sucht seine Zuflucht im ragenden Medina. Der neue Gott flieht vor den alten Göttern, aber er wird sich wenden mit Schild und Axt und Speer und wird zerschmettern ihr tönernes Haupt und ihre hohlen Bäuche. Die aber um die Götter glucksen, wie gackernde Hennen: ihnen wird man die Augen aus dem Kopfe reißen, mit denen sie die Sonne befleckten, und man wird ihre Leiber in die Zisternen werfen, daß der Regen sie ersäufe und die Schakale sie fressen."
Mohammed predigte von der Mauer herab, gestützt auf Ali, denn die lange Reise war ihm beschwerlich gewesen:
„Leute von Medina! Der Prophet segnet euch und

schwingt seine Fahne über euch! Ich gebe mich in eure Hand, gebt euch denn in meinen Geist, und traut mir, wie ich euch vertraue. Medina sei die Burg des lautren Gottes! Es wird niemand in seinem Dienst dem Tode anheimfallen, der nicht in das Paradies eingeht. Er wird schön gekleidet und edelsteingeschmückt bei schlanken Engeln verweilen, im Kreise erlauchter Freunde. Hundert Knaben werden einen jeden Frommen bedienen: mit goldenen Schüsseln werden sie aufwarten und kristallenen Pokalen. Ewig wird Wein auf seinem Tische stehen und weißes Fleisch von jungen Tauben. Er wird essen, ohne satt, und trinken, ohne trunken zu werden, der letzte Bissen wird ihm munden wie der erste. Muntere Mädchen werden tanzend ihn berauschen, und ihre Hautfarbe wird sein wie der Glanz des Vollmondes. Hundert Frauen, die ihre Jungfräulichkeit stetig neu gewinnen, werden ihn liebend beglücken. Dattelbäume beschatten ihn unsterblich. Glocken klingen aus jedem Gesträuch, wie Äolsharfen, in den Wind gehängt. Fontänen sprühen Weisheit. Kühlung weht aus silbernen Seen, und er wird sanft entschlafen im Schoße des schönsten Engels."

Da schrien die Leute von Medina:

„Wir glauben dir, Mohammed, und deinem Gotte, der soviel Seligkeit zu verschenken hat. Sei unser Feldhauptmann im heiligen Streite!"

Da ließ Mohammed von Ali die grüne Fahne über ihnen schwenken und krümmte die Finger seiner rechten Hand:

„Schwört bei dieser Fahne, mich nie zu verlassen, in Armut und Elend nicht, in Rausch und Reichtum nicht, in Krieg und Frieden nicht, im Diesseits und Jenseits nicht!"

Die Leute von Medina warfen die Arme in die Luft und krümmten die Finger ihrer rechten Hand wie Mohammed:

„Wir schwören bei der grünen Fahne des Propheten, dich, Mohammed, nie zu verlassen: in Armut und Elend nicht, in Rausch und Reichtum nicht, in Krieg und Frieden nicht, im Diesseits und Jenseits nicht."

Über ihnen auf der Mauer flatterte die grüne Fahne im Winde: der silberne Halbmond bog sich wie eine zur Ernte erhobene Sichel.

Mohammed ließ einen Graben um Medina ziehen und verkündete die Errichtung des Staates Medina. Von den umliegenden Stämmen erschienen bald Abgesandte und zollten ihm Tribut. Er führte eine Armensteuer ein und schenkte sämtlichen Sklaven und Sklavinnen Medinas die Freiheit.
Aischa gebar ihm auf dem Dach seines Hauses, in den Armen Marias, der Koptin, einen Sohn; der ward der Vater der Kalifen.
Am Tage seiner Geburt begann Mohammed mit dem Bau der Moschee. Er hatte eine Schürze umgetan wie ein Werkmann und arbeitete mit Hammer, Spaten und Spachtel inmitten der Maurer. Und legte das Werkzeug nicht eher aus der Hand, als bis die Moschee vollendet war.
Die Moslems aber sangen:
Seht den Propheten: ganz einer der unsern. In Demut gekniet vor dem Werke wie wir. Nichts ist ihm zu unwert, zu handeln zum Heile. Herr: türme die Kirche, beglänze die Kuppel, erhöhe den Niedern, erleuchte das Licht!

Mohammed stand auf dem Turme der vollendeten Moschee und richtete den Blick wie einen Pfeil nach Mekka:
„Gott läßt zum zweitenmal nicht einen Stern vom Himmel fallen. Des schwarzen Steines Schimmer umgibt mit Gloriole mein alterndes Haupt. Ach, vielleicht auch ist es Sehnsucht nur des kindlichen Herzens nach der Heimat: nach den Wiesen, wo der Knabe mit den Kühen und Eseln sprang. Nach der guten, dicken Amme Halimeh. Dem Herdfeuer Abu Talibs. Den Weissagungen des Mönches Bahirah. Warum sah ich niemals meine Mutter? Saß niemals auf ihren Knien und spielte Reiter? Empfing von ihrem Munde nicht die mütterliche Lehre

des edlen Ehrgeizes? Der Erhabenheit des Gewissens? Es zieht sich mir das Herz zusammen, als hätte ich es in Essig getaucht, wenn ich darüber sinne.
Warum, o Gott, läßt du mit neuer Offenbarung so lange auf dich warten? Was steht mir noch bevor?
Ich flehte dich um den Besuch meines Freundes, des Engels Gabriel. Er aber verzog.
Ich hatte einen Traum: da hing ich am Galgen. Ehe ich aber den letzten Seufzer ausstieß, floß Same von mir zur Erde. Dem entsproß eine Sonnenblume, von Farbe und Gestalt, wie ich sie niemals sah.
Herr, laß mein Schwert nicht schartig und meinen Schild nicht rostig werden!"

Des Nachts, nach dem Gebet der Abendröte, erschien Gabriel auf einem weißen, prächtig geschirrten Schimmel und sprach:
„Schwing' dich hinter mir aufs Pferd, Mohammed!"
Mohammed entbrannte:
„Mein Freund, daß ich dich wieder habe!" Er bestieg hinter Gabriel den Schimmel. Sie galoppierten in den Wolken und erblickten nach zwei Stunden die Zinnen von Jerusalem.
Am Ölberg machte der Engel halt, schwang sich vom Pferd und hielt Mohammed die Steigbügel:
„Steig ab, Mohammed, wir sind am Ziel."
Mohammed sprang strahlend zur Erde. Abraham, Moses und Christus traten auf ihn zu, umarmten ihn und nannten ihn: Bruder! Sie beteten zusammen, und Mohammed las ihnen aus seinem ungeschriebenen Buche, dem Koran, vor. Als er geendigt, hingen Tränen an aller Wimpern, und Christus küßte ihn.
Da es Mohammed dürstete, brachte ein Engel ein Tablett mit drei Bechern. Im ersten duftete Wein, im zweiten blinkte Milch, im dritten schien Wasser.
Mohammed wählte das Glas mit Milch, und nach ihm tranken Christus und die Propheten daraus.
„Ich weiß", sprach Mohammed, „hätte ich das Gefäß mit Wasser gewählt, so wäre meine Lehre wie Wasser in der Wüste verflossen. Hätte ich Wein getrunken: sie wäre in

Irrglauben erstickt. Mit der Milch meiner Milde will ich sie kräftigen." –
Am frühen Morgen, vor Sonnenaufgang, leitete Gabriel den Propheten nach Medina zurück.

Mohammed erzählte von seiner nächtlichen Reise Maria, Aischa, Ali, Talha und dem alten Abu Bekr.
„Hat dich, wie du berichtest, auf dem Rückweg der Engel durch Jerusalem geführt, so erzähle mir einiges von Jerusalem, seiner Lage, seinen Straßen, Kirchen und Palästen."
Mohammed lächelte und erzählte Abu Bekr von Jerusalem.
„Bei Gott", erstaunte Abu Bekr, „ich war selbst in jungen Jahren in Jerusalem. Du sprichst wahr!"
Mohammed beschloß, Mekka und das Heiligtum zu erobern. Denn er hatte vernommen von Anschlägen, die Otba und Iblis gegen ihn und Medina planten, und gedachte ihnen zuvorzukommen.
Er raffte in Eile ein Fähnlein, etwa fünfhundert Mann, zusammen und schlug die Straße nach Mekka ein.
Auf der Mitte des Weges aber traten ihm Otba und Iblis mit einem Heer von zweitausend Mann entgegen.
Mohammed schwenkte die grüne Fahne und rief:
„Wer heute fällt, wird in das Paradies eingehn!"
Brüllend stürzten sie sich dem Feinde entgegen.
Iblis auf seinem Rappen kreischte belustigt:
„Er ist wahnsinnig geworden!"
Jauchzend gab Hind, Otbas Tochter, das Zeichen zum Angriff:
„Tapfer, tapfer, ihr Söhne Abd Eddars! Fahrt ihnen wie Tiger an die Gurgeln, Kureischiten! Sucht Mohammed, ihren Führer und Verführer, der Lat und Uzza, eure Götter, beschimpft und besudelt hat! Lat und Uzza sind mit euch! Zeigt euch ihrer nicht unwürdig. Iblis auf schwarzem Rappen wird euch führen! Schleudert ihnen die Lanzen mit Widerhaken in den Bauch, daß die Gedärme wie Schlangen aus ihrer Höhle hervorbrechen! Gedenket eurer Mütter, Frauen und Töchter, die euch folgen! Gedenket, wie sie, wenn ihr unterliegt, geschän-

det dem Feinde anheimfallen! Stürmt vorwärts, ihr Söhne Abd Eddars! Kehrt einer dem Feinde den Rükken, so sollen geliebte Arme ihn nimmer umschlingen! Kein weiches Polster wird ihm von seiner Geliebten bereitet sein! Sie wird sich verachtungsvoll von ihm wenden und ihren Leib den Helden schenken! Tötet, tötet!" jubelte Hind.

Die Gläubigen wurden umzingelt und, so wild und verzweifelt sie kämpften, zur Flucht gezwungen.

Gabriel sandte Mohammed den Schimmel, auf dem er, das Haupt mit Asche bestreut, die Fahne um seinen Leib geschlungen, an der Spitze seiner Getreuen entfloh.

Iblis, auf seinem Rappen, reckte ihm die verdorrte Faust nach.

Hind, die Tochter Otbas, die sich Iblis auf dem Schlachtfeld zwischen den Leichen brünstig zu eigen gab, verstümmelte mit den Frauen der Kureischiten die gefallenen Moslems. Sie schnitten ihnen Ohren, Nase und die Zeichen ihrer Männlichkeit ab. Aus den Ohren und Nasen verfertigten sie Fuß- und Halsbänder, die sie beim Einzug in Mekka trugen.

Die Kureischiten verfolgten Mohammed bis vor die Mauern von Medina, gegen das sie vergeblich anrannten.

Mohammed erkannte, daß er übereilt gehandelt und sich schlecht zur Eroberung des Heiligtums vorbereitet hatte.

Er geißelte sich vierzehn Tage, daß ihm das Blut in Bächen vom Körper rann, nahm keinen Bissen Brot und betete für die gefallenen Moslems.

Am fünfzehnten Tage erschien ihm nach dem Gebete der Abendröte Gabriel. Er stellte eine silberne Leiter an, auf der Mohammed empor zum Himmel stieg.

Moses stand am Tor der Wache und sprach:

„Was wünschest du, Mohammed?"

Mohammed neigte sich:

„Ich habe gesündigt durch schlecht getane Tat. Ich komme, für die Seelen meiner gefallenen Freunde Gnade und Verzeihung zu erbitten."

Moses sprach: „Sie sei, auf deine Fürsprache, ihnen ge-

währt", und führte ihn bis in den siebenten Himmel zu den letzten Wonnen der Erkenntnis, zu Gott.
Und Mohammed fragte, in eine Wolke versunken, Gott, wieviel Gebete er seinem Volke täglich auferlege.
Da antwortete Gott durch Moses: „Fünfzig!" Da sprach Mohammed: „Herr, es sind nicht alle Menschen so stark, daß sie fünfzig Gebete täglich ertrügen. Sind nicht die meisten schwach und elend, und ist nicht ihre Brust mit Qualen gefüllt? Ich will wohl täglich tausend Gebete verrichten: laß meinem Volke die Gebete nach!" Da forderte Gott von Mohammed durch Moses vierzig Gebete von seinem Volk.
Mohammed aber sprach: „Das Gebet ist mühsam und mein Volk ist schwach, laß, Herr, noch größer deine Milde walten!"
Und Gott erließ seinem Volke auf das unaufhörliche Flehen Mohammeds alle Gebete bis auf fünf: das Morgengebet, sobald die Morgenröte erblinkt, das Mittaggebet, wenn die Sonne im Zenith steht, das Nachmittaggebet, wenn die Sonne nach Westen sank, das Abendgebet, wenn die Sonne unter den Horizont taucht, das Nachtgebet, wenn der letzte Schein der Abendröte von den Lippen der Nacht aufgesaugt wurde.

Mohammed rüstete ein Jahr zum Zuge gegen Mekka und brachte zehntausend Mann zusammen.
Maria, die Koptin, lief, die zweite Sure des Koran singend, durch die Stadt:
„Wir sind Gottes. Unser Weg kam von ihm. Unser Weg führt wieder zu ihm zurück. Bestreitet für Gott, welche sind wider Gott! Und also wider euch! Seid wild und mutig: der Geist befeuere euch! Aber artet nicht aus: laßt die Zügel eurer Pferde nicht los, denn Gott liebt nicht die Zügellosen. Bekämpft sie nicht am heiligen Hause, bis sie euch selber dort bekämpfen. Dann aber tötet sie, tötet sie und werft sie in die Kloaken. Denn Frevel ist ärger denn Tötung.
Wir sind Gottes und zu ihm kehren wir zurück."
Mohammed zog aus Medina aus, beglänzt von Zuversicht und bekränzt mit Liebe.

Voll Entsetzen vernahm Otba von den fürchterlichen Rüstungen Mohammeds.
Kundschafter hinterbrachten sie ihm, als er die Nacht in einem Knabenbordell der alten Stadt verschlief.
Mit der Morgenröte bestieg er sein Pferd und ritt heimlich aus Mekka, Mohammed entgegen.
Er traf ihn auf dem alten Schlachtfeld, wo noch die Knochen der gefallenen Moslems bleichten.
Er ritt bis an Mohammed heran, das Alter hatte sein Haupthaar kalkig geweißt, und sagte:
„Ich bin Otba, dein Feind. Ist es wahr, was man mir berichtet hat, daß du zehntausend Mann gegen Mekka aufgeboten hast?"
Mohammed gebot grimmig:
„Überzeuge dich!"
Und er ließ seine Truppen in Parade antreten und in Kolonnen zu je hundert mit ihren Bannern vor dem Feldherrn der Feinde defilieren.
Otba saß wie ein Affe zusammengekauert auf seinem Falben und zählte die Kolonnen.
Mit einem Ruck warf er sich und sein Pferd herum gegen Mohammed:
„Es ist wahr, was man mir erzählt hat. Bist du unerbittlich, uns zu vernichten?"
„Ich will euch nicht vernichten, ich will euch zum Leben erwecken. Denn Gott ließ mich wissen: bestreitet für Gott, welche sind wider Gott und also wider euch!"
Otba kaute mit seinen zahnlosen Kiefern:
„Was kann ich tun, die Kureischiten zu erretten?"
„Übergib mir Mekka und das Heiligtum und zerstöre die Götzen Lat und Uzza, die es verunreinigen."
Otba sann.
Die Sonne kämmte seinen Scheitel.
„Laß uns die Götzen noch auf ein Jahr, daß wir so plötzlich sie nicht verlieren und an uns irrewerden ..."
„Ihr rennt wie geblendete Stiere in Wildnis und Irre ..."
Otba rutschte vom Pferde in die Knie:
„Sieh mich alten Mann, den Häuptling der Kureischiten,

deines Mutterstammes, vor dir im Staube! Laß uns die Götzen einen Monat noch!"
„Ich bin kein Händler. Ich lasse nicht mit mir feilschen."
Ali, der Jüngling, erglühte vor Scham.
„Erlaube mir, Mohammed, ihm das Haupt abzuschlagen!"
Mohammed schüttelte abwehrend den Kopf.
„Ich gebe ihm freies Geleit nach Mekka zurück. Er soll verkünden, was er sah. Ich will kein Blutvergießen ohne Nutz und Frommen. Denn Gott ließ mich wissen: seid wild und mutig! Der Geist befeuere euch! Aber artet nicht aus: laßt die Zügel eurer Pferde nicht los, denn Gott liebt nicht die Zügellosen ... Ich fordere, Otba, von den Kureischiten, daß sie alle Waffen: Lanzen, Speere, Schwerter, Dolche, Bogen und Pfeile, zu einem Haufen vor dem Heiligtum zusammentragen. Daß niemand, weder Mann noch Weib noch Kind, sich bei meinem Einzug auf den Straßen antreffen läßt. Wer in seinem Hause bleibt, soll geborgen sein. Sein Leben und sein Eigentum sei unverletzlich."
Otba berief die Ältesten und Edlen der Kureischiten zum Rate.
„Mohammed zieht gegen uns mit zehntausend tapferen Streitern. Wir sind vor ihm wie herbstliche Blätter im Winde. Schichtet die Waffen: Lanzen, Speere, Schwerter, Dolche, Bogen und Pfeile, vor dem Heiligtum zu einem Hügel zusammen. Verberge sich ein jeder in seinem Haus, so soll sein Leben und Eigentum unverletzlich sein."
Die Ältesten und Edlen eilten durch die Stadt und trugen die Kunde von Haus zu Haus.
Hind aber, Otbas Tochter, lief ihm aus dem Rathaus auf die Straße nach, zerrte an seinem weißen Bart und schrie:
„Seht den schmutzigen Affen, er war im Lager der Feinde. Er verrät uns."
Iblis, der Einäugige, der den beiden begegnete, zog sein Messer und stieß den Greis nieder.
Der Vortrupp der Moslems, der durch das Tor Beni

Scheiba in Mekka einzog, fand auf den Straßen keinen lebenden Menschen. Nur die Leiche Otbas, des Greises, lag, die Stirne im Kot, vor dem Rathaus, den Dolch des Iblis im Nacken.
Als Mohammed, der den Schimmel Gabriels ritt, in die Straße, die nach der Kaaba führte, einbog, sprengte ihm in voller Ausrüstung Iblis, der Böse, auf dunklem Rappen entgegen. Sie kreuzten die Schwerter. Im siebenten Gange hieb ihm Mohammed das Haupt ab. Ein Moslem, der den rollenden Kopf ergriff und die Trophäe den Kameraden weisen wollte, hielt plötzlich einen verrunzelten Kürbis in der Hand.
Iblis' Rumpf raschelte, ein gelbes vertrocknetes Strohbündel, vom Rappen.
Siebenmal umkreiste Mohammed auf seinem Pferde das Heiligtum.
Dann sprang er herab, überließ die Zügel Ali, dem Jüngling, und betrat die Kaaba.
Er hob das Schwert und zerschlug die Götzen Lat und Uzza.
Er umarmte den heiligen Stein, der einst vom siebenten Himmel gefallen war, und küßte ihn siebenmal.
Sieben Stunden lag er vor dem Stein im Gebet.
Er bedeckte ihn mit der grünen Fahne und trat vor das Tor der Kaaba:
„Moslems, Gott gab euch Ruhm und Ehre vor allen, da ihr das Heiligtum erobertet, ohne einen Tropfen Blut zu vergießen. In Friede und Freiheit werde künftig die Wallfahrt zu ihm gestattet. Wer immer nach Mekka zum Heiligtum pilgere, sei unantastbar. Gott hat Mekka geheiligt an dem Tage, da er Himmel und Erde schuf. Und Mekkas Erde bleibe heilig bis zu den Posaunen der Auferstehung!"

Mohammed kehrte, vom Jubel der Gläubigen umbraust, nach seiner Hauptstadt Medina zurück.

Mohammed besaß ein zahmes schwarzes Kaninchen, das er sehr liebte. Es teilte morgens seine Milch mit ihm und schlief auf seinem Bett.

Es spielte um ihn, wenn er im Garten sich erging.
Eines Tages ward es an seiner zweispältigen Lippe von einer Schlange gebissen.
Vom Schüttelfrost gepackt, die Augen geschlossen, riß es den Mund auf und zu und duldete unsagbare Schmerzen.
Aber kein Laut war ihm vergönnt, die Qualen kundzutun.
Mohammed bettete es an seine Brust, die Tränen jagten ihm über die Wangen.
Wie kann ich dir helfen? Es ist ein Abgrund zwischen uns, so tief, Gott selbst vermöchte keine Brücke zu schlagen. Stürbe ich mit dir, so wäre ein Gemeinsames, das uns zur Brüderlichkeit zwänge.
Schon streifen die Flügel der Fledermaus auch meinen erlöschenden Tag, und ich sterbe, hilfloses Tier, einsam und hilflos wie du – mögen geliebteste Menschen auch mich seufzend in Armen halten ...

Mohammed erwachte und sah den goldenen Vogel um die Ampel schweben. Und er rief Maria, die Koptin, und sprach: „Die Wände des Zimmers sind zerrissen, da der Meister das Tor vermauerte und die Fenster mit wilden Pflanzen verklebte. Efeu schlang sich um meine Blicke und Winde wand sich um meine Füße. Nun stürzte die steinerne Wand gen Westen und ließ die Sonne herein. Ach, nun erst, da sie sinkt, seh ich sie steigen. Bin ich wie eine Blume, die sich entfaltet und die sich nie mehr schließen möchte. Mit tausend Blütenblättern kralle ich mich ans Licht. Siehst du den goldenen Vogel auf der roten Wolke schweben?"
Mohammed warf seine wilden Augen wie Steine zur Ampel empor.
Maria erschrak.
„Herr, es ist die Ampel, die dich verwirrt. Ein Sonnenstrahl hat sich in ihr wie in einem Käfig gefangen."
Mohammed sprach:
„Bringe mir Wasser!"
Maria enteilte.
Da sie mit dem Krug auf der Schwelle stand, entfiel er ihren Händen und zerbrach klirrend.

Sie bückte sich verscheucht nach den Scherben und schrie.
Das Wasser aber floß bis an das Lager Mohammeds, der die Hand hineintauchte und sich die Stirne schmerzlich kühlte.
Das Wasser ist beflissen, ihm zu dienen, sann Maria. Er bändigt die Elemente. Daß doch mein armes Herz, ach, nie zur Ruhe, nie zu Mohammed kommt.
Mohammed ließ die Hand in die Nässe hängen.
Ein Bergbach plätschert über meine spielerischen Finger. Ich habe nicht verlernt zu spielen. Werde zur Kugel, Bach, daß ich dich balle und, frohes Kind, mit Mutter Erde und Vater Gott Fangball spiele.
Er ballte das Wasser zur Faust.
Und Maria sah, wie er eine silberne Kugel in Händen hielt.
Er warf sie in die Luft, wo sie strahlend zerplatzte.
In der Ampel, der goldene Vogel, zwitscherte.

Der Himmel bezog sich mit Wolken.
Ängstlich schrien die Hühner, und die Hunde bellten.
Mohammed stöhnte.
„Die Wand steht wieder da, und das Tor glotzt, groß geöffnet.
Der silberne Ball entsprang meiner Hand.
Die rote Wolke verdampfte.
Der goldene Vogel stürzte, vom Pfeile meiner Blicke durchbohrt, blutend zu Boden.
Gewürm kriecht aus den Kellern.
Magere Molche.
Fette Frösche.
Schillernde Schlangen.
Blinde wanken winselnd durch die Gassen, von krötigen Kindern irr lallend geführt. Weiber gebären Wahnsinn. Boten aus bunteren Ländern bringen böse Nachricht. Ewiger Krieg. Ewiger Krieg. Flüsse springen durstig über ihre Ufer. Es regnet Wanzen. Menschen werden nur geboren als Zwillinge: Bauch an Bauch oder Rücken an Rücken, qualvoll gekettet.

Kein Schlaf hängt mehr die Schleier seiner Güte um unsere erblassende Stirn.
Unselige Wetter drohen unsern Türmen.
Maria, rufe mir Ali, den Jüngling, und Talha, den Schönen. Auf ihre Schultern gestützt, will ich das brennende Haus verlassen, wenn der Blitz es erschlug."
Weinend knieten Ali und Talha am Kopfende seines Lagers.
Zu seinen Füßen saß Maria, tränenlos und taub vor Schmerzen.
Und Mohammed sprach:
„Ali, du Junger, und Talha, du Schöner: ihr noch: Zauber der Zukunft! Ich verfalle, und morsch ist mein Gebälk von der Last des Himmels und den Stürmen der Erde. Wenn ich gestorben bin, fürchtet euch nicht! Zieht mir die lederne Haut vom Leibe wie einem gefallenen Tier, das dem Abdecker gebührt. Und dreht mir die Arme aus den Gelenken und werft sie in die Wüste, daß die Schakale sie benagen und die Sonne sie dörre. Bespannt eine Trommel mit meinem Fell und schlagt darauf mit den Klöppeln meiner Knochen, daß sie die Gläubigen rufe zum heiligen Kampf, zum strahlenden Gemetzel, zur ewigen Schlacht, zum süßesten Sieg."

Sie deckten über Mohammed einen gestreiften Mantel, daß nicht Fliege und Ungeziefer seinen Frieden surrend beschmutze. Und Ali erhob sich und sprach: »Bei Gott, Mohammed ist nicht gestorben. Er ist zu seinem Herrn gegangen, wie Moses, der vierzig Tage sein Volk gemieden und erst am einundvierzigsten zurückkehrte, nachdem man schon die Totenfeier für ihn gerichtet. Bei Allah, der Gesandte Gottes wird zurückkehren und denen, die ihn totsagten, das Maul zerschmettern."
„Wenn du mich liebst, Talha", Maria, die Koptin, lehnte sich an seine Schulter, „so tötest du mich. Ich habe den Mut nicht dazu. Töte mich und bette meine Leiche an die seine, daß ich im Himmel neben ihm erwache."
Talha, dem leichter Schwung der Rede nicht gegeben, schüttelte das schöne Haupt.

„Ich kann nicht töten, was von sich aus lebt und leben will ..."
Da entwich Maria, die Koptin, aus dem Haus.
Sie lief mit wunden Füßen nach dem Berge Koba, dem Hort der Aussätzigen.
Vergehend vor Wildheit und Verlangen nach dem Tode, umarmte sie Otmar, einen jungen Kesselflicker, dem der Aussatz die Brust zerfraß. In seine Wunde bettete sie ihren Kopf und küßte ihm den Eiter aus den Löchern.
Otmar, der Kesselschmied, weinte an ihrer Leiche und schüttete Granatäpfel-, Orangen- und Pfirsichblüten über sie.
Er verbrannte sie heimlich und streute die Asche beim Gebet der sinkenden Sonne in den Westwind.

Mohammed lag drei Tage unbeerdigt, wie es den Gebräuchen entsprach.
Am vierten, als Ali und Talha mit der Waschung Mohammeds beschäftigt waren, trat ein uraltes Männchen ins Haus. Seine fleischlosen Arme schlugen wie Klöppel klappernd an die zersprungene Glocke seines Körpers. Sein eisgrauer Bart wehte fransig bis über die Knie. Die Augen rollten wie Glaskugeln hörbar in ihren Höhlungen.
„Wer bist du, Alter?" fragte Ali, „du störst die Ruhe des milde Schlafenden. Der Tod weilt im Haus."
Auf Zehenspitzen hüpfte der Greis an Mohammed heran, dessen Haupt an der Brust Talhas lag, während Ali das Wasser über ihn goß.
Der Greis hob spitz den Zeigefinger:
„Wie schön ist er im Leben und im Tode!"
Er verneigte sich dreimal, die Hände über dem dürren Leib gekreuzt:
„Ich bin Bahirah, der Mönch, und gekommen, dich noch einmal zu betrachten, Mohammed. Hundertunddreißig Jahre sandte mir der Herr, und ich habe sie getragen, in Demut und Würde, gefaßt und begreifend. Zwei Tage ragen wie Schneegipfel aus der Ebene meiner Jahre: da ich dich, Mohammed, ins Leben gehen, und heute, da ich dich scheiden sehe. Ich habe gewissenhaft und

streng das heilige Buch verwahrt, das Gott in meine Höhle legte. Jeden Morgen las ich darin – und ich las, o Mohammed, was du geschrieben: was du gesagt, gedacht, geahnt, geträumt, gewollt. Unsichtbar schrieb eine starke Hand im heiligen Buche deine Lehre, dein Leben – bis es erfüllt ward. Da zersprang die Kette – und das Buch war frei …"

Der Alte wandte sich an Ali und Talha, die ihm lauschten:

„Ich habe es meiner Eselin aufgeladen, die ich draußen an die Säule band. Ich habe es mitgebracht, es in der Moschee an geweihter Stelle niederzulegen, denn Tage nur noch trennen mich von Al Dschannat, Al Araf oder Dschehenam. Dieses Buch, genannt der Koran, sei allen Gläubigen befohlen und ans Herz der Menschheit gelegt als ewig unverrückbares Gesetz. Die Fackel der Liebe leuchtet daraus und die Kerze der Verheißung. Es soll in der Moschee von Medina gelesen werden, täglich; durch hundert Priester: von Anfang bis Ende. Unaufhörlich soll tönen Gottes, des Einzigen, Wort, von Morgenland bis Abendland. Von Auf- bis Niedergang der Sonne …"

Pjotr

Roman eines Zaren

Pjotr ist geboren.
Don, Dnjepr, Wolga, Oka treten über ihre Ufer.
Schlamm wälzt sich über die Weizenfelder, und viele Menschen ertrinken.
Winterblumen neigen gebrochen ihre Häupter.
Die Haselmäuse pfeifen vor Angst. Der Wind nimmt ihre Pfiffe und bläst sie mit dicken Backen zu Posaunentönen auf, bis sie kreischend zerplatzen.
Die Bäume weinen Harz.
Auf tanzenden Eisschollen segeln erfrorene Schwäne. Ihre grünen Augen glänzen wie Smaragde.
Frösche treiben, die bläulichen Bäuche nach oben. Ihre Leiber sind durchbohrt von Wasserkäfern, die vollgefressen tot in den Löchern nisten: die braunen Rückenschalen weiß glasiert.
Es hat roten Schnee geschneit.
Auf der Waldai blüht mitten im Winter der Fingerhut.
Feuer fiel vom Himmel aus den Händen Gottes. Tausend Dörfer flammten. Die jungen Störche auf den Strohdächern wurden in ihren Nestern lebendig geröstet. In den Rauch- und Rußwolken strichen die alten Störche und klapperten grell und verzweifelt mit ihren langen Schnäbeln, als klirrten Schwerter aneinander.
Sie suchten ihren Feind und fanden ihn nicht.
Im Himmel saß der und schlief auf seinem Thron aus Lapislazuli. Er selber war anzusehen wie ein Diamant: klar und durchsichtig glänzend. Seine Augen helle Saphire, sein Herz ein dunkelroter Rubin. Um seine fröstelnde Schulter lag wie ein seidener Schal ein Regenbogen.
Sieben Fackeln brannten um seinen Thron.
Im Schlaf hatte er mit steinernem Arm eine Fackel, einen Stern vom siebenarmigen goldenen Leuchter herabgefegt. Prasselnd und funkenstiebend sauste der Meteor durch den ewigen Raum und schlug mit seiner roten blinden Stirn donnernd im Erdboden ein, eine ganze Landschaft entzündend und verwüstend.
Die Popen predigten:
„Wehe denen, die auf Erden wohnen! Die Sonne ist schwanger geworden und hat ein goldenes Kind geboren! Das wird uns peitschen mit feuriger Knute!“

Ein Rudel Wölfe heult nachts vor den Fenstern des Palastes Preobraschensk.
Die Diener bekreuzen sich.
Sie wispern:
„Ein Wolfskind ist geboren, ein Wolfssohn. Die Brüder eilen, ihn zu begrüßen."
Eine alte Wölfin gelangt bis in den Hof und jault hungrig nach den Fenstern des ersten Stockes hinauf. Natalia Naryschkina, die Zarenmutter, erwacht davon aus dem Schlaf. Sie hält den Atem an und lauscht.
Niemand wagt, die alte Wölfin zu töten.
„Es ist ihr Kind", versichert der alte Kutscher Potapoff, der manches denkt und vieles weiß.
„Wenn man sie umbringt, sind wir alle verloren."
Die Wölfin wird am nächsten Tag von dem siebenjährigen närrischen Iwan, dem derzeitigen Zaren, halbtot in einem leeren Schilderhaus gefunden. Iwan kriecht auf allen vieren und bellt die Wölfin böse an, die ihn mit müden, traurigen Augen nachsichtig beglotzt. Sie leckt einen eben geborenen jungen Wolf, der noch nicht aus den Augen sehen kann, aber um sich beißt, als der Kutscher Potapoff ihn an sich nimmt. Potapoff legt ihn einer Hündin bei und zieht ihn sorgsam auf.

Die Sonne tritt aus den Wolken, besieht sich ihr neues Söhnchen, besieht sich Pjotr.
Die Glieder verkrüppelt, die Augen verschmiert, die kleinen Fäuste vor dem zerknitterten Greisengesicht geballt, liegt Pjotr in der Wiege und winselt wie ein junger Wolf.
Er winselt, er weint, weil er geboren ist.
Wie warm und gut war es in jener feuchten, dunklen Höhle, die ihn nun wider seinen Willen ans Licht gespien. Er zittert in der rauhen Luft. Er wehrt sich mit Händen und Füßen gegen das Geborenwerden. Das Licht blendete ihn. Er war eine Schale, die rotes, heißes Blut trank, neun Monate lang. Sein ganzer Leib war ein Pokal gewesen.
Er schnappt mit dem Mund wie ein Fisch.
Er hat Durst.

Er weint.
Die Hebamme reicht Pjotr seiner Mutter, der Fürstin Natalia Naryschkina, die blaß in blauweiß karierten, wie Gebirge über sie getürmten Kissen liegt.
Die Hebamme hebt ihr die Brust aus dem Hemd. Pjotr krallt sich mit seinen kleinen Fingern darein. Dann beginnt er mit geschlossenen Augen zu schlucken, zu schnaufen, zu grunzen, wie der junge Wolf an den Zitzen der Wölfin.
Die Hebamme wiegt sich in den Hüften.
Natalia Naryschkina lächelt.
Pjotr ist so klein und Rußland ist so groß – was wird aus Pjotr werden?
Je je.
Was wird aus Rußland werden?

Fürst Galizyn kommt zu Besuch, zugeknöpft, in einem schwarzen Rock, als ginge es zum Begräbnis.
„Nun, Natalia Naryschkina, wie geht's?"
Sie muß lächeln.
Seine Brille sitzt ihm vorn auf der Nase. Sie droht jeden Augenblick herabzufallen. Er ist der einzige Mensch in Rußland, der eine Brille trägt. Wenn sie ihn sehr liebt, nennt sie ihn: Uhu.
Seine blauen, wässerigen Augen funkeln trübe und unbestimmt.
Sie denkt: Der große Liebhaber Galizyn. So sieht mein Liebhaber aus. Der Liebhaber der schönen Natalia Naryschkina. Er gilt als der gebildetste Mensch in Rußland. Deshalb habe ich mich in ihn verliebt. Er hat Shakespeare und Dante in ihren Sprachen gelesen. Ich beherrsche nicht einmal die russische Sprache. Aber ich beherrsche – ihn. In Hemd und Brille sieht er übrigens zum Schreien komisch aus. Wie ein Vogel. Wie ein bestimmter Vogel. Wie heißt doch dieser sonderbare Vogel gleich?
Fürst Galizyn, der sich scharf beobachtet fühlt, rückt auf dem Korbstuhl, den die Sträflinge sibirischer Zuchthäuser haben flechten müssen, unruhig hin und her:
„Was haben Sie an mir auszusetzen, Natalia Naryschkina?"

„Nichts, mein Lieber, nichts ... Gehn Sie einmal an die Wiege – wie gefällt sie Ihnen? Ich habe sie mit lauter hübschen Tieren bemalen lassen: Störchen und Schwänen und Wölfen. – Schauen Sie sich den kleinen Barbaren an. Wem ähnelt er wohl?"
Fürst Galizyn schreitet gravitätisch an die Wiege.
Jetzt weiß sie, wie der Vogel heißt: wie ein Marabu.
Pjotr schläft.
Der Fürst nimmt seine Brille ab und setzt sie Pjotr auf die weiche Nase, die sich einbiegt unter dem Stahl.
Pjotr verzieht im Schlaf weinerlich das Gesicht.
„Ganz der Vater, ganz der Vater."
Des Fürsten wässerige Augen funkeln vergnügt wie trübe Teiche in der Sonne.
Sie seufzte.
„Daß Zar Alexej Michailowitsch seinen Sohn nicht mehr erlebt hat – wie traurig. Er war ein guter Mensch."
„Gewiß", der Fürst stimmte höflich zu, „gewiß. Aber ein guter Mensch: das besagt noch nicht viel. Wir in Rußland sind über gute Menschen ja immer unendlich leicht gerührt und führen das Wort ‚gut' im Munde wie die Preußen das Wort ‚Pflicht' und die Franzosen das Wort ‚Liebe'. Die Dämonie des Schicksals wird durch Güte nicht begriffen oder bewältigt."
„Und Gott – ist Gott nicht gut?"
Sie richtete sich in den Kissen auf. Erwartungsvoll gespannt sah sie auf seine schmalen Lippen.
„Gott ist allgütig, allweise, allmächtig. Und das bedeutet wohl mehr."
Sie sank in die Kissen zurück.
„Laß mich schlafen ..." Sie drehte den Kopf nach der Wand: „Du machst mich müde, wenn du so gescheit bist."
Sie drehte den Kopf noch einmal zurück:
„Fürst – vielleicht lebe ich nicht mehr lange. Die Geburt dieses kleinen wilden Menschen, er wog fünfzehn Pfund und hat mir vorher schon schwer zu schaffen gemacht, hat mich arg mitgenommen. Ich habe ihm all mein Blut gegeben. Er hat mich ausgetrunken wie ein kleiner Vampir. Ich habe Sie in meinem Testament als Reichsverwe-

ser bestimmt, Fürst. Nehmen Sie sich meiner drei Kinder an. Iwan, der Zar, ist närrisch. Spielen Sie mit ihm Hoppereiter, und verwechselt das Bäumchen, verwechselt das Seelchen. Von Pjotr weiß ich noch gar nichts, als daß er sehr ungestüm sein wird, aber da er der Jüngste ist und mir schon jetzt die meisten Schmerzen verursacht hat, liebe ich ihn mehr als Iwan und Sofija zusammen. Vor allem Sofija lege ich Ihnen ans Herz. Sie ist sechzehn Jahre alt und schon ein Weib. Sie werden sie lieben, wehren Sie nicht ab. Ich kenne Sie. Und Sofija wird gescheit und eitel genug sein, Sie wiederzulieben. Aber sie braucht eine feste Hand."
Sie griff nach der zarten, eleganten Hand des Fürsten.
„Ich weiß, diese Hand ist klein und schmal. Aber was sie einmal ergriffen hat, das hält sie fest. Halten Sie Sofija, halten Sie Rußland fest mit dieser winzigen Hand."
Der Fürst neigte sich über das Bett und küßte Natalia Naryschkina leicht die Stirn.

Natalia Naryschkina schwebte auf einer weißen Abendwolke zum Himmel. Die Wolke schien ein Schwan, wie er auf Pjotrs Wiege abgebildet war. Er regte majestätisch seine sanften Schwingen. Seine Augen glänzten wie grüne Smaragde.
Weit aufgetan war das kupferne Tor des Himmels. An der Pforte stand ein Engel in einem Zobelpelz, eine weiße Lammfellmütze auf dem Kopf. Er neigte sich, die Arme über der Brust gekreuzt wie ein Leibeigener. Schon stand ein mit zwei geflügelten Schimmeln bespannter Schlitten bereit, Natalia Naryschkina über die Schneefelder des Himmels zu IHM zu führen, der wie ein Eisberg kristallisch und kühn auf dem Polarstern thront. Sein Stuhl ist aus Lapislazuli. Seine Augen sind helle Saphire, sein Herz ist ein dunkelroter Rubin, der durch seine diamantne Brust leuchtet. Im kühlen roten Licht seines Herzens vergeht und schmilzt alles dahin wie Schnee im Frühlingswind: Gut und Böse, Haß und Liebe, Glück und Schmerz.
Natalia Naryschkina wollte die Lippen öffnen. Er aber wußte schon alles, was sie getan, gedacht, gewollt. Er

nahm ihren Willen für Vollendung und ihre Untaten für nicht getan. Daß sie Alexej Michailowitsch betrogen – er rechnete es ihr nicht an. Daß sie den Fürsten Galizyn geliebt: er war darüber froh und beglückt. Väterlich zog er sie an seine Brust. Wie wohl das tat: diese Kühle nach all dem Fieber. Diese Ruhe nach all der Unrast.
Da fielen ihr die Kinder ein.
Er schob mit seiner steinernen Hand die Wolken auseinander: da sah sie unten auf der Erde ihre drei Kinder. Pjotr schlief in der Wiege und verzog im Traum sein Gesicht. Iwan lag in einer Hundehütte und bellte. Sofija blickte dem Fürsten Galizyn über die Schulter, der nachdenklich an einer lateinischen Trauerode auf den Tod der unvergleichlichen Natalia Naryschkina feilte. Er markierte mit dem Gänsekiel den Takt der Verse:

–́⏑⏑–́⏑⏑–́⏑⏑–́⏑⏑–́⏑⏑–́⏑⏑–́⏑

„Das sind Daktylen. Oder sollte man lieber den Anapäst wählen: was meinen Sie, Sofija?“
Sofija blickte hilflos zu ihm nieder. Daktylen? Anapäste: was ging das sie an? Waren das Leibeigene, die man peitschen, Untertanen, denen man befehlen konnte? Ach, Daktylen, sie glitten leicht und sinnlos dahin wie die Wellen der Wolga.
„Ich glaube, Fürst, Daktylen passen sehr gut für die arme Mama. Sie hatte so etwas Gleitendes, Schwebendes wie diese Verse, die Sie mir eben vorlasen und die ich nicht verstehe. Ich verstand übrigens auch Mama nicht. Wenn ich einmal gestorben sein werde, können Sie es bei Ihrem Trauercarmen auf mich ja einmal mit Anapästen versuchen. Die klingen härter, männlicher.“
Der Fürst:
„Sind Sie denn ein Mann, Sofija?“
Sofija blickte trotzig ihm auf die Stirn.
Pjotr wurde im Kinderwagen vorübergefahren.
Er heulte wie ein Wolf.
Die Amme zog entschuldigend die Schulter schief:
„Er schreit Tag und Nacht und ist nicht zur Ruhe zu kriegen.“

Sofija sah zum Fürsten hinüber:
„Vielleicht gelingt es mir einmal, ihn stumm zu machen.“ –
Sie ging. Der Kies knarrte unter ihren festen, harten Schritten.
Der Fürst sah ihr tief erschrocken nach.
„Dieses Kind hat entsetzliche Pläne. Werde ich es zu bändigen wissen?“
Er sah zum Himmel empor, wo Natalia Naryschkina an der Brust des weißen Herrn lag und auf ihn niederblickte.
„Hilf mir, heilige Natalia!“
Eine Träne tropfte aus ihrem Auge.
Über Preobraschensk begann es zu regnen.

Nach zwei Jahren befällt Pjotr eine plötzliche Lähmung.
Seine Beine müssen geschient werden.
Der alte Kutscher Potapoff schüttelt bedenklich sein Haupt. Es geht ihm ganz wie Ilja, dem gewaltigen Sohn des Bauern Iwan, dem Helden von Kiew. Dreißig Jahre konnte er sich nicht bewegen, weder Hände noch Füße regen, saß unbeweglich auf einem Fleck. Bis der fremde Pilger eines Tages zu ihm trat und sprach: „Steh auf!“ – da konnte er stehen – „Geh!“ – da konnte er gehen. „Nimm dieses Schwert und bekämpfe die Drachen- und Schlangenbrut!“ Und er gab ihm das Schwert, das einst der Engel Gabriel gegen Luzifer geschwungen hatte. „Kämpfe damit! Aber nenne deinen Feinden nie deinen Namen. Zeige dein Angesicht, aber verbirg dein Herz unter einem eisernen Panzer. Seinen Namen nennt nur der Besiegte. Sein Herz zeigt nur der Tor. Der Held kämpft namen- und herzlos. Wer den Namen seines Gottes vor seinen Feinden ruft, der gibt sich aus der Hand.“
So sprach der alte Kutscher Potapoff.
„Pjotr mag dreißig Jahre ruhig gelähmt bleiben. Ich habe keine Angst um ihn.“

Pjotr genas ebenso plötzlich, wie er erkrankt war. Und war er früher ein schwächliches, zartes Kind gewesen, so wuchs er jetzt zu einem jungen Bären heran, der sich mit Potapoffs Wolf herumbiß. Einmal muß Potapoff den Wolf aus Pjotrs Klauen retten. Pjotr hätte ihm sonst die Kehle durchgebissen. Dagegen rettete Fürst Galizyn Pjotr eines Tages durch einen glücklichen Zufall aus ernstlicher Lebensgefahr. Er fand den närrischen Iwan am Bett des schlafenden Pjotr. Iwan zückte einen Dolch in seiner Hand. Der Fürst entwand ihm das Messer. Er betrachtete es aufmerksam. Er zog die Stirn in Falten und schob die Brille von der Nase, wie er zu tun pflegte, wenn er nachdachte. Endlich besann er sich, wo er den Dolch schon einmal gesehen hatte. In Sofijas Händen. Sie hatte damit gespielt und ihm das Messer zum Scherz auf die Brust gesetzt. –

„Du hast das Messer Sofija gestohlen?“ fragte der Fürst.

„Nein“, sagte der Idiot mit einem bösen Blick, „Sofija hat mir das Messer gegeben, und darum hast du kein Recht, es mir zu nehmen.“

„Troll dich“, schrie der Fürst. Er zitterte vor Aufregung, die Brille klirrte auf den Mosaikfußboden, der den letzten Kaiser von Byzanz zeigte.

Der Idiot schlich mit geducktem Kopf von dannen.

An der Tür bleckte er noch einmal die Zunge heraus.

Der Fürst ging Sofija suchen. Er begegnete ihr im Hof, wie sie gerade von ihrem Nachmittagsritt heimkam. Sie sprang vom Pferd, warf ihm die Zügel über, gab ihm einen Schlag mit der flachen Hand und ließ den Rappen allein zum Stall traben.

Sie schlug dem Fürsten mit der Reitpeitsche leicht über die Schulter.

Er zuckte zusammen. Sein weiches, kindliches Gesicht versuchte sich männlich zu straffen.

„Lassen Sie die Kindereien, Sofija –“

„Oh, das war gar keine Kinderei, Andrej. Ich schlug Sie nur – weil ich Sie liebe. Lieben Sie mich ebenfalls?“

Sie spitzte ihren Mund wie eine Haselmaus und schien ihn hier im Hof öffentlich zum Kuß herauszufordern.

Der Fürst wurde ärgerlich.

„Ja, ich liebe Sie ebenfalls. Glühend. Leidenschaftlich. Aber doch nicht bis zu jenem Wahnsinn, den Sie vorzuhaben scheinen."
Er zog den Dolch aus der Rocktasche:
„Kennen Sie dieses Messer?"
Sofija erblaßte leicht:
„Zeigen Sie her. – Allerdings. Es pflegt zu meiner persönlichen Verteidigung auf dem Nachttisch an meinem Bett zu liegen. Man muß es mir entwendet haben."
„Lügen Sie nicht, Sofija."
Sofija biß die Zähne zusammen. Sie stampfte mit dem Fuß auf.
„Sie haben sich einen sonderbaren, einen Ihrer wenig würdigen Kavalier erkoren, Sofija. Er versuchte, Sie auf eine wunderliche Art zu beschützen. Was haben Sie sich dabei gedacht, Sofija?"
Sofija lockerte die Zähne. Sie scharrte mit dem Fuß wie ein Hahn, der nach Würmern sucht. Dann sah sie den Fürsten blitzend an. Er erschrak vor dem Strahl dieser Augen.
„Ich liebe Sie, Andrej. Sie haben mir die Liebe und das Leben erst gezeigt."
Der Fürst streichelte ihren mit einem ledernen Handschuh bekleideten rechten Unterarm.
„Vielleicht, Sofija. Aber mehr als mich lieben Sie ein anderes: die Macht."
„Ja", jubelte Sofija auf, „ja, ich liebe die Macht. Ich will herrschen. Ich will Zarin sein. Du sollst der Zar werden. Der Narr kümmert uns nicht. Aber Pjotr steht uns im Wege. Laß ihn töten, Andrej, töte Pjotr!"
Sie war unter Tränen vor ihm niedergesunken und umklammerte flehend seine Knie.

Die Geisteskrankheit Iwans war von einem Konsortium europäischer Ärzte als unheilbar erklärt worden. Ein Ukas des Reichsverwesers, Fürsten Galizyn, verkündete es dem Volk. Das freilich sah darin nur die Machenschaft einer Hofkamarilla und wollte an Iwans Wahnsinn nicht recht glauben. Man sah den Achtzehnjährigen zuweilen hinter den Gartengittern im Park von Preobraschensk gemessen, verträumt und nachdenklich spazierengehen. Er trug über einer weißen gestärkten Halskrause ein unnatürlich bleiches, engelhaft schönes Gesicht. Je mehr sein Gehirn zerfiel und zerblätterte, desto milder wurden seine ehemals wilden Sitten, und schließlich verliebte sich noch in ihn die gesamte männliche und weibliche Dienerschaft des Schlosses, die sich früher über ihn lustig gemacht oder ihn verachtet hatte.

„Du siehst", sagte Fürst Galizyn, „wie du dich getäuscht hast, meine Liebe. Der Narr ist ein viel gefährlicherer Nebenbuhler für dich als dieser bärbeißige Bursche Pjotr. Vielleicht ist der Idiot sogar gescheiter als der vernünftige Pjotr. Vielleicht sogar gescheiter als wir. Wer weiß. Was machen wir nun mit Pjotr? Schade, daß er nicht als Bauer geboren ist."

„Nun", meinte Sofija ein wenig hinterhältig und spielte mit einer Bernsteinkette, die ihr um den Hals hing, ein Geschenk des Fürsten, „erziehen wir ihn als einen Bauern. Das wird ihm am gesundesten sein und am meisten wohltun. Was braucht er als zukünftiger Zar schon viel zu lernen? Ich habe auch nichts gelernt und regiere ganz passabel."

„Nun, nun", der Fürst lächelte, „sollte sich das nicht so glatt erledigen, weil ich einiges gelernt habe? Lesen und Schreiben muß der zukünftige Zar wenigstens lernen. Was soll Europa sonst von uns denken, dessen Blicke erwartungsvoll auf uns gerichtet sind?"

Der Fürst schlug ein scherzhaftes Pathos an.

Sofija kräuselte die Stirn:

„Ach was – Europa. Seine Blicke sind gar nicht auf uns gerichtet. Denn es ist ein blindes, altes Huhn. Jawohl", wiederholte sie, als der Fürst schallend zu lachen begann, „Europa ist ein blindes, altes Huhn. – Küsse mich, Andrej."

„Und Rußland?" er küßte sie zärtlich auf die unnatürlich roten Lippen – „was ist dann Rußland für ein Vogel?"

„Ein Adler!" – Sofija breitete die Arme aus wie ein Raubvogel seine Schwingen, ehe er auf seine Beute niederstößt.

Der Fürst, halb für sich:
„Auch ein junger Adler wie Pjotr muß einiges lernen: nicht aus dem Nest zu fallen, ruhig und sicher zu schweben, den Feind von weitem zu erkennen, den Tod im Kampf und auch den Opfertod für seine Sippe nicht zu fürchten. Man wird ihm das beibringen müssen."
Sofija ließ ihre Arme unwillig niederfallen.
„Was du immer mit Pjotr hast. Ich glaube, du liebst ihn, nicht mich. So lehre mich doch das Fliegen!"
Sie flog an seine Brust.

Der preußische Leutnant außer Dienst Felix Timmermann wurde dem jungen Pjotr als Gouverneur beigegeben. Pjotr lernte notdürftig Schreiben und Lesen und Deutsch radebrechen. Zu einer orthographisch richtigen Schreibweise hat er es nie gebracht. Rechnen und Geometrie lagen ihm schon besser. Darin vermochte auch Timmermann, ein begabter Mathematiker, ihn eher zu fördern. Seine Lieblingsfächer aber waren Militärwissenschaft, Nautik und Geschichte, die Timmermann selber nur mäßig beherrschte. Immer wieder aber mußte Timmermann ihm von Hannibal, von Cäsar, von Alexander dem Großen erzählen. Timmermann, dessen Kenntnisse auf sehr schwachem Grunde ruhten, schmückte die Biographien seiner Heroen, als er sah, wie sein Zögling sich an ihnen entzündete, mit eigenen Zutaten grell und phantastisch aus. Alexander der Große, der schon eher den Beinamen „Alexander der Ungeheuerliche" verdient hätte, gelangte in seiner Geschichtsstunde weit über Indien und China bis zu einem imaginären Land, wo das bis dahin unbezwungene Volk der Riesen hauste. Alexander erschlug mit eigener Hand siebentausend Riesen und heiratete, nachdem er im Zweikampf auch den König der Riesen wie einen wilden Eber erlegt, des Riesenkönigs Tochter, von der er noch in der Hochzeitsnacht heimtückisch mit einem giftgetränkten Hemd umgebracht wurde aus Rache für die Vernichtung ihres Volkes. Der gute Timmermann geriet hier unbedenklich in die Herkulessage hinein.
Pjotrs Augen aber glänzten, seine Wangen glühten.

„Und?" fragte er leidenschaftlich – „und?"
Und der brave Timmermann steigerte sich zu immer kolossalischeren Heldengemälden.

Nebel lag über Preobraschensk, das Pjotr mit einem kleinen Hofstaat nunmehr allein bewohnte. Die Regentin Sofija und der Reichsverweser Fürst Galizyn hatten das Stadtschloß in Moskau bezogen.
Pjotr sah in den Herbst hinaus. Er war ein ungeschlachter Bursche geworden, der mit seinen Gliedern nicht wußte wohin. Sofija und Galizyn ließen ihn verwildern.
Er knirschte mit den Zähnen. Oh, er fühlte das ganz genau, er wußte instinktiv um den Haß seiner Schwester Sofija. Er würde ihnen aber einen Strich durch die Rechnung machen, wenn sie es sich am wenigsten versähen. Ihre und seine Rechnung: die gingen verschieden auf. Sie addierten nur. Er aber wollte multiplizieren, ja potenzieren. Er wollte seine Fähigkeiten in die x-te Potenz erheben. Wenn sie es auch nicht wollten und ihm entgegenarbeiteten: er wollte etwas aus sich machen wie Cäsar und Alexander der Große. Pjotr der Große würde es einst heißen. Sie aber nur Sofija die Kleine und Galizyn der Winzige. Alexander hatte mit Riesen gekämpft. Waren Sofija und Galizyn Riesen? Pah: Zwerge waren es, er reckte seine Glieder, mit denen wollte er schon fertig werden.
Die kahlen Bäume draußen im Herbstnebel schlenkerten ihre Äste wie Arme. Sie schienen wie Skelette, die sich tanzend bewegten. Der Wind pfiff ihnen zum Tanz auf.
Pjotr drückte sein breites, rotes Gesicht glatt an die Scheiben:
Dieser Baum wäre so übel nicht für Galizyn – und jener für Sofija. Wenn ich sie nicht hänge, hängen sie mich. Das ist der Lauf der Welt. Hat sich Alexander besonnen, als er siebentausend Feinden eigenhändig den Kopf abschlug?
Pjotr hob den rechten Arm wie ein Schwert, da steckte Timmermann den Kopf zur Tür herein.

„Treten Sie nur näher, Timmermann, Ihnen will ich den Kopf nicht abschlagen. Was wünschen Sie?"
Timmermann hatte zwei Säbel unter dem Arm.
„Kommen Sie, Prinz. Wir wollen heute mit dem Säbelfechten beginnen. Gehen wir in den oberen Saal."

Einige französische Schneider kamen aus der Hauptstadt. Pjotr verwunderte sich sehr. Fürst Galizyn hatte sie gesandt. Sie nahmen Maß zu prunkvollen und prächtigen Festgewändern aus Seide, Damast und Atlas und vermochten, als er sie um Aufklärung ersuchte, nur mit den Achseln zu zucken. Seine Hoheit der Fürst habe sich herabgelassen, ihnen diesen Auftrag zu erteilen. Wozu und warum – sie bedauerten, keine Antwort erteilen zu können, da sie keine wußten. Bald erschien auch ein deutscher Schuster, der ihm feine Saffianschuhe anpaßte.
Timmermann erwies sich als nicht orientiert. Pjotr hatte allerlei Vermutungen, von denen ihn keine befriedigte. Sollte er auf einem Hoffest offiziell eingeführt werden?
Die Schneider kamen noch einmal zur Anprobe und empfahlen sich, ihre Künste eitel selbst bewundernd, mit vielen entzückten Ahs und Ohs.
Fürst Galizyn fuhr eines Tages in großer Gala vor. Er wählte unter den neuen Kleidern das schönste und prunkvollste aus Goldbrokat und ließ es Pjotr auf der Stelle anlegen.
Er umschritt ihn mehrmals prüfend.
Wie der Henker sein Opfer, dachte Pjotr.
Was hat er mit mir vor?
Dann hieß der Fürst ihn einsteigen. Timmermann, ebenfalls in großer Uniform, saß hinten auf. Potapoff kutschierte. Nun kutschiere ich Ilja, den großen Helden von Kiew. Heil! Zeige dein Angesicht, aber verbirg dein Herz unter dem goldenen Brokat. Die Fahrt beginnt. Glückauf!
Im Moskauer Kreml empfing ihn Sofija in weißem Atlas. Sie stand oben auf der Freitreppe. Er sah sie seit Jahren wieder zum erstenmal. Sie schritt die Freitreppe hernie-

der. Wie schön sie war! Der Fürst half ihm aus dem Wagen. Sofija verneigte sich vor ihm. Er errötete, war verwirrt und wußte nichts zu sagen.
Sie fuhren in silberner Staatskarosse zur Metropolitankirche.
Adrian, der Patriarch, empfing ihn, weihte und segnete ihn.
Iwan war gestorben.
Pjotr wurde, sechzehnjährig, zum Zaren ausgerufen.
Er stand im grellen Mittagslicht auf der Terrasse vor der Kirche und sah hinab auf das wogende Volk, das Mützen, Blumen, Schals, Jacken, Tücher unaufhörlich in die Luft warf und schrie:
„Lang lebe Zar Pjotr!“
Sofija nahm ihn bei der Hand und führte ihn bis vorn an die Estrade.
Da wurde er plötzlich sich seiner bewußt.
Er riß sich von Sofija los, sprang auf die Estrade selbst, warf seine Fellmütze in die Luft und brüllte:
„Es lebe Rußland!“
Sofija war zurückgetaumelt.
Der Fürst wiegte seinen Vogelkopf hin und her.
Der Patriarch hielt die Hände betend gefaltet.
Das Volk tobte und raste vor Jubel.

Dieses Volk beschloß Pjotr kennenzulernen.
Heimlich zuweilen entwich er aus Preobraschensk in der Tracht eines Gärtnerjungen.
Er mischte sich unter Knechte, Händler, Bauern, Arbeiter, fremde Matrosen. Er lernte von ihnen das Saufen und Raufen, das Fluchen und Gott und den Teufel suchen. Er war bärenstark. Ungern band und bändelte man mit ihm an.
Er lernte die Weiber kennen.
Seine erste Geliebte war eine braune schmutzige Zigeunerin, die ihm aus der Hand wahrsagte.
„Brüderchen“, sagte sie lachend, „du hast mir einen Silberrubel geschenkt, aber ich muß dir trotzdem die Wahrheit sagen: du wirst einmal ein großer Verbrecher, ein großer Räuber wie Stenka Rasin, ein großer Mörder

wie Iwan der Schreckliche. Ja, Brüderchen, sogar ein Mörder wirst du. Denk' an mich, wenn es soweit ist. Armer kleiner Pjotr, man wird dich einmal ‚Pjotr den Furchtbaren, Pjotr den Besessenen' nennen. Denn du bist besessen von allen guten und bösen Dämonen, vom heiligen und unheiligen Geist, von Gott und dem Teufel."
Seine zweite Geliebte war ein junges, zartes, fünfzehnjähriges Geschöpf, die Tochter eines Branntweinwirtes.
Er liebte sie zu heftig.
Sie ertrug seine Liebe nicht.
Sie starb daran.

Sofija fuhr dem Fürsten schmeichlerisch über die Stirn.
„Du bekommst schon Runzeln, Liebling. Du mußt etwas für dich tun, für dich und deinen Ruhm, ehe es zu spät ist."
Der Fürst schob die Hornbrille zurecht und klappte die „Ilias" zu, in der er gelesen hatte.
„Mein liebes Kind, Dank für deinen freundlichen Hinweis auf mein beginnendes Alter: aber ich lese lieber von kriegerischen Taten, als daß ich selbst welche verrichte. Was sollte ich alter Mensch auch noch mit Krieg und Kriegsruhm anfangen? Mars ist nur ein Druckfehler für Mors. Ich sonne mich an deiner Jugend, an deinem Ruhm. Ich denke, mag die Jugend handeln."
Sofija ließ nicht nach.
„Da unten in unserem Reiche liegt irgendwo die Krim. Ein Chan, der uns untertan und tributpflichtig ist, soll wider uns rebellieren. Du mußt den Aufstand niederwerfen."
„Eine lächerliche Idee, Kind. Laß ihn rebellieren. Rußland ist so groß, wir merken ja gar nichts davon. Er oder sein Nachfolger wird schon wieder zur Besinnung kommen."
Sofija schmollte:
„Du hast keinen Sinn für Heldentum."
„Doch, Kind, doch, aber für unnützes Heldentum nicht."

„Dann ziehe ich selbst in den Krieg. Willst du mir die Strapazen eines Feldzuges zumuten?"
Sie zwirbelte an seiner Stirnlocke.
„Du bekommst übrigens schon weiße Haare, silberweiße Haare wie ein Lämmchen."
Der Fürst seufzte:
„Du wirst keine Ruhe geben, bis das Lamm von den Füchsen der Krim nicht zerrissen ist. Also gut, ich werde die Tataren bekehren."

„Timmermann", sagte Pjotr, „heute ist Sonntag, der Tag des Herrn, nicht der Tag der Knechte. Ich will nicht in die Messe gehen und einen dreckigen Popen die heiligen Gefäße und die reine Liturgie des Chrysostomus verunreinigen sehen. Ich will nicht hundert und aber hundertmal, wie von meinem Vater Alexej die Sage geht, das Knie vor den bunten Bildern beugen. Ich will aufrecht meinem Gott gegenübertreten und sagen:
‚Hier ist Pjotr, dein Sohn, Väterchen. Er will versuchen, deiner nicht unwert zu leben und zu arbeiten.' Hören Sie, Timmermann: zu arbeiten. Fünfzehnhundertmal sich bekreuzen und drei Stunden in der Messe stehen, das ist keine Arbeit. Meine lieben russischen Brüder halten Faulenzerei für die gottwohlgefälligste Tugend. Diese Faulheit muß ihnen ausgeprügelt werden. Rußland braucht Handwerker, die ihr Hand- und Seelenwerk verstehen. Auch die Dworjanje müssen endlich etwas lernen: zu reiten, zu streiten, zu leiten. Neulich verlor mein Pferd unterwegs ein Eisen. Ich habe keinen Schmied gefunden, der es recht hätte beschlagen können. Ich habe es selbst in einer Schmiede beschlagen müssen. Dieser Schmied wußte dann bei einem Glase Kwaß die amüsantesten Geschichten von Gott und der Welt zu erzählen, daß ich mich bog vor Lachen. Aber ein Pferd beschlagen: das konnte er nicht. So sind die Russen. Sie können alles – nur nicht das, was sie können sollten und müßten. Unsere Bauern wissen nicht Egge und Pflug zu führen, sie können guten von schlechtem Ackerboden nicht unterscheiden. Sie bauen immer gerade soviel an, als sie in guten Erntejahren für sich und

ihre Familie brauchen. Wenn ein schlechtes Erntejahr kommt, verhungern und verrecken sie natürlich, dumm und gottergeben. Sie säen Korn in den Wald und pflanzen Obstbäume in ein Haferfeld. Rußland braucht Arbeiter, Arbeiter, Arbeiter. Aber nicht solche, die so heißen, sondern solche, die so sind. Sechsundzwanzig Stunden am Tag muß jeder arbeiten, sonst kommt Rußland nicht hoch. Rußland braucht eine Flotte und Matrosen, die sie zu führen wissen. Das Meer liegt offen da. Wir müssen bei Holländern, Engländern, Venezianern in die Schule gehen. Rußland braucht ein Heer, Offiziere und Soldaten. Der Militärdienst muß auf alle Klassen der Bevölkerung ausgedehnt werden. Frankreich und Preußen müssen uns Vorbild sein. Die Erde liegt offen da. Jetzt haben wir einen zusammengelaufenen Haufen Bewaffneter, von denen nur ein Bruchteil alte verrostete Gewehre trägt, mit denen er nicht einmal umzugehen weiß, die meisten aber haben nur Keulen, Sensen und Messer. Versteht einer was von Strategie? Drauflos! lautet im Ernstfall die Parole, der Tausende nutzlos zum Opfer fallen. Es gibt ja genug Menschen in Rußland. Aber soviel wir sind: was vermögen wir gegen Schweden? gegen Polen? gegen die Türken? Perser? ja, auch nur gegen aufständische, schlecht bewaffnete Tataren? Nichts, weil wir ein Nichts sind."
Pjotr hatte sich in Wut geredet.
„Mein Vater hat die Juden aus dem Lande gejagt. Ich halte das für einen schweren Fehler. Sie waren der Sauerteig im russischen Brot. Sie waren wie Schmeißfliegen um uns schwerfällige Hengste. Aber es war recht so. Sie ließen uns nicht zur Ruhe kommen. Wir schlugen wenigstens hin und wieder aus. Jetzt haben wir auch das verlernt und dösen so im Stall dahin. Timmermann, auch die Juden hatten ihre Helden. Heute ist Sonntag. Lies mir aus ihrem Heldenbuch, dem Alten Testament. Lies mir von den Makkabäern!"
Pjotr warf sich auf ein Eisbärfell am Boden und kreuzte die Arme unterm Schädel. Timmermann stand am Stehpult wie der Prediger auf der Kanzel und las:
„Und Judas Makkabäus kam an seines Vaters Stadt. Er

zog in seinem Harnisch wie ein Held und schützte sein Heer mit seinem Schwert. Er war freudig wie ein Löwe, kühn wie ein junger, brüllender Löwe, so er etwas jagt. Und er hatte Glück und Sieg."

Da sprang Pjotr auf und brüllte, brüllte wie ein junger Löwe. Er brüllte, daß die Pferde im Stall und die Leibeigenen in den Gesindezimmern unruhig wurden und die Köpfe zusammensteckten.

Und einer, ein Greis von vielen Jahren, wisperte:

„Wenn er nur nicht wahnsinnig wird wie Iwan! Wie Iwan der Schreckliche, wie Iwan der Blödsinnige! Wahnsinn liegt in der Familie, ja", und er nickte mit dem weißen Kopf, „Wahnsinn und Zarentum: das ist vielleicht dasselbe."

Da schlug ihm Potapoff, der Kutscher, mit dem Holzlöffel auf den Mund:

„Er hat schon als Kind Tag und Nacht geschrien und war nicht zur Ruhe zu kriegen. Da half kein Wiegen, Singen und Lullen. So hat Ilja, der Held von Kiew, gebrüllt. Er wird uns alle noch in Erstaunen versetzen. Denn Gabriel schrie so, als er das Schwert gegen Luzifer schwang."

Pjotr trat, neunzehnjährig, in den Staatsrat.

Sofija präsidierte. Sie wollte auffahren.

Er drückte sie in den Sessel zurück.

Er trug an einem silbernen Wehrgehänge einen kleinen Dolch, zog ihn und nagelte mit einem Faustschlag das Dokument, das Sofija in Händen hielt, auf der eichenen Tischplatte fest.

Auf dem Dokument hatte sich Sofija unterschrieben: „Selbstherrscherin aller Reußen."

„Das Dokument ist ungültig. Ich gebe meine Einwilligung nicht zu diesem Mummenschanz. Will Rußland sich ewig von Weibern regieren lassen – schweigen Sie, Fürst Galizyn – die Politik vom Fenster ihrer Herzkammer aus machen? Es muß aber ein Fenster in Rußlands Wand nach Europa zu geschlagen werden. Man hat mich künstlich dumm gehalten. Aber so dumm bin ich nicht, Ihre Intrigen nicht zu durchschauen, Sofija. Fürst Galizyn, der neue Achill – daß ich nicht lache. Besehen Sie sich doch im Spiegel, Fürst. Der beabsichtigte Feldzug gegen die Chans der Tataren ist eine eitle Arabeske. Er wird mißlingen, denn unsere Adligen sind übermütig und roh, unsere Bürger feige und hinterhältig und unsere Bauern dumpf und dumm. Aber sie sind mir noch die Liebsten, denn ihre Dummheit hat etwas heilig Ahnungsloses. Sie sind dumm, wie Ziegen und Ochsen und Esel dumm sind. Die Ritter aber sind allesamt Don Quichotes, die mit ihren von einer langen Ahnenreihe vererbten, verrosteten Lanzen gegen kriegsgewohnte, gut bewaffnete, wilde Völkerschaften anrennen wollen. Lassen Sie uns an dem Werk, das Rußland heißen soll, bescheiden und demütig arbeiten, Achtung vor der geringsten Tat, die vorwärtsbringt, aber Fluch und Gelächter der hohlen Phrase, dem hohlen Kopf. Wer einen hohlen Kopf hat, mag ihn wenigstens als Trommel herleihen."

Er tippte mit seinem Dolch dem Fürsten leicht auf den Kopf, der sich schon zu lichten begann.

Einige Herren unterdrückten ein unziemliches Lachen.

„Das ist doch Silbenstecherei, Majestät –"

„Aus der leicht eine Dolch- und Messerstecherei werden kann, Fürst. Um eine Silbe hat sich schon allerlei zugetragen in der Welt. Um einer Silbe willen wurde im alten Byzanz ein armer Teufel hingerichtet. Der Kaiser hatte zu seinen Dienern gesagt: Führt den Tropf ab! Sie aber verstanden eine Silbe falsch, was man so wiedergeben könnte: Schlagt ihm den Kopf ab! – und sie schlugen ihm den Kopf ab – was sich dann nicht mehr rückgängig machen ließ. Denken Sie an diese verwechselte Silbe, Fürst!"

Pjotr hob den Kopf und warf in drei-, viermal nach verschiedenen Seiten:

„Ich mißbillige den Feldzug. Ich will nichts mit ihm zu tun haben."

Er ging.

Sofija war erblaßt.

Die Herren vom Staatsrat sahen ihm mit offenen Mäulern nach.

Fürst Galizyn schloß die Augen, denn ihm war schwindelig geworden.
Den ganzen Tag ging ihm eine Epistel im Kopf herum, die Petrarka um einer Silbe willen an seinen Freund Andreas aus Mantua gerichtet hatte:

„Mich trifft der schwere Vorwurf, eine Silbe,
Die kurz doch sei, hätt' ich als lang gebraucht."

Der Fürst begann Kriegswissenschaft zu studieren. Er studierte die Schlachten Hannibals, Cäsars, des Prinzen Eugen. Er vergaß, daß sie die Schlachten mit Soldaten geschlagen hatten, nicht mit undiszipliniertem, in Eile zusammengetrommeltem und zusammengepeitschtem Gesindel.
Er zog gegen die Tataren, aber die Expedition nahm ein klägliches Ende. Die schlecht bewaffneten, schlachtunkundigen Russen liefen vor den Armbrustschützen und Speerwerfern der Tataren davon, obwohl sie in vielfacher Überlegenheit waren. Fast alle Kanonen wurden ihnen abgenommen. Da die Russen nicht genügend geschultes artilleristisches Bedienungspersonal besaßen, waren die Kanonen nicht einmal in Funktion getreten. Eine einzige Kanone war losgegangen: nach hinten. Sie hatte die eigenen Kanoniere zerrissen.
Um Sofija zu beruhigen, sandte der Fürst die phantastischsten Siegesberichte nach Moskau. Wer konnte schon ihre Wahrheit kontrollieren? Niemand.
„Die ganze Ebene ist mit Leichen dicht besät wie der Himmel mit Sternen", schrieb er an Sofija. Er verschwieg, daß es die Leichen der Russen waren. – „Wir haben gesiegt, die Burg der Feinde ist genommen, der Chan gefangen, die Rebellen sind bestraft."
Sofija ließ in Moskau alle Glocken läuten.
Fürst Galizyn hielt einen prunkvollen Einzug als Triumphator über die Krimkosaken und Tataren. Die siegreichen Truppen, die er zum Einzug brauchte, hatte er vor Moskau erst zusammengestellt. Es war nicht ein einziger unter ihnen, der in der Krim gefochten hatte. Die ruhmlosen Krimkrieger waren verreckt, Tatarenpfeile, Hunger und Pestilenz hatten sie dahingerafft.

Nur langsam sickerte die Wahrheit durch.

Pjotr erfuhr sie von seinem Kutscher Potapoff. Potapoff hatte einen Neffen bei der Krimexpedition gehabt, der mit dem Leben davongekommen war.

Sofija erfuhr die Wahrheit nie. Sie ließ Bronzetafeln mit den Namen der ruhmvoll Gefallenen in der Kathedrale von Moskau aufstellen: zum Gedenken an den unvergeßlichen Feldzug in der Krim, der die sieggewohnten russischen Waffen mit neuem, frischem, unverwelklichem Lorbeer umwunden.

Pjotr ließ Potapoffs Neffen kommen und unterhielt sich im geheimen mit ihm. Dieser war ein junger, schlanker, außergewöhnlich hübscher Mensch, Piroggenbäcker seines Zeichens, und hieß Menschikow.

Pjotr zog ihn hinter ein Syringengebüsch.

Er riß ihn an sich und küßte ihn.

„Wie heißt du mit Vornamen?“

„Alexander.“

„Wie Alexander der Große. Ich werde dich groß machen wie ihn, daß auch du Alexander der Große heißen sollst. Bleibe bei mir. Sei mein Freund. Ich liebe dich.“

Der junge achtzehnjährige Mensch war ein wenig verwirrt über den unerwarteten Zärtlichkeitsausbruch des jungen Zaren. Aber er erwiderte seine Zärtlichkeiten.

Später mußte er ihm einen ungeschminkten Bericht über den Verlauf des sogenannten Krimfeldzuges geben.

Als Fürst Galizyn, der ruhmreiche Feldherr des Krimkrieges, beim Zaren um eine offizielle Audienz nachsuchte, um ihm persönlich Bericht zu erstatten, weigerte sich Pjotr, ihn zu empfangen. Er schickte Menschikow, den er zu seinem Kammerdiener ernannt hatte, zu ihm und ließ ihm sagen, er verzichte dankend auf seinen Rapport. Der fliegende Wandersmann nach dem Mond sei bei ihm gewesen und habe ihm von seiner Flugreise erzählt und wie man nach dem Mond gelange. Indem man nämlich tausend Vögel zusammen- und sich daranbinde. Er, Pjotr, sei über die Zustände auf dem Mond genügend orientiert, und die in der Krim, die auch nicht viel anders sein dürften, interessierten ihn nicht mehr.

Pjotr suchte sich tausend kräftige und intelligente Burschen aus der Umgegend von Preobraschensk und begann mit ihnen auf eigene Faust zu exerzieren. Er hatte sich durch Timmermann ein preußisches Exerzierreglement verschafft und verfuhr danach. Er ließ die tausend auf seine Person Treue schwören bis zum Tod. Menschikow, dessen außergewöhnliche Schönheit von ebenso großer Intelligenz begleitet wurde, ernannte er zu seinem Adjutanten. Menschikow nahm künftig am Unterricht teil, den der Deutsche Timmermann, seit einiger Zeit auch der Franzose Lefort und der Italiener Fresini ihm erteilten. Er schlief sogar nachts mit Pjotr in einem Zimmer. Und die Küchenmagd Feodorowna, ein dralles hübsches Mädchen, hatten sie beide zusammen.
Die Strelitzen, die alte Zarengarde, die von der Bildung der Leibgarde Pjotrs vernahmen, sandten eine Abordnung von Moskau nach Preobraschensk.
„Entlaß deine Leibgarde, Väterchen!" forderte ihr Oberst Zickler, „sie wird dir noch über den Kopf wachsen und dir schwer zu schaffen machen. Wenn du einen persönlichen Schutz brauchst, sind wir nicht dazu da, dich zu schützen, Väterchen?"
Gott schütze mich vor meinen Freunden, die auch die Freunde Sofijas und des Fürsten Galizyn sind, des ruhmreichen Krimkriegers, des neuen Achilleus! dachte Pjotr.
Er ließ seine Leibgarde mit Menschikow an der Spitze vor dem Strelitzenobersten defilieren, der sich den Spitzbart zwirbelte und mißmutig in die Staubwolke sah, die der Parademarsch aufwirbelte. Dieser ungeschlachte Bursche verstand Disziplin zu halten. Alle Achtung! Er beneidete ihn um seine tausend Mann und dachte mit gemischten Gefühlen seines Strelitzenregiments, dessen Haupttätigkeit im Saufen, Huren und Würfelspielen bestand und dessen Offiziere eine Armbrust von einer Pistole kaum unterscheiden konnten.
Pjotr ließ die Abordnung mit Kohl, Grütze, Fisch und Met bewirten und schickte sie, ohne ihnen eine Antwort erteilt zu haben, nach Moskau zurück.
Als sie schon fast außer Hörweite waren, schoß er eine

Pistole in die Luft ab und schrie dem Obersten nach, beide Hände hohl an den Mund gelegt:
„Ein Gruß an Sofija!"

Es war nach Mitternacht, als Sofija durch die unheimlichen Gänge des Kreml zum Fürsten Galizyn schlich.
Sie setzte sich auf den Rand seines Bettes.
Er hatte ein französisches Bett sich aus Paris kommen lassen und französische Wäsche.
Er richtete sich in seinem seidenen, mit farbigen Tieren, Schwänen und Wölfen und Füchsen bestickten Nachtgewand auf.
An den Wänden hingen Gobelins, Szenen aus dem Liebesleben der griechischen Götter: Leda mit dem Schwan, Zeus und Europa, Amor und Psyche.
Sofija küßte den Fürsten auf die Stirn.
„Ich kann nicht schlafen."
„Warum nicht, Täubchen?"
Sie stampfte wieder mit dem Fuß wie einst im Hof von Preobraschensk.
„Ich kann nicht schlafen, solange Pjotr mir den Schlaf raubt. Einer von uns beiden muß das Feld räumen. Noch bin ich Regentin. Die Strelitzen sind für mich. Und du?"
Der Fürst küßte ihr schweigend die Hand. Er dachte an die Beleidigung, die Pjotr ihm in der Staatsratssitzung zugefügt, und später, als er ihn nach dem Krimfeldzug nicht empfing.
Sofija ließ die Saffianpantoffeln auf den Fußspitzen tanzen.
„Ich werde mich im Hintergrund halten. Die Strelitzen werden auf Preobraschensk marschieren. Seine sogenannte Leibgarde wird beim ersten Schuß davonlaufen."
„Bist du davon so überzeugt?"
„Ich bin's, und Oberst Zickler ist's auch. Der Zar hat sich durch sein westlerisches Wesen, seine Neigung zu Reformen, seinen Umgang mit Ausländern mißliebig gemacht. Rußland will schlafen und träumen. Er versucht es aufzuwecken. Kinder, die man aus dem Schlaf

schreckt, werden unleidlich. Es wird ein leichtes sein, die Massen gegen ihn aufzuwiegeln. Man wird ihn erschlagen. Niemand wird es gewesen sein. Ich werde ewig herrschen."

Pjotr betätigte sich im Park von Preobraschensk als Bombardier. Er hatte eine Kanone neuesten französischen Systems unter den Pappeln aufstellen lassen und knallte in die Landschaft hinein, Äste splitterten, Hühner flogen kreischend auf.
Er war geschwärzt von Pulverdampf.
Da kam ein Mönch den Kiesweg herabgeschritten.
Niemand hatte ihn gemeldet.
Nur Potapoff hatte ihn gesehen und schweigend passieren lassen.
Der fremde Pilger kommt zu Ilja, dem Helden von Kiew! Seine große Stunde hat geschlagen.
Pjotr drehte sich:
„Was willst du, Mönch?"
Der Mönch trat näher.
Seine Augen strahlten herrisch.
Er hob das Kreuz.
Pjotr küßte es.
„Nimm Platz, heiliger Vater –"
Und er wies auf die Lafette.
Der Mönch schüttelte den Kopf.
„Petruschka" – und seine Stimme bekam einen milden Klang, sie war wie gesalbt und geölt – „Petruschka, was siehst du in meinen Augen?"
Pjotr blickte auf.
„Tränen", sagte er leise.
„Ja, Tränen – Tränen um dich, Tränen um unser geliebtes Rußland. Was tust du nur, was läßt du mit dir tun? Du vergeudest dein junges Leben mit albernen Spielereien: Narrenkriegen und Hundehochzeiten. Du schießt hier in die Luft und meinst, daß Gott dir mit seinem Donner antworten werde. Er aber sitzt auf seinem Thron von Lapislazuli und hört den frechen Lärm nicht, weil er dein verachtet. Sieben Säulen aus Edelgestein sind um ihn gestellt: Chalzedon, die Säule der Barmher-

zigkeit, Onyx, die Säule der Reinheit, Hyazinth, die Säule der Demut, Beryll, die Säule der Weisheit, Jaspis, die Säule der Liebe, Amethyst, die Säule der Hoffnung, Smaragd, die Säule des Glaubens. Es ist nicht eine Säule, die du, wenn du sie auf Erden fandest, nicht gestürzt hast. Du hängst deine besten Gefühle an Dirnen und Lustknaben, jede Nacht bist du betrunken wie ein Stück Vieh und lästerst Gott und seiner frommen Knechte. Hast du dich nicht neulich vor deinen besoffenen Kumpanen anheischig gemacht, den Patriarchen, das Oberhaupt unserer heiligen Kirche, seines von Gott eingesetzten Amtes zu entsetzen und selbst den Heiligen Stuhl zu besteigen? Hast du nicht im Trunk eine schwarze Messe gelesen und die heiligen Institutionen in einem Saufkonklave mit deinen Huren und Hurenknaben verhöhnt? Die heilige Trinität, der du huldigst: heißt sie nicht Wodka, Kwaß und Met? Wer regiert inzwischen das Reich? Bestechliche Djaken, eitle Bojaren, die ihren Leibeigenen die lebendige Haut vom Leibe ziehen und die Rußlands Töchter schänden, als seien es Hündinnen. Du wunderst dich, Petruschka, daß die Strelitzen eine Verschwörung gegen dich angezettelt haben. Ich würde mich nicht wundern, Söhnchen, sondern auch von meinen Feinden lernen – wenn sie recht haben."

Pjotr warf die Lunte auf den Boden. Sie riß einige Blumen mit sich und grub sie tief in die Erde.

„Ich danke dir, Väterchen, für deinen guten und gutgemeinten Rat. Du hast an mein Herz gerührt und meinen Verstand wachgerufen. Ich werde die Strelitzen gelegentlich hängen lassen und versuchen, Rußland eifriger als bisher zu dienen. Du sollst zum Dank für deine Offenherzigkeit ein Geschenk von mir haben, Mönch."

Der Mönch wehrte ab.

„Doch, frommer Vater, du hast es verdient, daß ich ebenso offenherzig mit dir verfahre."

Er trat auf ihn zu, riß ihm blitzschnell die rechte Hand aus der Soutane.

Ein Dolch klirrte zu Boden.

Der Mönch erbleichte.

Pjotr hob den Dolch auf.
Er betrachtete ihn. Er überlegte, wo er ihn schon einmal gesehen hatte. Dieser elfenbeinerne, venezianische Griff kam ihm bekannt vor. Ah, richtig, bei Sofija.
Pjotr lächelte.
„Ich ahnte, daß die Strelitzen und – nun gut – daß die Strelitzen dich gesandt hatten, mich zu ermorden."
Der Mönch schloß die Augen. Er versuchte, nach innen zu sehen. Aber da war es dunkel wie in einer unterirdischen Höhle.
Er öffnte die Augen und empfand schmerzlich berührt noch immer das Licht und in diesem Licht jenes bäurische Ungetüm:
„Was ich tat, das tat ich aus freiem Willen, von niemandem gefordert, von niemandem gedungen. Ich tat es aus meinem Herzen heraus, weil dieses Herz dich haßt und ewig hassen wird, solange es schlägt."
Pjotr hörte kaum hin.
„Schon gut. Ich werde sie, meine treuen Freunde und Beschützer, die Strelitzen, aufhängen und vierteilen lassen, sobald ich die Macht und die Gelegenheit dazu habe. Dir schenke ich das Leben, damit du ihnen ihr Schicksal voraussagst. Ganz ohne Strafe sollst aber auch du nicht von mir gehen. Zieh deine Priesterkutte aus. Der heiligste Rock darf nicht beschimpft und beschmutzt werden."
Der Mönch zog den Rock ab.
Pjotr hob seine lederne Knute, die ihm am Gürtel hing, und ließ sie über die nackte Rückenhaut des Mönches sausen.
Der stand aufrecht und schweigend, ohne mit einem Nerv zu zucken.
Als Blut zu fließen begann, hielt Pjotr inne. Er half dem Mönch wieder in seine Soutane.
„Segne mich, heiliger Vater."
Und der geprügelte und geschundene Mönch segnete ihn ohne Bitterkeit und ohne Rückhalt.
„Geh, Väterchen!"
Und Pjotr tätschelte ihm ein wenig unbeholfen und zärtlich die rauhe Wange.

„Wenn ich einmal einen tapferen, ehrlichen Priester, keinen Pfaffen, brauche, werde ich dich rufen lassen. Wie heißt du?"
Der Mönch verneigte sich: „Golowin."

Pjotr ruft holländische und englische Matrosen, französische Offiziere, deutsche Kaufleute und Handwerker ins Land. Feine Leute, gute Leute, kluge Leute, diese Deutschen. Sie haben Manieren und Moral, langsame abgezirkelte Bewegungen, ihre Leidenschaften werden nach Soll und Haben gegeneinander abgewogen. Sie sind gekleidet in einfache, schlichte Tracht, nicht in dieses schrille Himbeerrot, Giftgrün oder Schwefelgelb nebeneinander wie die bunten Russen. Sie sind graue Menschen, in ihre Landesfarben gekleidet: Schwarz und Weiß. Sie betrachten auch die Welt unter diesem Farbenaspekt. Sie kennen nur Schwarz und Weiß, Tag und Nacht, Gut und Böse, Entweder-Oder. Das Sowohl-als-auch, Teils-teils der Russen verabscheuen sie aus tiefstem Herzen. Bei ihnen drängt alles immer zur klaren Entscheidung. Keine Dämmerung und Verschleierung von Tatsächlichkeiten, wie sie über Moskau liegt, in den langen Winterabenden. Handwerker, Schmiede, Gärtner, Maler: entsetzen sie sich vor der klobigen Holzarchitektur der Kirchen, vor ihren zwiebelartigen Türmen. Diese Architektur haben euch wohl die gottverdammten Juden beigebracht. Sie treibt einem ja das Wasser in die Augen. Zum Weinen sind diese Tempel. Nur recht, daß ihr die Juden zum Teufel gejagt habt. Jetzt haben wir sie auf dem Hals. In Deutschland. Was sollen wir mit ihnen anfangen, he? Einen oder zwei kann man als Zauberer verbrennen, einige als Wucherer aufhängen, aber hundert, aber tausend, aber zehntausend?
Bei den Deutschen zu Hause herrscht protestantische Nüchternheit und klare Definition. Die Gotteshäuser sind aus Stein gebaut, kahl, schmucklos, aber dauerhaft, für eine halbe Ewigkeit bestimmt. Diese russischen bemalten Holzbaracken, wie Jahrmarktsbuden der Gaukler anzusehen, sind ja zum Umpusten. Wenn ein Sturm kommt, fliegen sie samt ihren Gläubigen zu Gott empor,

wenn sie nicht schon vorher zersplittert oder verfault sind. Wir werden ein wenig Ordnung in das Chaos bringen, denken diese Deutschen. Ruhe und Ordnung. Dafür sind wir bekannt und geachtet in der Welt. Ruhe und Ordnung um jeden Preis. Auch um den der Wahrhaftigkeit.

Sie sind Patrioten, diese Deutschen, und nehmen den Mund überaus voll, wenn sie von Deutschland reden. Übrigens tun sie das in französischer Sprache. Sonderbare Käuze, diese Deutschen. Sie verstehen alle Sprachen der Welt, nur ihre eigne nicht.

Pjotr befahl seinen Woiwoden und Bojaren, aus den fünfzig Gouvernements je das schönste adlige Mädchen nach Moskau zu senden. Er stellte sie im weißen Saale alle in einer Reihe wie Soldaten auf. Dann schritt er die Front der Schönheit ab, blieb hier und da stehen, kniff der in die Wangen oder jener in die Brust, zog einer andern am blonden Zopf, kniete auch einmal am Boden nieder, um Fuß und Fessel handgreiflich zu prüfen. Er denkt an einen Stall von Stuten. Er schnüffelt in die Luft. Jewdokia Lopuchin riecht am besten. Er wählt sie.

Er hält Hochzeit wie ein Bauer. Er prüft selbst die Roggengarben, die als Unterlage für das Brautbett dienen sollen.

Während des Mahles, das aus Schweinskopf in Himbeersauce und Fasanenpüree bestand, wird Jewdokia von zwei Dienerinnen bei Tisch mit goldenen Kämmen gekämmt und ihr herrliches blondes Haar in zwei Zöpfe geflochten.

Pjotr selbst, schon leicht betrunken, setzt ihr die Brautkrone auf, von der sechs Perlenschnüre bis auf die Brüste hängen.

„Trinkt“, schreit Pjotr, „trinkt! Ihr tut ein patriotisches Werk. Der Branntwein ist das Monopol des Zaren.“

Pjotr und Jewdokia treten Hand in Hand auf den geweihten Teppich.

Der Pope, ebenfalls schon angetrunken und von Die-

nern rechts und links gehalten, daß er nicht falle, segnet das erlauchte Brautpaar.
Pjotr und Jewdokia trinken zum Zeichen des geschlossenen Hausstandes aus einem Glase.
Das fällt zu Boden und zerscherbt.
Alle Gäste sind bestürzt.
Pjotr aber faßt sich.
Er tritt auf die Scherben:
„So möge es allen ergehen, die Zwietracht zwischen uns säen wollen!"
Mädchen und Frauen werfen Hanf- und Flachssamen auf Pjotr und Jewdokia.
Ehe Jewdokia das Brautbett besteigt, wird sie in Milch und Wein gebadet.

Am nächsten Tage hat alles einen Kater. Menschikow schwankt. Timmermann kann nicht aus den Augen sehen. Der Pope, den man vergeblich spätabends noch gesucht hatte, wird bewußtlos unter dem Brautbett hervorgezogen.
Jewdokia sieht sehr blaß aus.
Nur Pjotr ist munter und guter Dinge.
Er sitzt vor einem Tisch, der mit sauren Gurken und kaltem gepfefferten Hammelfleisch bestellt ist. Dazu hebt er einen Humpen Kwaß.
Er säuft und frißt und schlägt sich auf die Schenkel vor Vergnügen.
Dann nimmt er ein heißes Bad.
Glühende Steine werden in einen Bottich geworfen. Aus dem heißen Wasser springt Pjotr in den Schnee draußen, wälzt sich darin wie ein Schneehase und taucht wieder in das glühende Wasser.

Der See von Perejaslawel ist von einer Eisdecke zugedeckt. Draußen, hinter Schneewolken, liegt Pjotrs Schiff, mit dem er den Sommer gekreuzt, eingefroren.
Es ist nicht größer als ein großer Ruderkahn und heißt: „Iwan der Schreckliche".
Pjotr stampft in hohen Stiefeln über das Eis.
Er betritt das Schiff.

Die heiße Stirn an den eisigen Mastbaum gelehnt, stiert er ins Schneetreiben.
Er schläft im Stehen ein.
Als er erwacht, kann er die Finger kaum lösen. Sie sind am Mastbaum angefroren.
Blutend reißt er sich los.
Er steigt in die Kajüte hinab.
Dort liegen seine Hefte mit geometrischen und navigatorischen Berechnungen.
Er setzt sich davor und starrt hinein.
Er beginnt, Schnörkel zu kritzeln.
Aus den Schnörkeln wird der hübsche Kopf der Jewdokia Lopuchin. Er streicht ihn mit zwei Strichen durch, als er ihn erkennt.
Dann malt er weiter: phantastische Linien, Grenzen, Ströme, Gebirgszüge, Meere: ein imaginäres Rußland bis weit nach China hinein und vom Schwarzen Meer zum Weißen Meer hinauf bis nach Finnland.
Schiffe brauche ich, hundert Schiffe, tausend Schiffe, eine ganze Flotte. Ich werde sie bauen, ich muß sie bauen.
Armer kleiner Iwan, du Schrecklicher, mit dir kann man niemandem Schrecken und Furcht einjagen.

Der Tümpel von Perejaslawel genügt Pjotr nicht mehr für seine Piratenfahrten.
Er läßt „Iwan den Schrecklichen" nach Archangelsk transportieren.
Die holländischen Matrosen nennen den altmodischen Kahn „Iwan den Gebrechlichen" und schwören darauf, daß er nicht eine Seemeile weit im Weißen Meere laufen, torkeln, schaukeln werde, ohne kläglich zu versaufen.
Pjotr beschließt, das auf einer Insel gelegene Solowezkijkloster zu besuchen und den Gebeinen der dort bestatteten Heiligen seinen Besuch abzustatten und seine Reverenz zu erweisen.
„Iwan der Schreckliche", wie ein betrunkener Maat schrecklich hin und her schwankend, erreicht mit Mühe und Not den kleinen Inselhafen.

Auf der Rückfahrt setzt ein Sturm ein.
„Iwan der Schreckliche" dreht sich wie ein Karussell.
Pjotr ist verzweifelt.
Er fällt auf die Knie.
Er weint.
Er prügelt die Matrosen.
Er küßt sie.
Er betet.
Er verspricht dem Herrn Jesu Christo ein Kreuz, wenn er aus Seenot gerettet werde. Er verspricht, ihn zum russischen Konteradmiral zu ernennen.
„Iwan der Schreckliche" wird von der Brandung an den Strand geworfen und zerschellt an einem Felsen.
Pjotr und die Matrosen werden wie tote Fische an das Ufer gespült.
Pjotr schnitzt mit eigener Hand ein Holzkreuz und stellt es an der Unskijschen Bucht auf, den Schiffern weit sichtbar. In holländischer Sprache schreibt er diese Inschrift ins Kreuz:
Das Kruys maken Kaptein Piter a. d. 1694.

Die Sommernächte des Nordens waren blau, warm und hell.
Sie hatten ein Schiff mit Südwein gekapert, rollten die Tonnen über die Verdecke, soffen und sangen.
Pjotr schrie den Mond an. Er schwenkte einen Degen und wollte den Mond daran aufspießen.
Menschikow wälzte sich wie ein Igel über das Verdeck.
Pjotr und Menschikow hielten sich auf einmal umschlungen und gaben sich gegenseitig weibliche Kosenamen.
Man beschloß, Tauziehen zu spielen.
Pjotr übernahm das Kommando der einen, Menschikow der anderen Partei.
Als die Kräfte sich die Waage hielten, ließen sie das Tau fallen und schlugen aufeinander mit Fäusten, Hacken, Holzschwellen, Sprieten. Blut floß, und ein junger Matrose wurde erschlagen. Er war der Liebling aller gewesen und der Lustknabe Menschikows. Der heulte wie ein Waschweib auf. Alle waren plötzlich nüchtern.

Vier Matrosen nahmen ein Segeltuch, rollten den Leichnam hinein, und während ein Stück gelöst wurde und die Mannschaft salutierte, ließen sie ihn an Stricken ins Meer.
Menschikow fiel ohnmächtig in Pjotrs Arme. Der schüttelte ihn von sich wie ein windbewegter Baum eine Raupe.
Als alle schon schliefen, soff Pjotr noch einsam weiter. Er sang, bis ihm ein Gelächter die Stimme erstickte:

„Scheiterhaufen anzustecken,
Rädern, Köpfen, Henken, Säcken,
Geben uns ein lustig Spiel.
Nas' und Ohren abzuschneiden,
Das geschieht zwar auch mit Freuden,
Dennoch achtet man's nicht viel."

Pjotr focht mit dem Mond, beschimpfte die Sterne, verfluchte Himmel und Erde, bis er wie ein Schlauch am Boden lag.
Man mußte am nächsten Morgen Kübel voll Seewasser über ihn schütten, bis er erwachte und zu sich kam.
Er rief nach dem jungen Matrosen.
Sie sahen weg und schwiegen betreten.
Da kam langsam die Erinnerung wie eine feuchte Schnecke auf ihn zugekrochen.
Er strich sich über die Stirn, warf den Kopf in den Nakken, daß die Sonne in seine Augen brannte, stieg zur Kommandobrücke empor, legte die Hände an den Mund und schrie es der ganzen Flottille zu:
„Klar zum Gefecht!"

Es geht in den Kampf gegen Asow, gegen den roten Halbmond, gegen die Kalmücken, Tataren und Türken.
Wolga, Oka, Don sind mit kleinen Schiffen besät, die wie Wasserlinsen auf ihnen schwimmen. Gesang ertönt, Flaschenklingen und Gelächter. Zuweilen rennen und rammen zwei Schiffe sich gegenseitig an. Eines oder beide kentern. Einige Menschen ersaufen. Macht nichts,

Rußland hat mehr von der Sorte. Andere werden unter Gebrüll und Gelächter aufgefischt. Die Fahrt geht weiter. Abwärts. Dem Meere zu. Das jetzt noch von den kläffenden Höllenhunden bewacht wird, einmal aber dem russischen Bären dienstbar sein wird.
Assow hält sich standhaft.
Die Belagerung führen Pjotr und Menschikow durch wie ein Rechenexempel in der Schule. Aber es geht nicht auf. Sie haben sich verrechnet.
Pjotr erfährt, daß er sich auf keinen Menschen verlassen kann als auf sich selbst und allenfalls noch auf Menschikow. Während Pjotr im vordersten Graben Nachtwache hält, desertieren hinten Dutzende seiner Soldaten. Er hat es mit Kindern zu tun, die Soldaten spielen, und die weinen, wenn es blutiger Ernst wird, und schon heulen, wenn es Schrammen gibt. Viele seiner Besten sind schon gefallen. Menschikow erwägt den Gedanken eines Sturmangriffes. Er will die Kerle mit Schnaps anfüllen, um ihnen Mut zu machen, und sie dann gegen die Feinde laufen lassen. Pjotr verwirft den Plan. Zähneknirschend bricht er den Feldzug ab. Er ist geschlagen vor Asow wie Fürst Galizyn seiner Zeit in der Krim.
Asow ist nur vom Meere her zu nehmen. Ich war ein Esel, als ich auf dem Land dahertrottete. Ich brauche Schiffe, reguläre Kriegsschiffe. Die vornehmen Geschlechter müssen die Kontribution für vierundzwanzig große Kriegsschiffe aufbringen, die Kaufmannschaft für die dazugehörigen Bombenschaluppen und Brander. Für das Admiralschiff muß Adrian, der Patriarch, Kirchenschmuck hergeben. Wozu stecken im Leib des heiligen Sebastian Pfeile und Speere aus purem Gold? Was brennen in seinen Wunden rote Rubinen? Rotes Glas täte es auch. Und seine Peiniger gar strotzen von Perlen und Diamanten.
Während in Moskau die Glocken Tedeum läuten, klingt auf der Werft von Woronesk das Klopfen und Hämmern der Schiffsbauleute. Riesige Eichenwaldungen liegen um Woronesk und ertragreiche Eisengruben.
Pjotr selbst fällt Bäume, hobelt, hämmert, glüht Eisen.

Im Mai des nächsten Jahres läuft die Flotte vom Stapel, zum Teil mit Holländern und Deutschen bemannt.
Kein Gesang, kein Flaschenklingen, kein Gelächter, als die Flotte wieder nach Asow aufbricht.
Gespensterschiffe fahren stumm durch den Nebel.
Pjotr steht am Bug seines Admiralschiffes „Iwan" in blauer Schifferbluse.
„Jesus Christus, ich habe dich nicht umsonst zum Admiral meiner Flotte ernannt. Jetzt zeige, was du kannst. Hilf mir und allen Rechtgläubigen gegen die heidnischen Osmanen. Gib Asow in meine Hand, und ich will sie ans Kreuz schlagen, wie du einst ans Kreuz geschlagen worden bist."
Asow fiel im Juli 1696.
Der Chan und seine zwei obersten Generäle wurden von Pjotr wie Christus und die zwei Schächer ans Kreuz geschlagen.
Pjotr selbst vollzog an ihnen die Speerprobe.
Zum Schrecken der Türken erschien ein russisches Kriegsschiff mit einem Gesandten in besonderer Mission vor Konstantinopel.

Pjotr ließ sich ein Petschaft machen mit der Inschrift: „Ich weiß nichts. Ich kann nichts. Ich will alles wissen. Ich will alles können. Wer mich belehrt, soll willkommen sein."
Europa soll mich belehren. Auch ist einiges in und durch Europa einzurichten und einzurenken. Sollte nicht eine europäische Solidarität gegen Asien möglich sein? Ein Bündnis mit Venedig und dem Habsburger gegen Tataren, Türken und Perser?
Pjotrs Reise durch den Kontinent erregte die lebhafteste Anteilnahme Europas. Zum erstenmal traten die märchenhaften Barbaren von Wolga und Waldai sichtbar in Erscheinung. Die Reise glich bald einem griechischen Trauerspiel: erregte Furcht und Entsetzen, bald einer Molièreschen Komödie, deren Titel hätte lauten können: „Der Großfürst auf Reisen", bald einem italienischen Mummenschanz, bald einer derben Breughelschen Bauernposse.

Die Russen trugen ellenhohe Pelzmützen und selbst im heißesten Sommer die dicksten Pelze. Sie schleppten unzählige, vielpfundige Heiligenbilder mit sich herum, vor denen sie alle Augenblicke ihre Devotion verrichteten. Sie bekreuzten sich bei jeder Gelegenheit dreimal, und dieses Bekreuzen wurde damals in Europa zur komischen Mode. Ganz Europa bekreuzte sich – nicht zuletzt vor den Russen selbst. Bei den Galatafeln benahmen sie sich äußerst unmanierlich. Sie nahmen das Fleisch mit der Hand von den Schüsseln, spießten es auf die Gabeln auf und führten dann erst diese zum Mund. Den Gebrauch der Betten kannten die meisten nicht. Stellte man ihnen welche zur Verfügung, so warfen sie die Matratzen heraus und schliefen innerhalb der Bettstellen auf dem nackten Boden. Mit dem Leben ihrer Mitmenschen nahmen es die Russen nicht allzu genau. Wer sich nur gering an ihnen verging, wurde sofort mit dem Tode bedroht, ohne daß diese Drohung oder selbst der Totschlag allzu böse gemeint schien. Es gab ja genug Menschen auf der Welt. Einer mehr oder weniger: nitschewo.

Die Russen erwiesen sich in ihren mitgebrachten Gastgeschenken schäbig, knickrig und überaus geizig. Während man sie überall prächtig aufnahm und es ihnen an nichts fehlen ließ, zollten sie ihren Dank mit einigen Pfund Rhabarber, von dem sie viele Zentner mit sich führten, und einigen Schwarzfuchs- und Zobelfellen im Werte von wenigen Rubeln. Ein Hermelinfell: das bedeutete schon etwas Besonderes und war eine große Ausnahme. Pjotr verschenkte es nur zweimal: der Königin von Holland und einem Köhlermädchen im Harz, das ihm zu Willen war.

Pjotr reiste zuweilen inkognito als Pjotr Alexejiwitsch Michailow.

Er stellte sich in Riga trottelhaft, um die schwedischen Festungswerke besichtigen zu können, wurde aber vom Gouverneur selbst beim Spionieren ertappt und verjagt.

Ingrimmig brummte er: mit diesen Schweden werde ich noch ein Hühnchen rupfen.

In Königsberg begegnet er dem preußischen Kurfürsten und läßt sich als Geschützmeister ausbilden.
Er macht der Kurfürstin derartige Komplimente, daß sie vor Scham über und über erglüht und sich nicht anders zu helfen weiß, als in Ohnmacht zu fallen.
Am gleichen Abend saß er mit dem Philosophen Leibniz zusammen. Er betrachtete ihn von allen Seiten wie einen Affen, der Kunststücke macht: salutieren, trommeln, Nüsse knacken. Er riß ihm die Allongeperücke herunter und stülpte sie sich selbst auf.
Ein Philosoph müsse einen freien Kopf haben, wenn er denkt und spricht.
Er hatte eine riesige Flasche mit Schnaps vor sich stehen: „Trinken Sie, Leibniz!"
Leibniz trank nicht.
„Sie wollen sich nicht das Blut verdünnen?"
„Zu Befehl, Majestät."
„Was heißt das: Zu Befehl. Läßt sich ein Philosoph etwas befehlen? Seine Gedanken zum Beispiel? Denn was ist das Besondere eines Philosophen? Seine Gedanken doch wohl?"
„Allerdings."
„Nun – kann man ihnen wie Leibeigenen befehlen? das sind doch wohl Seeleneigene."
Leibniz drehte verlegen sein leeres Glas im Kerzenlicht.
„Die Disziplin des Denkens muß preußisch diszipliniert sein."
Der Zar schrie vor Lachen:
„Russisch geknutet, Leibniz, russisch geknutet! Von der Philosophie will ich nur das sagen, daß ich sah, wie sie von den hervorragendsten Geistern aller Zeiten und Länder gepflegt worden und daß dennoch bis heute noch kein einziger Punkt zu finden ist, der nicht strittig und mithin zweifelhaft und ungewiß wäre. Das hat Descartes gesagt, auch ein großer Philosoph. Prost!"

In Berlin findet zu Ehren des Zaren ein Hofball statt.
Der Brandenburgische Kurfürst kommandierte die Polo-

näse. Der Zar führte die Herzogin von Mecklenburg, eine zärtliche Blondine. Als die Polonäse sich im Spiegelsaal auflöste, ist der Zar mit seiner Tänzerin nicht zu finden.
Er hatte sie in ein Seitengemach gezogen und ihr hinter einer Portiere Gewalt angetan. Und so stark war er, daß sie sich nicht wehren konnte noch wollte.
Dann hatte er sie verlassen.
Schwer atmend stand sie noch immer im Dunkel hinter der Portiere. Es schauerte sie.
Sie wagte nicht, ins Licht zu treten.
Sie öffnete hinter sich das Fenster, es war Parterre, und stieg hinaus.
Das Fenster lag nach der Spreeseite.
Ein Kahn schaukelte sich sacht auf den Wellen.
Sie setzte sich in den Kahn und sah hinab ins Wasser.
So schwarz ist der Tod und so feucht.
Still glitt sie vom Bug in den Fluß und versank. Hechte umspielten sie, Barsche und Stichlinge.
Der Zar aber hatte sie längst vergessen.
Er lag in seinem Zimmer, mit den schmutzigen Stiefeln im damastnen Bett, und dachte, wie er die Preußen gegen die Polen und Schweden ausspielen könne. Auf einer Konsole über dem Kamin drehte sich ein verliebtes Porzellanpaar im Menuett. Er warf mit Kupfermünzen danach, bis es klirrend zersprang.
Dann fiel er in Schlaf und träumte von einer Steppenmaus. Sie hatte ein Gesicht wie die Herzogin von Mecklenburg und pfiff leise.
Er biß ihr den Kopf ab und warf die kleine Leiche auf den Acker.
Raben, die auf einem kahlen Weidenstumpf saßen, flatterten und schnatterten herbei und fraßen sie auf.

Zwei Tage darauf stieg der Zar durch das Ilsetal und die Schneelöcher an den Ilsefällen vorbei zum Brocken empor.
Die Sonne schien.
Die Vögel sangen. Die Ilse rauschte.

Von einem unendlichen Glücksgefühl überwältigt, sank der Zar unter der Brockenkuppe ins Gras.
Unter ihm das weite Land, das deutsche Land, das Rußland, unter ihm die ganze Erde, und selbst der Himmel noch tief unter ihm.
Solch einen Berg müßte man in Rußland haben. Könnte ich Berge versetzen, hätte ich den Glauben. Aus der russischen Ebene müßte der Berg steigen. Aber sie ist flach wie meine Gedanken und Träume.
Der Zar übernachtete in einer Köhlerhütte.
Des Köhlers Tochter half ihm, die hohen Stiefel auszuziehen.

In Holland tritt Pjotr auf der Werft der ostindischen Kompanie als Werftarbeiter ein. Er will von der Pike auf dienen. Klaas Wilemzoon lehrt ihn in die Rahen steigen, Segel lösen, beidrehen.
Seine freie Zeit verbringt er beim Anatomen Boerhaave in der Anatomie. Er seziert Leichen, assistiert bei Operationen, lernt schließlich selbst operieren.
Eines Tages wird ihm zum Sezieren die Leiche einer jungen Javanerin gebracht. Er wirft das Messer aus der Hand und bricht in Tränen aus. Er verfällt in eine tolle Leidenschaft zu der schönen Toten, läßt sie mumifizieren und nimmt sie später nach Rußland mit.
Während er im Mastkorb sitzt oder ein totes Kind trepaniert, erteilt an seiner Stelle in seiner Wohnung eine große Wollpuppe Audienz.
Die holländischen Juden, die von seinem Vater aus Rußland vertrieben worden sind, werden vorstellig, ihnen die Rückkehr zu gestatten.
Die Puppe schweigt.
Mit wehenden Kaftanen, wie klagende Vögel, ziehen die Juden von dannen.

Anstoß erregte es, daß die Russen sich am hellen Tage Tänzerinnen und leicht lockende, leicht zu verlockende Mädchen aus Sing- und Liebesspielhallen kommen ließen und es nicht verschmähten, mit ihnen über die Straße zu gehen.

Pjotr selbst machte bei Gänsen und Vögeln jeder Art nicht viel Federlesen.
Er sprach jede Frau auf der Straße, die ihm gefiel, russisch an. Verstand sie ihn nicht oder wollte sie ihn nicht verstehen, so zeigte er lächelnd einen russischen Goldrubel: seine übliche, kaiserliche Taxe – eine Münze, die sein Bildnis trug. Dieses Porträt schenkte er jungen, hübschen Mädchen gern, wenn sie sich ihm gefällig erzeigten. Und sie nahmen es lieber, als wenn es von Franz Hals gemalt wäre. Eines Tages sah Pjotr eine junge Netzflickerin am Amsterdamer Hafen. Er wollte sie ihrem Vater abkaufen. Er tat sehr erstaunt, als man ihm klarmachte, daß in Westeuropa die Frau kein Handelsartikel und nicht als Leibeigene verkäuflich sei. Er erklärte liebenswürdig, daß er im allgemeinen sehr für westliche Reformen eingenommen sei und schon manche in seinem Lande verwirklicht habe, aber die Frage der Frauenemanzipation wolle er sich doch erst reiflich überlegen.

Die Berichte, die Pjotr nach Rußland schickte, waren Popanze, für Volk und Hof auffrisiert und grell geschminkt. Er wußte, was er seinen Russen vorsetzen durfte und mußte, damit sie Respekt vor ihm behielten. Er ließ unter anderem schreiben, daß Amsterdam drei Millionen Einwohner habe und der Sonne und dem Monde beträchtlich näher gelegen sei als Moskau. Jeder der Einwohner besitze drei Augen: zwei, die in die Gegenwart, eines aber, das in die Zukunft sähe. Das Auge, das in die Zukunft sähe, habe für Rußland Krieg und Sieg und Glanz prophezeit. Die größten Sehenswürdigkeiten, die er auf seiner Reise vorgefunden und die er seinem Volk mitzubringen gedenke, da er sie für hundert Hermelinfelle erstanden, seien: das Messer, mit dem sein heiliger Namenspatron Petrus dem Malchus das Ohr abhieb, ein Stück der Dornenkrone Christi, an deren Dornen das Blut des Himmelssohnes verharscht noch sichtbar sei, ein von dem Evangelisten Lukas selbstgemaltes Bild der Madonna, ein Feigenblatt der Menschenmutter Eva, der Mantelzipf des Joseph, der

der Madame Potiphar bei seiner heldenhaften Flucht in Händen blieb.
Als die Russen die ihnen in Amsterdam zur Verfügung gestellten Häuser verließen, konnte nach ihrer Abreise wochenlang kein Mensch darin wohnen. Sie sahen wie Sauställe aus.

Pjotr hatte sich in Wien bei einem Festmahl rechtschaffen betrunken, als ihn die Nachricht vom offenen Aufstand der Strelitzen traf.
Er ließ sich einen Kübel Wasser über den Kopf gießen und wurde völlig nüchtern.
Es gelang ihm, mit dem Kaiser und Venedig noch ein dreijähriges Bündnis gegen die Türken abzuschließen und eine Neutralitätserklärung im Falle, daß Rußland in europäische Verwicklung geriete, zu erlangen. Dann reiste er heimlich ab.
Er reiste über Warschau, wo er noch eine geheime Zusammenkunft mit König August dem Starken von Polen hatte, die zum Abschluß eines Bündnisses gegen Schweden führte.

Pjotr sauste mit dem Schlitten über die nächtliche Steppe. Der Mond bestreute den Schnee mit grünem opalisierenden Licht.
Pjotr schwang die Peitsche.
Das Fell des Pferdes färbte sich mit roten Streifen. Seine Flanken hoben und senkten sich wie Meereswellen.
Pjotr atmete schwer.
Ich darf nicht zu spät kommen. Alles steht auf dem Spiel. Mein Leben, Rußland. Lauf, Pferdchen, lauf, was du kannst.
Das gequälte Tier sah sich während seines verzweifelten Galopps mehrmals um. Es flehte um Erbarmen und Mitleid. Pjotr hielt sich die Hand vors Gesicht. Er konnte dem Pferd nicht in die Augen sehen.
Ich darf kein Mitleid mit ihm haben. Mit ihm nicht und mit mir nicht.
Erst fern, dann immer näher tönte das heisere Gebell hungriger Wölfe.

Pjotr sah sich um.
Sieh da, meine wilden Brüder.
Über den grünen Schnee huschten schwarze Schatten.
Auch das Pferd hatte das Gebell gehört.
Mit letzter Verzweiflung riß es sich hoch. Seine Nüstern zitterten. Es lief noch eine halbe Meile, dann schoß ihm das Blut aus dem Maul. Es brach zusammen, einige Kilometer vor Preobraschensk.
Ein Fluch zerteilte Pjotrs Lippen.
Die Wölfe waren auf hundert Meter herangekommen.
Ich muß nach Preobraschensk, Herr im Himmel, ich, der Herr auf Erden, muß.
Er zog seine Pistole, nahm die Leine vom Pferd.
Ein letzter Schlag auf die dampfenden Flanken.
Gutes Tier, Dank.
Die Wölfe waren herangekommen. Sie rochen das frische Blut. Ihre dunkelgrünen Augen funkelten Pjotr haßerfüllt an.
Pjotr zog sich zwanzig, dreißig Schritte zurück.
Die Wölfe fielen gierig über das halbtote Pferd her, das unter ihren Zähnen zuckte.
Sie hatten es fast bis auf die Knochen zermalmt, da flog die Pferdeleine, zu einem Lasso gewunden, durch die Luft.
Zwei der Wölfe verschlangen sich in der Schlinge. Die anderen stoben auseinander. Sie hatten ihren Hunger gestillt, sie ließen ihre Kameraden feige im Stich.
Pjotr trat mit der Peitsche näher. Es gelang ihm, die wütenden Bestien in den Schlitten zu spannen.
Er schwang die Peitsche.
Mit einem Wolfsgespann fuhr Pjotr am frühen Morgen in Preobraschensk ein.
Die Menschen, die ihn sahen, bekreuzten sich.
„Der Wolfssohn ist wieder da“, schrien sie.
Im Hof des Palastes stand ein Regiment der aufständigen Strelitzen. Ein Schauer des Entsetzens lief durch ihre Reihen, als sie das Wolfsgespann durch das Holztor fahren sahen.
Pjotr sprang aus dem Schlitten, ließ die Peitsche durch die eisige Luft zischen:

„Auf die Knie, ihr Hunde!"
Da brach das ganze Regiment wortlos ins Knie.
Er ging durch die Reihen, tippte mit seinem Peitschenstiel da und dort einen Mann an.
„Du wirst gehängt und du und du.
Das Regiment wird sich rehabilitieren, wenn es jeden zehnten Mann aus seiner Mitte hängt."
Da hängten sie ihre eigenen Kameraden, die sich stumm und widerstandslos hängen ließen.

Eine Abordnung der Bojaren trat vor ihn:
„Zeige uns Iwan, wo ist Iwan, der wirkliche Zar? Er ist der heilige Gossudar. Er ist nicht gestorben. Du hältst ihn gefangen im Palast. Er lebt ja noch. Wo ist er?"
Pjotr winkte der Abordnung, ihm zu folgen. Sie gingen durch düstere Gänge. Türen schlugen von selbst auf und zu.
Plötzlich öffnete sich ein schweres Eichentor.
Ein kapellenartiger Raum wurde sichtbar, in dem durch bunte Glasfenster farbige Lichter spielten.
Im Hintergrund saß auf einem hölzernen Thron: Iwan, bleich, zart, elegant, sein irrsinniges Lächeln auf den Lippen.
Die Bojaren brachen ins Knie. Tränen standen in ihren Augen:
„Unser Zar! Unser Väterchen! Heil!"
Einer kroch bis an den Thron, rutschte auf wunden Knien, ihm den Fuß zu küssen. Seine Mund geiferte.
Er griff nach dem Fuß.
Da blätterte die vom Wurm zerfressene Borke.
Der Bojare schrie auf.
Auf dem Thron saß die Mumie Iwans des Blödsinnigen.
Pjotr winkte der Abordnung wieder.
Sie schlichen mit gesenkten Köpfen hinter ihm drein.
Er ließ sich durch einen Gärtner eine große Gartenschere bringen, wie man sie zum Beschneiden der Gebüsche braucht, und schnitt ihnen allen eigenhändig die Bärte, das Symbol der Bojarenschaft, ab.

Auf dem Roten Platz vor der Basiliuskathedrale in Moskau fließt rotes Blut.
Pjotr steht auf dem Gerüst neben dem Henker und sieht jedem der Verräter ins Gesicht.
„Wer bist du? Wie heißt du? Glaubst du an Gott? Warum hast du nicht an mich geglaubt? Kopf ab."
Ein Kopf rollt ihm vor die Füße, der ihm bekannt vorkommt. Er greift ins schwarze wollige Haar und zieht ihn zu sich empor. Es ist der Oberst Zickler. Schade. Er hätte am Leben bleiben sollen. Er hatte Humor. Aber das Schwert denkt nicht, wen es tötet. Beim Töten darf man überhaupt nicht überlegen, sonst kommt man nicht dazu: oder wird selbst getötet. Von den Kreaturen dieser Welt frißt eins das andere. Wenn man den Astrologen und Astronomen glauben darf, so verschlingen auch die Sterne einander mit feurigem Maul. Es kommt darauf an, das größte Maul zu haben und das Tier zu sein, das frißt. Das ist der Sinn des Lebens.
Sofija, verschleiert, fällt vor ihm nieder: „Gnade für den Fürsten Galizyn!"
„Sofija, Täubchen, ich hatte dich ganz vergessen – hübsch, daß du dich ins Gedächtnis rufst. Lebst du noch? Es ist ein fatales Massensterben angebrochen. Für wen bittest du, für deinen Liebhaber? Sofija!"
„Majestät –"
Sofija neigt das schöne Haupt. Er streichelt ihr das Haar.
„Sei ehrlich!"
Schade, daß sie als meine Schwester geboren wurde. Sie wäre das richtige Weib für mich gewesen. Wie schön sie noch immer ist.
Pjotr winkt dem Henker:
„Fürst Galizyn ist begnadigt – zum Spießrutenlaufen."
Sofija stürzen die Tränen über die Wangen.
„Weine nicht, Täubchen. Trübe nicht deine klaren Äuglein. Plustere nicht deine weißen Federchen."
Fürst Galizyn stürzt in der Mitte der Spießgasse tot zusammen, einen Vers von Homer auf den Lippen.
Sofija schreit auf:

„Bist du noch ein Mensch? Hat Natalia Naryschkina dich geboren? Bist du nicht ein wilder Wolf? der Antichrist, von dem das Volk murmelt?“

Mit den Strelitzen hatten sich auch an den Grenzen Baschkiren und Kosaken erhoben.
Golowin, der streitbare Mönch, hatte sie aufgewiegelt: zum Heiligen Kreuzzug. Auf einem Hügel stand er, das bleiche kasteite Antlitz wie eine silberne Fahne schwingend, und predigte zum Volk, das in Terrassen um ihn gelagert war:
„Und ich trat an den Sand des Meeres und sah ein Tier aus dem Meer steigen, das hatte sieben Häupter und sieben Hörner und auf seinen Hörnern sieben Kronen und auf seinen Häuptern Namen der Lästerung. Und das Tier, das ich sah, war gleich einem Pardel, und seine Füße als Bärenfüße und sein Mund eines Löwen Mund. Und der Drache gab ihm seine Kraft und große Macht. Und der ganze Erdboden verwunderte sich des Tieres. Wer ist dem Tier gleich? Und wer kann mit ihm kriegen? Und es ward ihm gegeben ein Mund, zu reden große Lästerungen. Und es tat sein Maul auf zur Lästerung gegen Gott und gegen die, die im Himmel wohnen. Und es ward ihm gegeben, zu streiten mit den Heiligen und sie zu überwinden. Bei seiner Geburt fiel Feuer vom Himmel, und die Flüsse traten über ihre Ufer. Der giftige Fingerhut blühte und blähte sich mitten im Winter auf der Waldai. Wißt ihr den Namen des Tieres, das wie ein Wolf in die Hürde der Lämmer brach? Das Rußland das Mark aus den Knochen saugt, um sich zu mästen: seht, wie dick und feist es ist von der Völlerei. Das das heilige Rußland verrät an die Njemzy, die Fremden. Das einen Götzen anbetet, den es aus der Fremde mitgebracht: ich sah es vor einer höllischen Mumie, einem Weib mit acht Brüsten, Astarte genannt, im Staube liegen. Wißt ihr, wie das Tier heißt?“
Da heulten sie alle auf, zwanzigtausend an der Zahl: „Pjotr, der Waräger! Er ist der Sohn der Natalia Naryschkina und eines Wolfes. Sie hat mit einem Wolf gehurt, ehe da sie ihn gebar.“

Golowin zog den Rebellen mit dem Kreuz voran. Er schwang es wie eine Keule. Es war rot vom Blute der erschlagenen Feinde. Gegen den Tyrannen ging es, den Unhold, das Untier, gegen die Bojaren, gegen Leib- und Steuerknechtschaft.
Aber die Rebellen wurden zersprengt von Pjotrs Garde unter Führung Menschikows.
Bald trieben Flöße den Don herunter. Darauf standen Galgen. Und an den Galgen hingen die Rebellen, ihre im Winde schlenkernden Arme und Beine, ihre verdrehten Augen und auseinandergerissenen Lippen, von denen die blaue Zunge wie ein toter Fisch niederhing, redeten eine deutliche Sprache.
Der Zar watete in Blut, und es ging die Legende, daß er sich jeden Morgen in frischem, heißem Rebellenblut bade.
Eine Prozession von Hunderttausenden zog, geführt vom Patriarchen Adrian, unter Voranführung des Zarenbildnisses und vieler Heiligenbilder zum Kreml.
„Gnade den Sündern! Wer unter uns ist ohne Sünde?"
Der Zar blieb taub.
Grollend zog das Volk wie eine Schnecke sich in sich zurück. Heiß schwelte der Haß unter der Asche der Gleichgültigkeit. Golowin entging den Häschern, weil das Volk ihn vergötterte und unter sich verbarg. Er schlief jede Nacht in einem anderen Haus.
Iwan war tot. Golowin hatte es selbst gesehen. Ihm konnte man glauben. Nun sammelte sich alle Liebe und heimliche Hoffnung auf den Knaben Alexej, Pjotrs und Jewdokias Sohn.

Sofija wurde in ein Kloster gebracht.
„Frau Äbtissin, Frau Äbtissin –"
Die Nonnen schwänzelten um Sofija wie Ziegen um die Leitziege.
Beim Abendgebet bemerkte Sofija schon sonderbare Sitten unter ihnen.
Einige glucksten wie Hennen, andere meckerten, dritte muhten wie Kühe, als sie beteten.
Die Morgenmesse öffnete ihr die Augen.

In die Weihgefäße der Kapelle verrichteten die Nonnen ihre Notdurft.
Eine verspeiste Dutzende Hostien zum Frühstück, als wären es Morgensemmeln.
Statt Lob und Preis dem Herrn und der Lieben Frau sangen sie lästerliche Hurenlieder:

„Da er Herrn Jesum zeugen kann,
Ist auch der Heilig Geist ein Mann."

Sie fiel vor dem Allerheiligsten ohnmächtig nieder.
Pjotr hatte sie in ein als Kloster hergerichtetes Irrenhaus schaffen lassen.
Sie sprach von diesem Tag an kein Wort mehr und starb nach drei Jahren, von Pjotr, Gott und der Welt verlassen und vergessen.

Die Gesandten Polens und Schwedens am Moskauer Hof begegneten einander.
„Er ist ein Barbar."
„Er ist ein Genie."
„Ein barbarisches Genie."
„Was wird aus ihm noch werden?"
„Aus Rußland?"
„Aus uns?"
„Er ist ein edles Untier."
„Zobelkater."
„Vielfraß. Er hat einen gesunden Appetit. Wird Polen verschlingen."
„Wird Schweden verschlingen."
„Wird Europa verschlingen."
„Als ich gestern um eine Audienz nachsuchte, wo, meint Ihr, erteilte er sie mir?"
„Nun?"
„Er bestellte mich an den Hafen. Er saß im Mastkorb eines Schiffes, den er ausbesserte und ausflickte, und mutete mir zu, in der Takelage emporzuklettern."
„Ich habe den größten Respekt vor ihm. Er ist kein König, wie wir im Westen sie gewohnt sind: elegant und launisch, nichtssagend und nichts wissend."

„Er ist der Diener an seinem Werk. Der kleinste Dienst ist ihm nicht zu gering. Ich sah ihn eine halbe Stunde lang beim Heimritt von der Jagd mit einem Hufschmied sich unterhalten. Seinem Pferd war ein Eisen losgegangen. Er wies dem Schmied nach, daß seine Methode, die Pferde zu beschlagen, unpraktisch und unrentabel sei. Schließlich beschlug er selbst sein Pferd – und der Hufschmied stand daneben und schlug ihn auf die Schulter und sagte: ‚Du hast recht, Väterchen. Könntest bei mir gleich als Geselle unterkommen.'"
„Und der Zar?"
„Lachte sein Knabenlachen und meinte, wenn er, der Hufschmied, den Zarenthron besteigen möchte, wolle er seinerseits gern die Hufschmiede übernehmen. Da kratzte der Schmied sich hinter den Ohren und maulte, es solle schon lieber so bleiben, wie es sei ..."
„Neulich war im Palast ein Mädchen am Brand erkrankt. Der Zar schnitt ihm das brandige Bein ab wie ein gelernter Chirurg und verband es sorgsam und trefflich."
„Wenn wir nicht aufpassen, wird er uns zwar nicht das Bein, wohl aber den Kopf abschneiden."
„Schweden muß den Blick offen behalten!"
„Polen das Ohr spitzen!"

Pjotr kam des Weges.
„He, meine Herren, wohin so eilig? Trinken wir zusammen ein Tröpfchen Kwaß, ein Tröpfchen Meth."
„Dringende Staatsgeschäfte, Eure Majestät, rufen mich leider ab."
„Der Kurier nach Warschau wartet bereits. Ich darf nicht säumen, ihm meine Post mitzugeben ..."
Pjotr faßte den Schweden an den Knöpfen seines Mantels:
„Haben Sie Nachrichten aus Stockholm? Wie ist das Befinden Seiner Schwedischen Majestät? Er ist seit einigen Wochen bettlägerig, wie ich zu meinem Bedauern vernahm."
Der Schwede zuckte mit den Achseln:
„Die Ärzte sind voller Hoffnung."
Pjotr ließ die Knöpfe los.

„Wie alt ist der junge Karl, sein Sohn?"
„Sechzehn Jahre, Eure Majestät."
„Hm."
Die Gesandten waren entlassen. –
Pjotr kicherte ihnen nach.
Sie haben Angst vor mir. Angst, daß sie sich verplappern. Weiß sowieso, was sie spinnen. Möchten Rußland eingesponnen halten, fern vom Südmeer, fern vom Nordmeer, schlafend, träumend, braves Kind.
Ich werde das Gespinst zerreißen.

Pjotr rannte halb nackt im Zimmer umher. Aus dem Hemd heraus drängte sich seine haarige Löwenbrust.
Er schlägt mit den Fäusten an die Wand, trommelt den Generalmarsch:
„Menschikow, Liebling, Söhnchen – was hast du wieder getan? Ich habe Nestarow gerädert, Gagarin gehängt: könnt ihr denn keine Vernunft annehmen?"
Er trat, Tränen in den Augen, vor Menschikow, schüttelte ihn an den Schultern:
„Herzenssöhnchen, was soll ich mit dir anfangen? Ich werde dich köpfen lassen. Du wirst deinen hübschen, gescheiten Kopf verlieren."
Er strich ihm mit seiner Pranke zärtlich über den Hinterkopf.
Menschikow verzog keine Miene.
„Majestät haben die Macht dazu. Zweifellos. Aber wollen Eure Majestät allein im Staat zurückbleiben? Wir stehlen und morden alle: der eine klüger, der andre dümmer. – Haben denn Majestät genug Geld, die Beamten ausreichend zu bezahlen? Nun also. Wir ersparen dem Staatssäckel bedeutende Gelder, wenn wir uns bestechen lassen ... Ich sehe auch nicht ein, weshalb ein Richter, der einen Prozeß gut zu Ende oder zum guten Ende führt, nicht eine Gratifikation nehmen soll."
„Kindchen, Söhnchen: du hast Geld von einem Halunken genommen – du hast einen braven Kerl ins Unglück gestürzt."
Menschikow zuckte die Achseln.
„Gott ist ungerecht – warum soll ich gerecht sein? Ich,

ein armer, schwacher Mensch! Vielleicht befreit man sich am reinsten vom Bösen – indem man es tut ...“

Karl XI. von Schweden starb.
Karl XII. bestieg, sechzehnjährig, den Thron.
Pjotr rieb sich die Hände, als ob er fröre.
Das Bürschchen kommt mir gerade recht. Ich habe seit Riga noch eine kleine Abrechnung mit den Schweden zu halten. –
Es ist Nacht.
Eine Kerze, in eine leere Branntweinflasche gesteckt, erhellt das Zimmer.
Der Zar läuft in geflickten Pantoffeln und einem schäbigen, schmutzigen Schlafrock auf und ab. Die Bommeln schleifen ihm nach. Er stolpert alle Augenblicke.
Seine Augen glänzen groß und grün wie Wolfsaugen.
Die Erde muß mein werden und der Himmel und die Sterne und der Mond dazu.
Auf dem Boden lag eine zerknitterte Karte von Europa.
Rußland – wie klein ist Rußland noch. Die Schweden und die Polen und die verfluchten Heiden, Perser und Türken schnüren mir die Brust ein, daß ich nicht atmen kann.
Er schnauft.
Dieser Karl von Schweden! Ein vorlautes, eitles Bürschchen! Er glaubt, weil er ein paar tausend Trantrinkern und Eisbärfressern gebietet, er könnte es auch mit mir aufnehmen. Bürschchen, Bürschchen: wenn ich dich einmal habe: ich spüle dich zum Frühstück mit ein paar Schlucken Wodka herunter. Soll ich dich zum Zweikampf fordern, he? auf krumme Säbel? Türkensäbel? Ich würde dir deine scharmante weiße Halskrause und dein himmelblaues Kamisol übel beflecken mit deinem jungen roten Blut. Müßtest dir ein Kinderlätzchen umtun, damit du dich nicht schmutzig machst.
Der Pole ist ein weibischer Narr. Er glaubt, er hat mich, aber ich habe ihn. Ich werde ihm einige hübsche Tatarenmädchen schicken und ihn dir auf den Hals hetzen, daß du mit ihm deine liebe Not haben wirst. Und dann

komme ich und gebe dir den Fangstoß wie einem halbtot gehetzten Eber. Halali. Und wenn der Pole sich im Kampf mit dir verblutet hat, kommt er selbst dran.
Pjotr trampelte auf der Karte herum:
Livland, Estland, Ingermanland muß unser werden!
Er trottete in eine Ecke, wo eine halbvolle Bouteille im Schatten stand.
Er setzte sie an die Lippen:
Prost, Karl von Schweden! Prost, August von Polen! Daß euch der Kuckuck!
Er schmatzte mit den Lippen, warf sich auf sein Strohlager, deckte sich mit seinem Kosakenmantel zu und schlief ein.
Ihm träumte, er wohne dem Begräbnis der beiden Könige bei.
Er warf drei Handvoll Erde in die Gräber, schwang sich auf seinen Schimmel und ritt durch Polen, Livland, Estland bis ans Meer.
Das Meer brandete zu seinen Füßen.
Er zügelte das Pferd, das eisern in Sturm und Fluten stand.
Der Salzwind fegte seinen Bart.
Er schrie:
„Unser ist die See, die Ostsee, das russische Meer!"

1700 marschiert August der Starke gegen Riga, Pjotr gegen Narwa. Pjotr, der Mann, wird von Karl, dem Knaben, aufs Haupt geschlagen.
Pjotr entgeht mit Menschikow notdürftig der Gefangenschaft.
Die eingeschlossenen Russen liefern dem Feind freiwillig ihre Offiziere aus. Karl XII. läßt höhnisch und übermütig alle gefangenen Russen laufen, nachdem er ihnen die Waffen abgenommen hat.
Europa lacht hinter Pjotr her. Spottmünzen werden auf seine Flucht geprägt.
Ein Knabe, ein Kind hat den Bären mit einem Strohhalm gekitzelt, und der Bär nimmt Reißaus.
Pjotr sammelt neue Kräfte, während sich Karl wie ein böser Köter mit den Polen herumbeißt. Pjotr macht sich

darüber lustig, daß Karl seine Gefangenen laufen ließ. Diese Großmut wird ihm teuer zu stehen kommen. Ebenso teuer wie sein leichter, billiger Sieg. Wir haben Zeit, Zeit, Zeit. Asow haben wir auch nicht beim erstenmal gekriegt. Das Unglück wird zum Glück für uns ausschlagen: im nächsten Frühling, wie ein knorriger Weidenstumpf. Hätten wir gesiegt, wären wir übermütig, faul und frech geworden. Die Niederlage zwingt uns, alle unsere Kräfte anzuspannen, unsere Anstrengungen zu verdoppeln, unseren Ehrgeiz wie ein junges Füllen blutig anzuspornen.

Beim Rückzug von Narwa fand Menschikow in einem Hause, wo er übernachtete, eine hübsche livländische Magd, die ihn über die Niederlage tröstete und die Nacht bei ihm blieb.

Sie hieß Katharina.

Pjotr träumte, er ritte auf einem geflügelten Pferd, vor ihm zog die Straße ein Mann mit einem Sack. So sehr sich Pjotr bemühte, es gelang ihm nicht, den Mann einzuholen. Er rief ihm von weitem zu: „Hallo! Bleibe stehen!" Da stand der Mann. Pjotr sprang vom Pferd: „Was ist in dem Sack, fremder Wanderer?"

„Heb ihn mit der Hand auf, fremder Held, dann wirst du erfahren, was darin ist."

Und Pjotr hob den Sack, aber er hob ihn kaum einen Millimeter über den Erdboden. So schwer war der Sack.

Da sprach der Wanderer, dessen Gesicht plötzlich Golowin zu ähneln begann: „Alles Schwere, alles Leid der Welt ist in dem Sack, du kannst ihn nicht heben. Du selbst bist es gewesen, der geholfen hat, diesen Sack bis obenhin zu füllen."

Da kniete Pjotr vor ihm nieder: „Heiliger Mann, wo erfahre ich den Willen Gottes?"

Da sprach der Wanderer: „Reite nach den nördlichen Bergen. Auf dem höchsten der nördlichen Berge steht die Welteiche. Unter der Welteiche ist eine Schmiede. Frage den Schmied nach dem Willen Gottes!"

Und Pjotr ritt drei Tage und drei Nächte: durch Sonnen-

brand und Dürre den ersten, durch Nebel und Regen den zweiten, durch Hagel und Schneesturm den dritten Tag. Da stand der Schmied auf dem höchsten Berge unter der Welteiche und schmiedete zwei dünne Haare zusammen: ein blondes und ein schwarzes.
„Was schmiedest du, Schmied? Bist du nicht der Schmied, der neulich so unbeschlagen war und mein Pferd nicht beschlagen konnte, als ich von der Jagd heimritt und ein Eisen verlor?"
„Ich bin der Schmied. Ich schmiede Liebe an Liebe, Haß an Haß."
„Wen soll ich lieben, wen soll ich hassen?"
„Ihr Vater hat keinen Namen. Sie wohnt in der Provinz am Meer. Fünfundzwanzig Jahre liegt sie auf dem Misthaufen. Sie hat einen häßlichen, borkigen Leib. Die Eltern schämen sich ihrer, der Hahn sitzt auf ihrem Leib und kräht."
Da wurde Pjotr zornig, daß er ein Mädchen lieben solle, die fünfundzwanzig Jahre auf dem Misthaufen gelegen und häßlich war wie die Nacht. Und er ritt in die Hauptstadt der Provinz am Meer, die er noch nie gesehen und die nach ihm Petersburg hieß, und war voll Begier, das häßliche Mädchen zu töten.
Er kam an ein ärmliches Haus und band das Pferd an das Gartengatter.
Niemand ist zu Hause. Nur auf dem Misthaufen im Hof hinten liegt ein Mädchen. Ihr Leib ist krustig wie von Tannenrinde. Da zieht Pjotr fünfhundert Goldrubel mit seinem Bildnis als Sühnegeld aus der Tasche, legt sie auf den Misthaufen, schwingt sein Schwert und schlägt es dem Mädchen in die Brust.
Darauf ritt er aus der Stadt. Der galoppierende Huf seines Pferdes weckte ihn auf. Er rieb sich die Augen.

Menschikow entfaltete einen alten italienischen Stich: eine nackte ruhende Frau in ungemein reizvoller Pose.
„Komm, Katharina."
Sie sah ihm über die Schulter.
„Sieh dir dieses Weib an, studiere ihre Lage. So mußt du

auf dem Diwan liegen, wenn der Zar kommt. Du rührst dich nicht und tust, als ob du schläfst."

Pjotr schlug den Vorhang zurück.
Er erschrak vor Entzücken.
Auf den Zehenspitzen schlich er an das Lager, streifte vorsichtig seine gespornten Reitstiefel ab und nahm sie, die sich schlafend stellte.
Sie verstand, anmutig zu erwachen und erstaunt und verwirrt den Zaren anzusehen.
Er küßte ihr in plumper Galanterie den Oberarm.
Leise nestelte er an ihrer lettischen Bluse. Als er aber ihre weißen Brüste in zärtlichen Händen hielt, da erschrak er noch einmal.
Eine kleine blutrote Narbe lief zwischen ihnen, als hätte ein Schwert sie geschlagen.
„Katharina", Pjotrs Stimme bebte, „wer hat dich verwundet mit seinem Schwert?"
Katharina sprach:
„Vor Jahren kam in das Haus meiner Eltern am Meer ein unbekannter Mann, während ich schlief. Nachbarn sahen ihn das Haus verlassen. Als ich erwachte, da hatte ich diese Narbe auf der Brust, und mir war, als wäre es wie Tannenrinde von meinem weißen Leib gefallen. Ich war das häßlichste Geschöpf gewesen, eine Art Baumnymphe, man erzählte sich, ich sei aus einem Baum gekommen, von einem Baum geboren. Nun aber wurde ich die Schönste weit und breit, seit der Fremde mir die Wunde geschlagen. Er ließ auch fünfhundert Rubel zurück, mit denen meine Eltern einen kleinen Handel begannen."
Pjotr zog einen Goldrubel mit seinem Bildnis aus der Tasche:
„Waren es solche Rubel?"
Katharina betrachtete das Geldstück aufmerksam.
„Ja, genau solche Rubel waren es."
„Behalte den Rubel, Katharina."
Er sah ihr tief in die Augen. Ihn übermannte ein Gefühl, wie er es nie zuvor bei einem Weibe gefühlt.
„Katharina, du bewohnst von heute ab ein Appartement in meinem Palast."

In einem Säulengang begegnen einander Katharina und die Zarin.
Katharina trägt die kleidsame, regenbogenbunte Tracht einer lettischen Bäuerin.
Sie fällt vor der Zarin in die Knie.
Die Zarin klopft ihr mit einem Perlmutterfächer leicht auf die Schulter:
„Steh auf, Mädchen."
Katharina steht.
Zwei lange blonde Zöpfe fallen ihr über die Schulter.
„Was findet der Zar an dir, Mädchen? Rote, gesunde Wangen und einen festen Busen. Dicke blonde Strähnen. Breite Schenkel. Was weiter?"
Katharina schweigt.
„Wie oft kommt der Zar zu dir?"
Katharina lächelt:
„Ein- bis zweimal jeden Tag und jede Nacht dazu."
„Weißt du, daß es in meiner Macht steht, dich töten zu lassen?"
„Gewiß – in der Macht des Zaren aber steht es, Ihre Majestät zu töten."
Die Zarin schweigt.
„Was trägst du da für ein Kleid?"
„Das Kleid einer lettischen Bäuerin. Ich bin ein Bauernkind."
Die Zarin faßt mit spitzen Fingern den gehäkelten Saum:
„Sehr hübsch, sehr bunt. Es steht dir ausgezeichnet. Welche Tracht, meinst du, würde wohl mir am besten stehen?"
Katharina antwortet ohne Besinnen:
„Der Schleier einer Nonne, Ihre Majestät."
Die Zarin erbleicht.
Sie läßt den Saum des Kleides fahren.
Sie geht.
Katharina bricht in die Knie.

„Menschikow – Alexej ist mein Sohn. Mir blutet das Herz bei dem Gedanken, daß ich ihn werde töten lassen müssen. Er hat eine Seele wie ein weißer Schwan. Ich

habe seinen Schwanengesang gelesen. Ein Gedicht: an eine unbekannte Dame gerichtet. Aber wenn ich ihn leben lasse, wird es in Rußland keine Ruhe und keinen Frieden geben. Um ihn sammelt sich alles, was unzufrieden und aufrührerisch gesinnt ist. Ich glaube, daß er mit Golowin unter einer Decke steckt und daß sie zuweilen heimlich zusammenkommen. Wenn er mich umbrächte, wenn er mir als Zar folgte, würde er mein mühsam errichtetes Werk völlig zugrunde richten. Er würde die Deutschen, Franzosen, Italiener aus dem Lande jagen, Moskau dem Erdboden gleichmachen. Weißt du, was er von Moskau sagt? Daß es nicht die Stadt der Zaren, daß es die Stadt der Zähren heißen müsse. Denn unzählige Tränen seien darum geflossen. Er ist ein gefühlvoller Junge und spielt bezaubernd die Gusli. Aber er würde mit seinen Romanzen und Kantaten mein Werk völlig zerstören und mit seiner Trompete zerblasen wie die Mauern Jerichos."
Menschikow drehte an seinem Bart:
„Es ist die Art und Bestimmung der Söhne, das Werk ihrer Väter zu zerstören. Aus diesen Kämpfen besteht die Weltgeschichte."
„Menschikow, Söhnchen, schwatze nicht, philosophiere nicht. Überlaß das Leibniz und seinen Genossen. Ist übrigens seine Antwort auf meinen Plan einer russischen Akademie der Wissenschaft und Künste noch nicht eingetroffen? Nein? Was machen Lomonossows alchymistische Versuche? Gold brauche ich, Geld. Die Übersetzungen juristischer, nautischer, geographischer, historischer Werke ins Russische gehen zu langsam vonstatten. Ich las eine. Sie war im schnörkelhaftesten Kirchenrussisch abgefaßt. Weg damit! Ich will die lebende, lebendige russische Sprache hören. Rußland, Menschikow, wird nach meiner Idee leben – oder es wird nicht leben."

Pjotr trat in das Zimmer des Zarewitsch.
Der las schweigend in der Bibel.
„Was liesest du da?"
Alexej las, erst leise, dann immer lauter und erbitterter:

„Herr, wie lange soll ich schreien, und Du willst nicht hören? Wie lange soll ich zu Dir rufen über Frevel, und Du willst nicht helfen? Warum zeigest Du nur Greuel um mich? Es geht Gewalt vor Recht. Warum schweigst Du, daß der Gottlose den Gottvollen verschlingt?"
Pjotr brummte.
„Geschwätz. Der Schwache wird zertreten, und also ist's recht. Was vergeudest du deine Tage mit Bibellesen und suchst nach ethischer Begründung für deine Schwäche? Ich weiß, daß du mein Werk vernichten willst. Aber du hast nicht den Mut und die Kraft, zu tun, was du denkst. Warum ziehst du nicht das Messer gegen mich wie Golowin – dein Freund?"
Der Zarewitsch biß sich auf die Lippen:
„Ich hasse Mord und Krieg und Kampf."
Der Zar zog die Brauen hoch:
„Du hassest dies alles nicht so sehr, wie du mich hassest. Aber du verheimlichst deinen Haß sogar vor dir selbst. Ich will dir eine Antwort geben aus deiner so geliebten Bibel. ‚Wer böse ist, der sei immerhin böse. Wer unrein ist, der sei immerhin unrein. Ich weiß deine Werke, daß du weder kalt noch warm bist. Ach, daß du kalt oder warm wärest! Weil du aber lau bist und weder kalt noch warm, werde ich dich ausspeien aus meinem Munde.'"
Das Blut war dem Zaren zu Kopf gestiegen.
Er ging ohne Abschiedsgruß.

Einige Tage später hielt eine geschlossene Karosse vor einem Nebentor des Palastes.
Der Zar trat, an der Seite des Patriarchen Adrian, in die Gemächer der Zarin:
„Jewdokia, Frauchen, man hat mir erzählt, daß du dich mit dem Gedanken trägst, den Schleier zu nehmen und dich von allen weltlichen Wirren in ein Kloster zurückzuziehen. Welch löbliche Absicht! Adrian, der oberste Bischof unserer Kirche, läßt es sich nicht nehmen, dir persönlich das Geleit zu geben und höchstselbst dich zu weihen und zu segnen. Das Kloster unserer Lieben Frau, auf der Solowezki-Insel gelegen, ist hergerichtet

und geschmückt, dich aufzunehmen. Es ist eine sehr hübsche Landschaft dort am Weißen Meer, im Winter nur ein wenig kalt und eintönig. Nun, man kann tüchtig einheizen. Allzu große Entbehrungen wirst du nicht zu erdulden haben. Die allerchristlichste Kirche ist nachsichtig. Gott segne deinen Entschluß. Das Talent zur Heiligen hat stets in dir geschlummert. Ich preise mich glücklich, es zu wecken. Komm."
Die Hofdamen, Feodorowna Schuwalow und Elisabeth Gräfin Stolberg, eine Deutsche, schluchzten.
Die Zarin öffnete die schönen schwarzen Augen, die sie während der ganzen Rede des Zaren geschlossen gehalten hatte. Sie warf den Kopf wie ein edles Pferd leicht in den Nacken und nahm den Arm, den der Patriarch ihr bot.
In der Tür hielt sie noch einmal an:
„Und Alexej, unser Sohn, der Zarewitsch – was wird aus ihm?"
Der Zar sah durch das Fenster auf den Hof, wo eine Rotte Soldaten an einem Galgen zimmerte.
„Für ihn ist gesorgt, bekümmere dich darum nicht."

„Moskau, die Stadt meiner Ahnen, wird mir zu eng. Ich ziehe einen Strich durch die Vergangenheit. Die Zukunft beginnt ab heute. Ich will mir meine Hauptstadt, meine Burg, Petersburg, selbst erbauen. Ich ritt die Newa entlang. Dreißig Werst von der Mündung liegt eine Insel: dort soll Petersburg erstehen. Den Schweden eine Warnung, mir selbst ein Denkmal. Fresini, der italienische Architekt, soll mir einen Plan entwerfen, binnen drei Tagen – keine Widerrede, Fresini –, Menschikow wird die Bauleitung übernehmen – keine Widerrede, Menschikow –, du wirst die Arbeiter zusammentrommeln, wenn nötig zusammenprügeln – in einem Jahr wird Petersburg dastehen, meine Burg, stolz, steil, uneinnehmbar, von den Wogen der Newa umspült."
Menschikow und Fresini verbeugten sich.
Die Audienz hatte ein Ende.

Fresini zeichnete Tag und Nacht. Ihm schwebte ein nördliches Venedig, ein nördliches Palmyra vor: barbarisch, aber majestätisch.
Menschikow schickte seine Werber in alle Provinzen. Freies Brot und Fisch wurde den Arbeitern versprochen und ein Rubel Lohn monatlich.
Sie kamen in Scharen: Russen, Ukrainer, Kalmücken, Tataren: freiwillig und unfreiwillig.
Menschikow brauchte vorerst zwanzigtausend zu den Vorarbeiten: zum Roden und Dämmen. In vierzehn Tagen hatte er sie beisammen. Sie mußten sich ihre Unterkünfte selbst bauen: feuchte Erdhöhlen, winddurchwehte Zelte. Sie froren. Sie hungerten. Sie fluchten. Die Proviantkolonnen wurden unterwegs von streifenden Räuberbanden überfallen und bestohlen. Die Gerätschaften reichten nicht aus. Tausende mußten mit ihren bloßen Händen graben. Die Hände sprangen auf, bekamen Risse, bluteten. In Schürzen, Kaftanen und Säcken mußte die Erde fortgeschleppt werden. Die Aufseher schwangen Geißel und Peitsche.
Tausende krepierten.
Man warf sie in die Newa, wo sie mit aufgedunsenen Gliedmaßen ins Meer trieben.
Immer neue Züge Fronender trafen ein.
Hunderttausende gruben, bauten, schichteten, mörtelten und werkelten schließlich.
Menschikow hatte sich auf einem Hügel in der Mitte der Insel ein steinernes Haus bauen lassen mit einem Turm. „Turm von Babel“ nannten sie den Turm. Hier stand er und sah auf das Gewimmel herab.
Die Schweden versuchten, den Bau zu hindern. Sie erkannten, was ihnen drohte, wenn Burg und Stadt einmal unwiderruflich standen.
Von Wiborg aus marschierte der schwedische General Löwengart gegen das werdende Petersburg.
Pjotr selbst warf sich mit einigen in der Eile zusammengewürfelten Regimentern ihm entgegen.
Er floh nicht wie bei Narwa. Wie weit lag Narwa hinter ihm. Er suchte im Treffen den General und stieß ihm den Degen in die Brust.

Die Schweden flohen und ließen Artillerie und Bagage zurück. Er richtete die schwedischen Kanonen auf die Fliehenden.
Die Arbeiten um Petersburg ruhten einen Tag. Es gab ein Freudenfest. Alle Arbeiter waren besoffen. Pjotr schenkte ihnen die zurückgelassenen schwedischen Troßweiber und Troßbuben. Immer ein Dutzend und mehr vergingen sich an den blonden schönschenkligen Frauen.
Eine, Ute genannt, hatte sich Fresini als Geschenk erbeten. Sie war die Beischläferin des schwedischen Generals gewesen. Er machte sie zu seiner Frau.
Am nächsten Tage nahmen die Schanzungen ihren Fortgang. Auf der Schäre Kotlie wurden Wälle ausgehoben.
Eine feindliche Flotte erschien vor Kotlie. Sie gerieten in einen Sturm und mußten mit klatschenden Segeln abziehen: unter dem Gelächter der Russen. Der Admiral Apraxin setzte ihnen mit ein paar Koggen nach. Sie hatten kein Zutrauen mehr zu sich, nachdem sie der Sturm so ungemütlich zerzaust, und flohen, obwohl bedeutend in der Übermacht.
Noch waren in der Mehrzahl Holzhäuser und Holzbaracken in Petersburg errichtet. Der Transport von Steinen stieß auf Schwierigkeiten. Da bestimmte Pjotr: jeder, der auf dem Land- oder Wasserwege nach Petersburg reise, habe als Zoll eine Anzahl Steine zu entrichten. Er befahl ferner den reichsten Familien Rußlands, den Fürsten, Adeligen und Kaufherren, zweistökkige Steinhäuser in Wassili Ostrow, einem Petersburger Stadtteil, zu errichten, koste es was es wolle.
Kasernen entstanden, Speicher, Werften, Fabriken, Spitäler, Prospekte aller Art. Kaufleute kamen, aus Nishnij Nowgorod, aus Deutschland, Polen, Frankreich, von Privilegien verlockt. Pjotr versprach ihnen Steuerfreiheit. Eine Börse bildete sich. Tataren wurden zwangsmäßig angesiedelt. Der Senat wurde aus Moskau nach Petersburg verlegt. Eine Raritätenbude, Museum genannt, war Pjotrs ganzer Stolz. Im neugegründeten kaiserlichen Theater wird als Eröffnungsvorstellung „Der Held von Kiew“ gespielt, mit den plumpesten Anspielungen auf

Pjotr, der sich selber in täuschender Maske vergnüglich auf der Bühne spazieren und unglaubliche herkulische Heldentaten verrichten sah.

1708.
Pjotr zieht in Petersburg ein.
Hunderttausend Menschen lagen in den Sümpfen der Newa tot, erfroren, von giftigen Dämpfen niedergeworfen. Zehntausend Pferde waren eingegangen: Petersburg lebte.
Alle Häuser waren mit grünem Tannenreisig geschmückt.
Pjotr ritt auf seinem Schimmel langsamen Schrittes durch die Stadt, die ein Gedanke von ihm aus dem Nichts gerufen. Er ritt barhäuptig, in einem grauen Kittel, ohne jedes Abzeichen, in hohen schwarzen Juchtenstiefeln.
Er wollte Russe sein – sonst nichts.
Katharina ritt neben ihm: ein lettisches Bauernmädchen in regenbogenbuntem, besticktem Tuch, mit roten Stiefeln: blond, strahlend, frisch.
Hinter ihnen: Menschikow in großer Generalsuniform und Fresini in modischer italienischer Tracht. Dann der Patriarch: unter einem blausamtnen Baldachin im goldenen Chorgewand: ein Gebetbuch dicht vor das sommersprossige Gesicht haltend, Gebete brummend. Scharen von hohen und niederen Geistlichen, Mönchen, Laienbrüdern folgten. Den Schluß machte das Regiment Garde: mit Pfeifen, Zinken und Kesselpauken, die ein veritabler Neger schlug.
Vor seinem neuen Palaste angekommen, sprang Pjotr vom Pferde, kniete nieder und küßte die heilige russische Erde, welche der Patriarch weihte.
Das ganze Volk, das in dichten Scharen Spalier bildete, kniete nieder: schweigend, dumpf, demütig.
Dann erscholl Gesang der Priester, Musik der Dragoner, Klingeln kleiner Glocken. Weihrauch dampfte.
Der Zar und Katharina ritten unter Geschrei und Jubel des Volkes durch das Haupttor des Winterpalastes. Das Gefolge folgte durch allerlei Nebentüren, die absichtlich

so niedrig gebaut waren, daß man nicht aufrecht durchschreiten konnte, sondern sich demütig bücken mußte, wenn man in den Palast trat.

Tafel im Palast.
Man reicht eben Piroggen, ein in Brot gebackenes Fischgericht, das Menschikow an seine Jugend erinnert und das ihm deshalb widerlich ist, da durchbricht ein Kurier die Reihe der Diener und Lakaien.
Er hat ein Handschreiben vom Admiral Apraxin.
„Karl von Schweden ist im Anmarsch auf Petersburg! König Karl selbst an der Spitze seiner Truppen!"
Pjotrs Augen leuchten.
Er wischt sich mit dem Ellenbogen den Schnurrbart, in dem Fischgräten hängen.
„Wir werden als Dessert eine Schlacht schlagen.
Keine Unterbrechung des Festes. Du bleibst, Katharina. Menschikow, du folgst mir. Musikanten, spielt einen Tanz."
Sie spielen.
Pjotr nimmt Katharina um die Hüfte und dreht sie, bis sie in Ohnmacht zu fallen droht.
Dann hält er inne und ist mit einem Sprung aus dem Saal.

An der Newa hatten die Schweden ein befestigtes Lager aufgeschlagen.
Apraxin glaubte, daß hier sich die Hauptmacht der Schweden sammle.
Pjotr ließ sich nicht täuschen. Er bemerkte, wie sie weiter unten eine Pontonbrücke über die Newa schlugen und Kolonne auf Kolonne den Fluß überschritt.
Pjotr raffte einige hundert Dragoner zusammen und ritt gegen die übersetzenden Schweden, ihnen den Brückenkopf zu entreißen.
Vergeblich.
Die Attacke wird abgeschlagen.
Er erreicht nichts.
Das ganze schwedische Heer marschiert in langer Schlange über die Newa.

Pjotr zieht sich zurück. Er verwüstet mit seinen Reitern die ganze Gegend, brennt die Häuser seiner eigenen Untertanen nieder, zündet ihre Felder an, ihres Jammers nicht achtend, legt die Obstbäume um, tötet das Vieh, das er nicht mitnehmen kann. Der Schwede, in der Hoffnung auf reiche Beute im eroberten Lande schlecht mit Proviant versorgt, stößt auf eine wüste Öde, auf rauchende Ruinen, verkohlte Kälber, schwarze Wiesen. Seine Soldaten beginnen zu hungern, zu murren, zu rebellieren. Winter wird. Schnee fällt Tag und Nacht. In den Wäldern um Petersburg hocken die Schweden wie halb erfrorene Vögel. Hunderte werden von den Bauern erschlagen. Der Rest flieht entkräftet an das Meer zurück und schifft sich in die bereitliegende Flotte ein.
Im Bug seines Admiralschiffes steht Karl von Schweden, Tränen in den Wimpern.
Vom Strande klingt das barbarische Gelächter Pjotrs durch den Schneesturm zu ihm.

Katharina schrieb, als Pjotr im Feldlager weilte, ihm diesen Brief: „Mein Alles! Meine Welt! Sei gegrüßt! Geküßt! Umarmt! Lebe tausend Jahre! Du hast gesiegt über die Schweden! Fahne des Trotzes, Burg des Stolzes: ich bete für Dich: am Morgen, wenn die Sonne erscheint, am Abend, wenn sie sinkt. Mein Bett steht des Nachts verwaist. Ich streichle die Kissen. Gott dem Herrn Ruhm, daß er an Dir seine Gnade erwiesen hat. Ich war im Kloster des Heiligen Sergej, als Dein Brief kam. Ich küßte dem Heiligen die Füße. Du sagtest, ich solle den Klöstern Geschenke geben, wenn Du siegtest. Solches tat ich. Und ging zu Fuß zu allen Klöstern der Gegend. Medaillen ließ ich prägen mit Deinem strahlenden Bildnis zum Gedenken Deines Sieges. Sie sind noch nicht fertig, sonst legte ich eine dem Briefe bei. Gott weiß, wie sehr sich die Taube, das Täubchen, nach ihrem Tauber sehnt. Meine Schwingen sind gelähmt. Du mußt mich wieder fliegen lehren."
Bei Poltawa schlug Pjotr den Schweden endgültig. Er mußte Haare lassen, bis er keine mehr auf dem Kopf hatte.

Kahlköpfig floh er durch die Ukraine nach der Türkei. Abgehetzt und todmüde, wie er war, gelang es ihm dennoch, die Türken, die Asow nicht verschmerzt hatten, gegen den Zaren aufzupeitschen und aufzujagen. Karl übernahm, neben dem Großwesir, das Kommando der Osmanen.

Noch einmal stellte er den verhaßten Feind.

Am Pruth gelang es ihm, Pjotr, den Katharina diesmal ins Feld begleitet hat, völlig einzuschließen.

Drei heftige Angriffe der Janitscharen wurden mit Mühe abgeschlagen.

Pjotrs Schicksal schien besiegelt.

Er hörte in seinem Lager den Feind schon den vorweggenommenen Sieg feiern.

Zum ersten Male in seinem Leben wurde auch er kleinmütig und verzagt.

Er saß, in seinen Schafspelz gehüllt, auf einer zersprungenen Trommel und blickte trübselig in das schwelende Wachtfeuer.

Er hatte zu wild gelebt, zu viel gewollt, er war zu steil emporgeklettert. Nun verließ ihn kurz vor der Höhe die Kraft. Er war müde, sterbensmüde. Schlafen wollte er, ewig schlafen, sonst nichts.

Da schlich etwas des Weges.

War es eine Katze?

Es war Katharina. Sie blieb vor ihm stehen und lächelte: „Mut!"

Er riß sie an sich. Da spürte er, daß sie unter ihrem Mantel nackt war.

Katharina ließ den Großwesir durch einen Parlamentär um eine Unterredung unter vier Augen ersuchen.

Der Großwesir empfing sie mit vollendeter Höflichkeit.

Am Morgen erst kam sie zurückgeritten. Als der Posten die Parole forderte, rief sie:

„Sieg!"

Sie selbst setzte sich an die Spitze der Truppen, die gegen den linken Flügel, den Karl von Schweden befehligte, zum Durchbruch angesetzt waren. Ihr offenes blondes Haar flatterte wie eine goldene Fahne im Winde. Wie ein Heiligenbild, grell, bunt und einleuchtend trug sie sich vor ihnen her. Sie riß die Zerlumpten, Verhungerten, Mutlosen mit sich. Der Durchbruch gelang.

Der rechte Flügel, den der Großwesir befehligte, verhielt sich anfangs passiv und griff erst ein, als der Durchbruch schon gelungen war.

Karl von Schweden galoppierte in vierzehn Tagen vom Pruth bis an die Ostsee, nur von einer kleinen Kavalkade begleitet. Er rüstete zu neuem Kampf, da traf ihn auf den Wällen von Frederiksborg die tödliche Kugel.

Als Pjotr von seinem Tode hörte, bekreuzte er sich ehrerbietig dreimal.

Der Friede von Nystadt bestätigte Pjotr alle seine Eroberungen: Livland, Estland, Ingrien, Karelien fielen an Rußland. Polen war so geschwächt, daß es keinen Einspruch wagte, als Rußland auch den Polen seinerzeit versprochenen Beuteteil usurpierte.

Schweden war zertrümmert. Dänemark gab ihm den Rest.

Polen verfiel und verfaulte an inneren Wirren. Ebenso Persien.

Des Türken Macht war gebrochen. Die Ukraine fiel Pjotr wie ein reifer Apfel in den Schoß.

Aufrecht stand der russische Bär und leckte sich das Blut von Schnauze und Tatzen. Schon blinzelte er nach Indien, nach China hinüber.

Der Senat bat Pjotr, den Titel eines Kaisers anzunehmen, der seit dem Fall von Byzanz im Osten nicht wieder erstanden war.

Bei der Siegesfeier tanzte Pjotr auf dem Tisch wie ein Kind.

Freudentränen standen ihm in den Augen. Er lachte und heulte sinnlos.

Er küßte Katharina, mit der er sich am gleichen Tag vermählte. Den Patriarchen Adrian, der sich weigerte, die Trauung vorzunehmen, entsetzte er selbstherrlich seines Amtes. Er stiftete ihr zu Ehren den Orden der heiligen Katharina und hing ihr selbst in der Hochzeitsnacht das

silberne Kreuz um, das auf der einen Seite das Bildnis der Heiligen trug – es ähnelte Katharina wie eine Zwillingsschwester der andern –, auf der Rückseite ein Adlernest mit zwei Adlern, die Schlangen im Schnabel hielten.
Als sie eingeschlafen war, verließ er sie.
Er ging in die Nacht hinaus.
Er mußte allein sein.
Er bestieg sein Pferd und ritt ins Dunkle. Kein Stern stand am Himmel. Und er ritt den Weg, den er im Traum schon einmal geritten war, bis er von einer Düne die Ostsee sah.
Der Salzwind fegte seinen Bart. Das Meer brandete zu seinen Füßen. Er zügelte das Pferd, das eisern in Sturm und Gischtwellen stand, die zu ihm heraufspritzten.
Pjotr schrie und überschrie die Brandung und den Sturm und den Donner der Sphären:
„Unser ist die See, die Ostsee, das Weiße Meer! Unser ist die Südsee, das Schwarze Meer, unser die Kaspische See, das Ostmeer! Unser!"
Dann sprang er vom Pferd, sein Gesicht in die Mähne des Pferdes vergraben, weinte er ruckweise, unbeherrscht, wie ein Kind.

Am nächsten Tage schrieb er seinem Gesandten nach Paris:
Die Schüler beenden ihre Schulzeit gewöhnlich in sieben Jahren. Die meine hat dreimal solange gedauert. Sie hat indes, Gott sei es gelobt, ein so gutes Ende genommen, wie es besser nicht möglich wäre.
Pjotr tritt, schmutzig und unansehnlich, in die Kabak, in die Schenke. Seine roten Stiefel sind lehmbespritzt. Sein Haar verklebt. Seine Blicke laufen über den sandbestreuten Fußboden ängstlich wie Ameisen. Mit leiser Stimme fordert er den Wirt auf, ihm für hundert Rubel Wein zu bringen. Der, die Hände in den weiten Taschen seiner Pluderhose, lacht nur.
Pjotr flucht.
Seine Blicke springen von der Erde auf wie der Teufel aus der Kiste.

In der rauchigen Ecke beim Kamin sitzen breithintrige Zecher, Matrosen, Bauern, Hafenarbeiter.
Pjotr setzt sich zu ihnen.
„Wer gibt mir zu saufen? Ich habe Durst wie ein Roß, das einen Zentner Gerste gefressen hat."
Die Kerle glucksen. Einer ruft den Wirt:
„Väterchen! Ein Glas für unsern Freund!"
Sie saufen und singen.
Pjotr singt:
„Ich bin Pjotr, der Sohn des Bauern Iwan.
Meine Mutter war die Steppe.
Einen Falken trage ich auf der Schulter.
Im Käfig meines Herzens singt eine rote Nachtigall.
Ich habe mit meinen Pfeilen die goldnen Turmknöpfe der Kathedrale von Kiew heruntergeschossen.
Seht die goldnen Knöpfe meiner Weste, es sind die Turmknöpfe von Kiew.
Das Geschlecht der schleichenden Schlangen ist mir untertänig.
Wenn ich pfeife, tanzen sie.
Wißt ihr, wer die Fürstin Nastasja geliebt hat?
Den weißen Schwan?
Wißt ihr, wer den Riesen Tugarin getötet hat?
Den grauen Hund?
Ich bin zwischen Frühmesse und Hochamt von Moskau nach Kiew geritten.
Auf meinem Falben, mit meinem Falken Sokol.
Der letzte bin ich auf dem Schlachtfeld,
Der erste bei den munteren Mädchen." –
So sang Pjotr.
Die Zecher lauschten schweigend.
Einer, der nach Teer roch, sagte:
„Wo kommst du her? Väterchen? Über Land? Über Meer?"
Pjotr tat einen tiefen Schluck.
„Ich komme über das Weiße Meer mit meinem Schiffe Sokol. Seine Seiten sind die Flanken eines Auerochsen, seine Kraft ist die des Stieres, seine Schnelligkeit die des Windhundes. Es hat Augen am Bug wie Adleraugen. Die Brauen sind aus schwarzem Zobel. Finster schaut es

drein. Stolz ist seine Seele. Dieses Schiff schäumt durch die tausend Meere und legt nur dort an, wo es eine goldene Landungsbrücke gibt."

Da staunten die Zecher. Und ein Alter, der kaum noch Zähne im Maul hatte, murmelte: „Wie aber bist du dann in Petersburg gelandet? Wo ist in Petersburg eine goldene Landungsbrücke?"

Pjotr sprach: „Gestern abend – habt Ihr nicht gesehen, wie golden der Himmel war? Eine goldene Brücke spannte sich vom Himmel zur Erde. An dieser Brücke habe ich angelegt."

Die Zecher schwiegen. Sie tranken aus, sahen ihn groß an und gingen. Einer nach dem andern ging.

Der letzte wisperte dem Mann ins Ohr:

„Es ist ein wunderlicher Mann. Man muß ihn lieben oder hassen. Er scheint mir nicht von dieser Welt. Es ist gut, ihn allein zu lassen. Gib ihm zu trinken, Väterchen."

Pjotr saß am Kamin und wärmte sich seine Hände.

Ein weißer Kater sprang auf den Tisch und blickte ihn an.

Der Wirt stellte ein neues Glas dampfenden Punsch vor Pjotr.

Er blieb verlegen vor ihm stehen und kniff die Augen auf und zu.

„Was willst du, Väterchen?"

Der Wirt leise:

„Wenn du wieder dein Schiff Sokol besteigst und von der goldnen Brücke nach jenem Lande in See stichst, das am blauen Himmelsmeere liegt: grüße meine Tochter, mein Töchterchen, die schlanke Hindin. Fünfzehn Jahre weilte sie nur bei mir. Da kam ein wilder Mensch, der sie zu Tode liebte. Fünfzehn Jahre äst sie nun schon auf jenen Wiesen. Gib ihr diese kleine Kette, die soll sie sich um den Hals tun, eine winzige Glocke ist daran. Wenn sie sie trägt, werde ich ihr leises Läuten hören."

Pjotr sprang auf vom Tisch, umarmte den dicken scheuen Mann, über dessen feiste Backen Tränen rannen.

„Ich will tun nach deinem Wunsch, lieber Bruder."

Als Pjotr sein Geld vertrunken hatte, vertrank er seine Schuhe, seinen Kittel, seine Hose, sein Hemd und stampfte nackt in den Palast zurück.

Es ist ein kalter Sommer gewesen. Eigentlich war es gar kein Sommer. Es regnete jeden Tag mindestens einige Stunden, und nachts fror man unter der dünnen Sommerdecke, denn die dicken Winterkissen werden vor Oktober nicht aus dem Wäscheschrank gegeben. Nur eine heiße Nacht wurde Pjotr noch geschenkt. Sie glühte wie eine Sonnenblume im Dunkeln. Es war die Nacht der Sommersonnenwende. Sie sprangen durch das Sonnwendfeuer, das seine flackernden Lichter bis über das ferne Meer und tausend Funken bis in den Himmel warf, von wo sie als Sternschnuppen wieder zur Erde fielen.
„Was wünschest du dir?“ fragte Ute, die er bei den Händen hielt. „Wenn Sternschnuppen fallen, muß man sich etwas wünschen. Der Wunsch geht in Erfüllung.“
Er erschrak ein wenig auf diese Frage und wußte keine Antwort.
Das Sonnenwendfeuer verglimmte.
Das Reisig rußte ein wenig.
Er hatte keinen Wunsch mehr. Wenn er es recht bedachte: so wünschte er sich nichts. Weiß Gott, er war alt geworden. Das Feuer war heruntergebrannt. Es schwelte nur noch. Das war ja wohl ein sicheres Zeichen des Alterns: daß er keinen Wunsch mehr hatte. Neulich, vor dem Spiegel, hatte er nicht da einige weiße Haare und eine kahle Stelle auf seinem Kopf entdeckt? Spürte er nicht manchmal vor dem Schlafengehen ein leises Zittern in den Knien?
Er war gestrandet.
Um sein Wrack schlugen die Wellen.
„Sei doch lustig“, sagte Ute, „was hast du denn?“
„Dich habe ich“, und er zog sie seitwärts in einen dunklen Garten. An einem Baum umarmte er sie. Aber sonderbar: er spürte die Borke, den Baum mehr als die junge Frau, die ihm wie die Venus des Himmels entgegenglühte. Er dachte immer an den Baum: was für ein

Baum ist das wohl? Ein Baum, wie Katharina einer gewesen war, ehe er mit dem Schwert sie zum Menschen geschlagen? Er griff nach oben, in die Äste. Er spürte eine Frucht. Es war ein Apfelbaum. Er riß die unreife Frucht herab und biß in das feuchte, sauersüße Fleisch. Herbst und Frühling sind mir noch einmal geschenkt. Gott, ich danke dir. Ich danke dir für dieses Leben. Vielleicht ist es bald vorbei. Was tut es? Es war schön und schrecklich. Es war voller Schmerzen, voller Sorgen, voll Not und Ekel. Aber es war auch voll Glanz und Glück, so voll von Glück, daß mir das Herz springt und hüpft wie ein Tänzer, denke ich daran. Es war gut so, Gott. Du schenkst mir noch einmal Herbst und Frühling, Pomona, goldne Göttin. Der Baum hier: reift. Und dieses junge Geschöpf hier: blüht. Es blüht wie ein Apfelbaum im Frühling: weiß und rosenrot.

„Was denkst du?" sprach Ute. „Du sollst nicht denken. Sonst werde ich eifersüchtig auf deine Gedanken."

Ja, er dachte zuviel. Das war verteufelt. Sie hatte recht. Ein schlimmes Zeichen. Er begann zu denken. Er wurde alt. Der Sommer war vorbei. Die Skabiose, die Balsamine, die Sternblume sind verblüht. Aber die gelbe Amaryllis, das Zeichen des Trotzes, ist geblieben. Ich lasse mich nicht unterkriegen. Blüht auch in den Augen dieses schönen Wesens schon die Samtblume, das Symbol des Betruges – was tut es? Belladonna: Schöne Dame, heißt die giftigste aller Blumen … Wiesenzeitlose, zu meinen Füßen: du deutest mir Wahrheit und Ewigkeit: dein Same reift erst im kommenden Frühling. Wiesenzeitlose, mein Herz.

Ute wurde ungeduldig. Sie schlang die Arme um seinen Nacken. Er küßte ihre sanften Lippen. Und eingedenk des alten Virgil: Phyllis amat corylos: Phyllis liebt die Haselnüsse – zog er sie in ein Haselgesträuch, das am Gartenrand seit Jahrhunderten die Liebenden zu zärtlicher Einkehr lockt. Wie er das Gebüsch auseinanderbiegt, klingen die Haselnüsse wie kleine Glocken.

Winter wurde und Frühling und Sommer und wieder Winter.

Pjotr kam von einer Besichtigung der olonezischen Eisenhütten, der Salzwerke zu Staraja-Ruß. Er gedachte noch den Eisenhammer und die Gewehrfabrik zu Lysterbek zu kontrollieren. In Lachta rettete er einen Knaben vom Tode des Ertrinkens. Fieberschauer befielen ihn noch am gleichen Tag. Er kehrte in Eilposten nach Moskau zurück.
Pjotr wand sich in Schmerzen. Diese verfluchten Nierenschmerzen. Dieses Brennen im Unterleib, als wären Fackeln darin entzündet. Auch die Blase wollte nicht mehr laufen. Herrgott im Himmel: ich habe dich am Sonnwendfest zu früh gelobt. Ein sanfter, milder, ein honigsüßer Gott bist du: du hast uns mit Pestilenz und Franzosenkrankheit geschlagen und kümmerst dich Gott den Teufel darum, was aus denen wird, die du in die Welt gesetzt hast. He, war ich nicht ein starker Wolf, ein Bär, der die Mädchen in seinen Pranken erdrückte und Glas wie Grießbrei fraß? Was bin ich denn jetzt? Wer hätte gedacht, daß dieser kleinen Ratte Ute Biß giftig sei? Ich bin hilflos wie ein Maulwurf bei Tag und krümme mich wie ein Regenwurm. Warum hast du im Urwald der Lust die giftige Viper der Krankheit versteckt, die nicht Franzosen-, die Gotteskrankheit heißen sollte? Was können die armseligen Franzosen dafür? Aber du kannst dafür. Du hast zugelassen, daß sie mich in die Ferse stach. Du sitzest namen- und herzlos wie der Held von Kiew auf deinem Thron von Lapislazuli, anzusehen wie ein Diamant: klar und durchsichtig glänzend.
Ich aber bin so trübe. Ich weiß, ihr habt eine Stafette zu Boerhave nach Leyden geschickt. Er wird zu spät kommen. Ich kann mir selbst nicht helfen. Wie könnte es dann ein anderer?
„Holt meinen Feind, den Mönch Golowin." –
Sie brachten ihn.
Potapoff begegnete ihm im Flur. Er bekreuzte sich. Es ging zu Ende. Der fremde Pilger kam, den Helden von Kiew heimzuholen. Er nahm ihm das Schwert aus der Hand, das er ihm einst gebracht hatte, die Schlangen- und Drachenbrut zu bekämpfen. Er hatte es rühmlich

geschwungen wie einst Gabriel das Flammenschwert gegen Luzifer. Aber ach: der Schlangen und Drachen waren zu viele. Schlug man einem Drachen den Kopf ab, so wuchsen ihm zwei nach. Zerhieb man eine Schlange in zwei Teile, so wurde jeder Teil eine neue ganze Schlange.

Der Mönch verneigte sich vor Pjotr.

An Pjotrs Lager standen wie zwei Erzengel Katharina und Menschikow.

Pjotr stöhnte:

„Setz dich auf mein Bett. Es geht mir nicht gut. Ich will beichten. Erteile mir die Absolution und den Segen. Ich will dir beichten. Vier Worte, Bruder: es war alles umsonst. Alles, was ich erstrebt, gelebt, gewebt wie einen kunstvollen persischen Teppich: es war umsonst. Schon knüpfen sie daran, den Faden zu lösen. Was ich baute, zerfällt schon wie ein Kartenhaus. Ich habe Rußland groß gemacht: sie können Größe in keiner Form vertragen. Ehemals hieß es: Rußland liegt weit hinten in Asien, seine Bevölkerung ist roh, die Wege beschwerlich; es lohnt nicht, Handel mit ihm zu treiben. Und jetzt? Man reißt sich um unsere Produkte. Die Posten, die ich gründete, sind überfüllt. Man achtet uns in Europa und in der Welt. Aber sie pfeifen auf Ehre und Achtung, wenn sie nur genug zu fressen haben. Was ich ihnen gelehrt, das beeilen sie sich schleunigst zu vergessen. Ich habe höhere und niedere Schulen, geistige und technische Hochschulen gebaut: sie gehen auf der einen Seite hinein, auf der andern hinaus, als wäre nichts gewesen. Sie haben Lesen gelernt, aber sie sind Analphabeten geblieben. Was ist aus den Leibeigenen geworden, denen ich die Freiheit geschenkt? Sie wußten mit ihrer Freiheit nichts anzufangen, verkauften sich selbst wieder und versoffen ihren Erlös. Wer vermag etwas gegen Gott und Nowgorod? Ich habe Minister und Generäle aufgehängt. Die Minister und Generäle stehlen noch immer und sind noch immer bestechlich. Selbst Menschikow, mein Herzenssöhnchen, hat mich belogen, betrogen und bestohlen. Warum hast du mir damals so dringend und plausibel von der Eroberung Schwedisch-

Pommerns abgeraten, Söhnchen, wodurch ich doch deutscher Reichsfürst mit Sitz und Stimme im Deutschen Reichstag geworden wäre? Weil du mit zwanzigtausend Dukaten bestochen worden bist von meinen Feinden. Schweig, Menschikow, ich rede die Wahrheit. Aber soll ich auf meinem Totenbette vielleicht auch dich noch aufhängen? Ich bringe es nicht übers Herz, weil ich dich liebe, und vielleicht ist's eine Dummheit. Ich dachte, die Kultur, die einmal von Griechenland nach Italien, von Italien nach Frankreich, von Frankreich nach Deutschland gewandert war, sie würde nun nach Rußland wandern und ich könnte ihr den Weg ebnen. Deshalb rief ich die Deutschen, Franzosen, Italiener ins Land. Sie sollten mir helfen. Man haßte die Fremden, weil sie mehr verstanden als wir und weil man von ihnen lernen sollte. Man haßte sie, wie der dumme Schüler der Klippschule den Lehrer. Ich verlangte zuviel: von mir und den andern. Mönch, Mönch, ich hätte dir damals im Park von Preobraschensk den Dolch nicht aus der Hand schagen sollen. Vielleicht wäre uns allen wohler."
Pjotr fiel in die Kissen zurück. Er ächzte: „Erkennt an mir, welch ein trauriges Geschöpf der Mensch ist."
Der Mönch murmelte lateinische Gebete.
Pjotr richtete sich noch einmal auf: „Mönch, zieh dir deinen Rock aus."
Der Mönch stand auf und streifte ihn schweigend ab.
Katharina sah seinen braunen Rücken. Dieser Mönch gefiel ihr. Sie würde gelegentlich an ihn denken.
„Wo hast du die Knute, Zar?" sagte der Mönch. „Schlag zu!"
Pjotr schüttelte den Kopf und lächelte:
„Ziehe mir den Rock des Mönches an!"
Da wußten sie, daß seine letzte Stunde geschlagen. Denn seit es Zaren gibt, werden sie im Mönchsgewand als einfache, fromme Pilger zu Grab getragen.
Menschikow und Katharina halfen ihm in die Kutte. Er seufzte.
„Menschikow, Tinte und Feder und Papier. Setz dich hierher: schreib mein Testament. Oder laß den Mönch es schreiben. Bist du bereit, Mönch?"

„Ich bin's."
Pjotr suchte nach Worten:
„Ich will –"
Er fiel tot hintenüber.

Katharina, Menschikow, der Mönch knieten nieder und beteten.
Der Mönch stand auf. Er wollte gehen. Da bemerkte er, daß er keinen Rock anhabe. Er sah sich um. Der Rock des Zaren lag über dem Stuhl am Bett, Er zog ihn an.
Als er durch den Palast schritt, kamen von allen Seiten Adlige auf ihn zugelaufen.
„Wie steht es, Väterchen?"
Der Mönch hob waagerecht den Arm:
„Es ist vollbracht."
Da sahen sie den Rock des Zaren an seinem Leib.
Ein Haufe wogte auf ihn zu, zog den Degen. „Du trägst seinen Rock, er hat sich zu dir bekehrt, der sein bitterster Gegner war. So ist es sein Vermächtnis. Sei du unser Zar, Heiliger Vater, Zar und Patriarch. Unser Land hat keinen Zaren, unsere Kirche keinen Patriarchen mehr."
Der Mönch fuhr zurück. Eine hektische Röte schoß in seine Stirn. Da war sie, die weltliche Versuchung. Der Versucher trat an ihn heran in Gestalt jenes hinkenden Adligen mit dem schiefen umbuschten Blick. Der Versucher sprach: „Du trägst des Zaren Kleid, hier ist des Zaren Schwert. Greif zu, und das Reich der Welt ist dein. Laß dir huldigen, Herr."
Der Mönch umkrampfte das Elfenbeinkreuz, das ihm vom Hals herniederhing. Dann riß er sich des Zaren Rock herunter. Der hinkende Adlige griff danach wie Madame Potiphar nach Josefs Rock. Der Mönch floh mit abgewandtem Gesicht.
Sie sahen ihm verdutzt nach, als Katharina in schwarzem, hochgeschlossenem Samtkleid den Korridor entlang geschritten kam. Menschikow ging hinter ihr. Sie blieb stehen:
„Seine Majestät der Zar, Gottes Schlüsselträger und Kammerherr, ist soeben nach Empfang der heiligen Ster-

besakramente selig im Herrn eingegangen. Ich bitte die Herren vom Adel, vom Senat, von der Priesterschaft in den Audienzsaal."
Menschikow ließ sofort alle Ausgänge des Schlosses und die wichtigsten Punkte der Stadt mit den ihm unbedingt ergebenen Garden besetzen.
Katharina stand vor dem Thronsessel. Menschikow neben ihr. Er hielt ein Pergament in der Hand und las mit blecherner, hämmernder Stimme:
„Es ist mein letzter, unverbrüchlicher Wunsch und Wille, ich will, daß mein geliebtes Weib Katharina in alle meine Rechte und Pflichten als Zarin und Herrscherin aller Reußen tritt.
Gezeichnet Pjotr I., Moskauer Stadtpalast, in der Nacht von 7. zum 8. Februar 1725 der neuen Zeitrechnung."
Menschikow, als oberster Magnat, überreichte ihr kniend Reichsapfel, Zepter und Krone. Sie setzte sich die Krone selbst aufs Blondhaupt.
Die Degen der Adligen fuhren aus den Scheiden, der Senat schwenkte die Kappen, die Priester hoben segnend die Hände:
„Lang lebe Katharina, unsere allergnädigste Zarin und Herrin!"
Im Hintergrund, inmitten der Priesterschaft, einen Kittel übergezogen, den er sich bei einem Gärtner verschafft hatte, stand Golowin, der Mönch. Ihm sausten die Schläfen. Das Weib da vorne auf dem Throne, war es nicht die, von der prophezeit worden war, die große Hure von Babylon? Mit welcher gehurt haben die Könige auf Erden, und sie sind trunken geworden von dem Wein ihrer Hurerei! Wehe! der Untergang ist uns allen nahe.
Katharina erkannte ihn. Sie winkte ihn zu sich heran.
„Dies ist der fromme Vater, der dem Zaren die Beichte abgenommen und seinen letzten Willen aufgezeichnet hat. Ist es nicht so, heiliger Vater?"
Der Mönch starrte entsetzt auf Katharinas Schönheit und murmelte zerbrochen wie ein allzu dünnes Glasgefäß und widerstandsunfähig:
„Es ist so –"
„Es war der Wunsch des Zaren, daß er den Patriarchen-

stuhl unserer heiligen Kirche, der so lange verwaist gestanden, besteige. Lang lebe Golowin, der Archimandrit und Metropolit von Moskau!"
Und wieder klirrten die Schwerter:
„Er lebe!"
Menschikow war an ein Fenster getreten. Er sah auf den Roten Platz herunter, wo im Schneegestöber schweigend und dumpf das Volk auf die Proklamation des neuen Zaren wartete.

Als die Träger mit dem Sarge die große Freitreppe herunterschritten, glitten sie auf dem Glatteis, das sich gebildet hatte, aus. Der Sarg entschlüpfte ihnen, fiel auf die Kante einer Treppenstufe, sprang auf, und der Leichnam Pjotrs rollte, schon blaugedunsen, die ganze Treppe herunter, wo er, das Gesicht nach unten, liegen blieb, die in Totenstarre verkrampften Fäuste in die Erde gestemmt und sich noch im Tode an die geliebte, die gehaßte Erde klammernd.

In der Kathedrale staute sich das Volk. Vor der Bilderwand mit den drei Türen gruppierten sich die Chorsänger. Hinter der Bilderwand im verborgenen lasen sieben Priester dem Zaren die Totenmesse.
Kleine Glocken klingelten.
Unter Kerzenschein wurde das Evangelienbuch ins Volk getragen.
Dann vollzog sich die Passion, die große Mystagogie hinter verschlossenen Türen: Leben, Leiden, Tod, Auferstehung des Herrn.
Räucherkerzen dufteten. Glocken läuteten. Fackeln flammten.
Golowin, der neue Patriarch, trug in erhobenen Händen den im Sakrament gegenwärtigen Christus durch die Mitteltür auf die Tenne und wies ihn dem Volk.
Alles fiel auf die Knie.
Er reckte das Sakrament verzweifelt hoch, noch höher.
Verbrannten seine Finger nicht, die es zu tragen wagten? Schlug nicht ein Blitz in seine frech erhobene Stirn?

Öffnete sich die Erde nicht, ihn, den Verräter an heiligem Wort und heiliger Tat, zu verschlingen? Hatte er nicht einst geschworen, das verfluchte zarische Werk auszurotten bis auf den Grund wie das Haus Ahabs und Isabels? Hatte er nicht heilige Kirchen ihres weltlichen Gutes beraubt, ihrer Edelsteine und Perlen, hatte er nicht silberne und goldene Kirchengefäße entwendet und sie einschmelzen lassen, um Mittel zum Kampf gegen den Antichrist in die Hand zu bekommen? Wehe! Warf ihm nicht ein Sturmwind die Gelübde ins Ohr, die er einst gelobt? Zerschmetterte ihn nicht der Turm der Kathedrale mit steinerner Faust? Regierte nur Lüge auf der Welt, Gewalt, Brunst, Greuel und Schandtat?

Ohnmächtig brach Golowin, der Patriarch, inmitten der heiligen Handlung zusammen.

Als Golowin erwachte, fand er sich im Schlafzimmer der Zarin.

Er lag auf einem seidenbezogenen Ruhebett. Die Zarin, in einem scharlachfarbenen Hausgewand, tief dekolletiert, neigte sich über ihn. Zwischen ihren Brüsten stieg ein süßer Geruch auf, der ihn betäubte. Sie hatte einen goldenen Becher in der Hand, voll Wein, den sie ihm bot.

Er starrte sie an.

Und er gedachte der göttlichen Prophezeiung: das Weib war bekleidet mit Scharlach und Perlen und hatte einen goldenen Becher in der Hand …

Zwischen ihren Brüsten hing, an einer Elfenbeinkette, der Gekreuzigte.

Er richtete sich auf und küßte das Kruzifix, bis seine Lippen sich plötzlich seitwärts wandten und brennend an Katharinas Brust haften blieben.

Es war Nacht.

Golowin taumelte, trunken vom Wein der Liebe, in die Kathedrale zurück.

Da stand im grellen Mondlicht schwarz der Sarkophag des Zaren. Er riß das Leichentuch vom Sarg, warf sich über ihn, umkrallte ihn mit seinen Händen, schlug die Zähne in das Eschenholz, als wolle er ihn aufreißen.

„Steh auf, Gesalbter. Kehre zurück. Hilf uns. Laß die Nagaika sausen. Zu milde noch ist sie für uns Hundesöhne. Wir haben dich mißachtet und verkannt. Verzeih uns. Abbadon bin ich, der Engel aus dem Abgrund. Rauch und Schwefel fährt aus unserm Munde. Wir sind verworfen in alle Ewigkeit.“

Rasputin

Ein Roman-Film

Vorspiel

Hehe, da war ein Mensch, wir wollen ihn Jefim nennen.
Er trug keinen richtigen adretten Namen, wie ihn Adlige und Bürger trugen, keinen Eigennamen, der ihm zu eigen war und ihm allein gehörte. Er war ein Bauer, ein Muschik, sein Vater hatte den Namen in einem alten, vergilbten und zerfetzten Kalender aufgelesen. „Er soll Jefim heißen", sagte der Vater verdrossen und mürrisch, denn das Buchstabieren im Kalender hatte ihn angestrengt.
„Schön", sagte der Pope und schrieb den Namen ins Kirchenbuch.
„Gut", sagte der Kommissar und schrieb ihn später in seinen Paß, den er ordnungsgemäß bei sich trug.
Nein, nein, man konnte ihm nichts nachsagen. Da sollte wohl mal einer kommen, ein Gendarm oder so, und ihm was Böses oder Gesetzwidriges zutrauen. Alsbald zog er seinen schmierigen Paß aus der grünen Wolljoppe, Tabakblätter und rosige, klebrige Himbeerbonbons fielen dabei auf die Erde. Nun, Euer Wohlgeboren, alles in Ordnung, wie? und er zwinkerte mit seinen listigen Iltisaugen und sein graugrüner Strohbart sträubte sich wie der Schwanz eines gereizten Katers.
Niemand konnte ihm etwas anhaben. Kein Gendarm, kein Polizist – nicht einmal der Zar selbst. Wenn der Zar des Weges käme und ihn stellte: He, du da, wie heißt du? – er bräuchte nicht zu zittern. Keine Wimper bräuchte er bewegen. Er präsentierte dem Zaren mit einer leichten, kavaliersmäßigen Verbeugung den Paß: Hier, Väterchen, alles in Ordnung, mein Name ist Jefim Alexandrowitsch, geboren da und da, dann und dann, bitte sich zu überzeugen – Und der Zar salutierte und bat um Entschuldigung:
Verzeihen Sie die Belästigung, mein lieber Jefim Alexandrowitsch –
trat zurück und gab den Weg frei. Dann schritt Jefim frank und selbstbewußt. Er schnaufte ein wenig, denn er

litt an Fettherz und Asthma. Aber das würde sich in dem gesunden sibirischen Klima schon geben. Trotz seiner dicken Füße hupfte er leicht wie ein Vogel in einen Waggon der Eisenbahnlinie Petersburg-Tjumeny.
Die listigen Iltisaugen blinzelten ihr Gegenüber, eine junge Bäuerin aus dem Gouvernement Tobolsk, unternehmungslustig an. Man hatte sieben Stunden zusammen zu fahren – hehe – da konnte allerlei sich ereignen – eine Freundschaft wurde geschlossen – fürs ganze Leben oder was man dafür hielt – vielleicht fiel auch etwas Liebe ab für ihn, Jefim Alexandrowitsch, dreiunddreißig Jahre alt, recht rüstig und, abgesehen von ein paar verfaulten Zähnen, in prächtiger Form, seines Wesens Postknecht, kaiserlich russischer Postknecht, versetzt nach Pokrowskoje, gelegen am Tobol im Gouvernement Tobolsk. Aber Jefim Alexandrowitsch war ermüdet von der langen Reise.
Er schlief ein, träumte von einem schwarzen eisernen Hengst und einer silbernen Stute, und als er aufwachte, war die Bäuerin verschwunden und ein Soldat mit einem Gesicht wie eine Tomate saß ihm gegenüber. Seine Augen waren überhaupt nicht zu sehen. Aber er stank übel aus dem Maul nach Zwiebelsuppe und schlechtem Wodka.
Jefim Alexandrowitsch bekam Appetit und packte aus Zeitungspapier eine halbe Blutwurst und ein tüchtiges Stück Roggenbrot. Das hatte er sich selber einpacken müssen; er, Jefim Alexandrowitsch, stand ganz allein auf der Welt. Er hatte keine Mutter, keinen Vater, kein Weib, nur einen alten schwerhörigen Onkel in Nishni-Nowgorod, mit dem kein Staat zu machen war. Eine Träne fiel in Jefim Alexandrowitsch' graugrünen Bart.
Der Soldat hatte plötzlich, unerfindlich woher, Augen, die wie kleine Schießscheiben aussahen.
„Dir ist wohl wer gestorben? Na, tröste dich man. Tot ist tot. Unsereiner kann auch täglich sterben. Ich bin ein Krieger, und das ist ein harter Beruf. Gott schütze den Zaren."
„Er schütze ihn", sagte Jefim Alexandrowitsch und nahm die Mütze ab.

Er wunderte sich über den Soldaten, daß er „Krieger" gesagt hatte. Was für ein hochtrabendes Wort für einen so niedrigen Beruf. Krieger! Dann mußte er sich wohl Postrat nennen oder Roßwart, hehe. Aber dann fing er an, dem Soldaten weitschweifig von dem Trauerfall zu erzählen, den er in seiner nächsten Verwandtschaft erlitten. Er log sich derartig hinein, bis er selbst an die Wahrheit seiner Lügen glaubte. Ob der Herr Unteroffizier Petersburg kenne? Nein, er kenne es nicht. Dagegen seien ihm Moskau, Riga, Lodz, Warschau – –

„Schon gut", Jefim Alexandrowitsch unterbrach ihn unwirsch, „ich habe zu erzählen. Ist dir deine Nichte Feodorowna gestorben oder mir? Feodorowna, das weizenblondhaarige, engelschöne Gotteskind? Im zarten Alter von vierzehn Jahren wurde es auf dem Newski Prospekt von einem feinen, aber brutalen Herrn in eine dunkle Seitengasse gelockt und dort –"

„Und dort?" – das Tomatengesicht des Soldaten rötete sich vor Aufregung noch dunkler.

„Na ja", sagte Jefim Alexandrowitsch, „das kannst du dir ja denken, was dort geschah –"

„Nicht möglich", erstaunte das Tomatengesicht – „und daran ist sie gestorben?"

„Sie war so zart wie eine Lymphe", die Tränen perlten Jefim Alexandrowitsch aus den Wimpern –

„Wie eine Lymphe", echote die Tomate. „Das habe ich auch noch nicht gehört. Und der feine Herr?" forschte sie wißbegierig.

„Er hat sich mit seinem Stockdegen stantepede erdolcht –"

„Stockdegen?"

„Ja: ein Spazierstock mit einem Degen drin."

„Was es nicht alles gibt!"

„Das unglückliche Geschöpf!"

„Das arme Wurm!"

Sie begannen kameradschaftlich beide zu weinen, erhoben sich plötzlich und lagen sich in den Armen. Schmatzend küßten sie sich auf Wangen und Mund.

„Gottes Segen über dir, Bruder!"

„Gottes Gnade, Brüderchen!"

— — — — — — — — — — — — —

Der Zug lief in Tjumeny qualmend ein. Jefim Alexandrowitsch verabschiedete sich gerührt von dem Soldaten, dem er den Rest seiner Blutwurst aufdrang.
„Nimm, nimm Brüderchen, bist ein braver, ordentlicher Mensch, mußt dich satt essen, bist ein Krieger, jaja, friß, friß, Brüderchen." Und er stopfte ihm die Blutwurst zwischen die Zähne.
Dann plumpste er mit seinen kurzen dicken Beinen auf den Perron. Er hatte das Gefühl, daß er abgeholt würde – aber das war ein unsinniges, albernes Gefühl. Wer würde sich wohl bemühen, ihn, den Postknecht Jefim Alexandrowitsch, versetzt nach Pokrowskoje, abzuholen?
Vielleicht der Herr Gouverneur in eigener Person?
Oder hatte man ihm eine Kalesche entgegengeschickt?
Er sah sich auf dem schmutzigen Bahnhofsplatz um. Es hatte geregnet. Eine alte, rumplige Mietkutsche stak seitwärts im Schlamm. Ein paar Kinder hatten eine Ratte aufgescheucht, die quiekend in den Bahnhofsabort lief.
„Wie weit der Weg nach Pokrowskoje?" schrie Jefim Alexandrowitsch zum Kutscher herüber. Der Kutscher nahm eine Tonpfeife aus dem schiefen Mund: „Wollen Euer Hochwohlgeboren sich meines Gefährtes bedienen?"
Jefim Alexandrowitsch lachte.
„Haha, bin selbst ein Kutscher, bin der neue Postknecht von Pokrowskoje."
Der Kutscher steckte enttäuscht die Pfeife wieder zwischen die Lippen.
„Na, dann schieb man ab, eh's dunkel wird. Es sind reichlich drei Stunden für einen Fettwanst wie du es bist."
Jefim Alexandrowitsch setzte sich in Bewegung und schrie dem Kutscher von rückwärts zu: „Du Mährenschinder, halt dein ungewaschenes Maul!"
Der Kutscher schimpfte zurück:
„Du Postfurz, verdufte!"

Jefim Alexandrowitsch stapfte in die Dämmerung. Er kam an einigen Ölfunzeln vorbei. Dann wurde es stockfinstere Nacht. Er ging durch eine schnurgerade Pappelallee, die ihm die Orientierung erleichterte. Er setzte mechanisch einen Fuß vor den andern und dachte mechanisch denselben Gedanken:

In drei Stunden bin ich zuhause. In drei Stunden bin ich daheim. Ich werde wieder wissen, wo ich hingehöre. Ich werde wieder wissen, was ich zu tun habe. Ich werde die Pferde striegeln. Sie werden heißen Jakob und Anna. Vielleicht auch Pawel und Alexandra. Ich werde wieder den guten Geruch des Pferdestalles atmen. Und meine Hängebacke an die warme dampfende Flanke einer Stute pressen. Oh! – Im Straßengraben, hinter einer Pappel, lag ein feister, unbeholfener Mensch und spielte mit einem kantigen Stein.

Jefim Alexandrowitsch konnte ihn in der Dunkelheit nicht sehen.

Der Mensch dachte: Soll ich? Soll ich nicht? Der erste, der des Weges kommt –

Jefim Alexandrowitsch war der erste, der des Weges kam.

Der Mann im Graben schoß wie eine fette, giftige Sandviper auf, gerade auf Jefim Alexandrowitsch zu und schlug ihm mit dem Stein den Schädel ein.

Jefim Alexandrowitsch dachte noch: In drei Stunden bin ich zuhause – in drei Stunden bin ich daheim.

Dann brach sein Auge wie ein billiger Jahrmarktsspiegel.

Der Mann beugte sich über ihn. Er holte eine kleine Laterne aus der Jacke und leuchtete ihn ab. Er griff in die grüne Joppe. Zwanzig Rubel – und der Paß, lautend auf Jefim Alexandrowitsch, geboren da und da, dann und dann – und die Aufforderung der Postbehörde, sich in der Posthalterei Pokrowskoje als Postknecht zu melden.

Der Mann pfiff leise die ersten Takte der Zarenhymne.

Am nächsten Tag trat der Postknecht Jefim Alexandrowitsch seinen Dienst in der Posthalterei Pokrowskoje an.

Es war derselbe Tag, da man die Leiche eines unbekannten, papierlosen Mannes im Straßengraben zwischen Tobolsk und Pokrowskoje fand.

Da er offensichtlich den niederen Ständen angehörte, nahm die Polizei es mit den Nachforschungen nach seiner Identität und den Ursachen seines Todes nicht so genau. Er wurde in der Selbstmörderecke des Friedhofes von Tobolsk beerdigt.

Rasputin

Jefimy, der Vater Grigorys, den man später Rasputin nannte, war Knecht bei der staatlichen Pferdepost, die in einer eisenbahnarmen Gegend des inneren Rußland, im Gouvernement Tobolsk, verkehrte.
Schnee im Winter, weiße, weite Fläche,
heißa die Troika,
oft von Wölfen bis zu den ersten Häusern verfolgt –
Graugrüne Steppe, graue, weite Fläche im Sommer –
Über Stock und Stein trieb Jefimy die rumplige Kalesche,
und entsetzt sahen die Passagiere oft aus den Fenstern,
wie der rumplige Kasten mit ihnen durchging. Grigory, Bauernschädel wie sein fünfzigjähriger Vater, zwanzigjährig, half dem Vater beim Pferdetränken und Pferdestriegeln, fiel auch wohl der Post in die Zügel, wenn sie gar zu wild daherstürmte.
Jefimy war einem guten Tropfen Wodka nicht abgeneigt.
Grigory, der Junge, liebte ebenfalls den Wodka, die Pferde,
den Tanz
und die Mädchen.
Er strich um die Bauerndirnen mit den bunten Kopftüchern,
sie höhnten ihn: Rasputnik: das heißt Wüstling – woher er seinen Namen bekam,
und sehnsüchtig sah er zuweilen bei vornehmen reisenden Damen in der Postkutsche nach.
Seine Feunde waren Ossip und Porfiri. Aber sein leichter Sinn hinderte ihn nicht, naiv vor jedem Christusbild sich zu bekreuzen,
dem Popen die Hände zu küssen,
und jeden Sonntag geputzt in die Messe zu gehen, wobei er mehr nach den hübschen Mädchen als nach dem Geistlichen sah.
Grigory war damals ein echter Muschik, ein Bauer, wie

es fünfzig Millionen davon in Rußland gab:
leichtgläubig und leichtsinnig, listig und lustig, verderbt und fromm.
Er glaubte an Gott.
Er glaubte an den Teufel.
Er glaubte an den Zaren, den Mittler zwischen Gott und Mensch.
Und er glaubte an sich.
Seit Jahrhunderten geht die Sehnsucht des Muschik nach „Land", nach eigenem Grund und Boden. Seit Jahrhunderten ist er der Knecht des Großgrundbesitzers, dem das Land gehört. Bei dem Dorfe Pokrowskoje, wo Grigory daheim ist, liegt das Gut Pokrowskoje,
das dem Baron Akim gehört.
Der Baron hat eine junge, jetzt zehnjährige Tochter, Irina genannt, zu der ihr jetzt zwölfjähriger Vetter Felix Jussow in den Schulferien zu Besuch kommt.
Sie spielen zusammen.
Sie sehen einander gern.
Sie rudern zusammen auf dem Schloßteich. Irina beugt sich aus dem Kahn zu den Wasserrosen –
Sie beugt sich immer weiter –
Sie stürzt ins Wasser –
Grigory, der seine Pferde zur Tränke trieb, bemerkt das mit den Wellen ringende Kind.
Er wirft sich ins Wasser,
er rettet die Kleine.
Er bringt sie auf seinen Armen ins Schloß.
Er trieft vor Wasser.
Steht nun triefend im Salon.
Irinas Mama ist indigniert.
Betrachtet ihn mit dem Monokel –
Er ruiniert ihr den ganzen Salon,
der Muschik.
Das Kind ist ja gerettet.
Er kann gehen.
Ach so – man muß ihm wohl eine gewisse Belohnung geben –
Sie reicht ihm ein Zehnkopekenstück.
Grigory sieht erst das Geld – dann sie an – wirft ihr das

Geld vor die Füße,
geht ohne Gruß. –
Jefimy, Grigorys Vater,
liebt einen guten Tropfen Wodka.
Eines Tages hat er wieder ein Gläschen zuviel getrunken.
Er hatte von einem reichen Fahrgast ein hübsches Trinkgeld bekommen, und trank auf jeder Station ein Gläschen.
Er nickte bei der Heimfahrt auf dem Kutschbock ein,
und als Grigory ihn auf der Heimatstation empfing,
fehlte ein Pferd –
Räuber hatten es ihm unterwegs ausgespannt. Jefimy wurde wegen „Veruntreuung staatlichen Eigentums" angeklagt und zu Gefängnis verurteilt.
Völlig gebrochen ging er ins Gefängnis.
An seine Stelle trat nunmehr Grigory als Postillon.
Singend,
peitschenknallend,
fuhr er über Land
die feinen Herren
und die schönen Damen.

Eines Tages hatte er Sehnsucht,
die kleine Irina wiederzusehen,
die für ihn den Inbegriff des höheren Lebens bedeutet.
Er geht bis zum Parkgitter,
sucht sie.
Er pflückt Blumen,
einen Strauß.
Da kommt der Gutsbesitzer, Baron Akim, des Weges:
„Was suchst du da?"
„Ich pflücke Blumen –"
„Das ist mein Grund und Boden:
Bauernlümmel! Und alles, was darauf wächst, ist mein!
Wirf die Blumen fort!"
Er zögert.
Der Baron entreißt ihm den Strauß,
die einzelnen Blüten fallen zur Erde.

Grigory sieht ihnen nach.
Er hat eine einzige Blüte behalten.
Der Gutsbesitzer geht,
köpft mit seinem Stock die Butterblumen am Wege.
Irina kommt.
Er nimmt sie auf seine Knie.
Er schenkt ihr die einzige Blume,
die ihm noch geblieben.
Sie zerpflückt sie.
Sie lächelt.
Er lacht.
Er lacht grimmig.
Sie hört auf zu lächeln.
Sie erschrickt vor ihm.
Er stellt sie auf den Boden.
Der kleine Vetter, Felix Jussow, kommt herbeigelaufen.
Er zieht Irina mit sich fort,
die verstohlen noch nach Grigory sich umblickt.
Jussow: „Laß den schmutzigen Bauern!"
Grigory reckt ihm seine Faust nach.

Eines Tages große Aufregung im Postgebäude von Pokrowskoje:
für eine hochgestellte Person wird an der Station Tobolsk eine Extrapost verlangt.
Wen soll man an den Bahnhof schicken?
Grigory, den Sohn eines Sträflings, kann man der hochgestellten Person nicht zumuten.
Der Postmeister selber, obwohl er lange nicht mehr mit Pferden gefahren,
wirft sich in Gala,
Grigory spannt die Pferde ein,
der Postmeister fährt zur Station.
An dem kleinen Bahnhof entsteigt dem Zug Anna Wyrubowa,
Hofdame der Zarin,
die gekommen ist, dem Kloster von Pokrowskoje einen Besuch abzustatten und dort fromme Übungen zu verrichten.

Der Postmeister fährt sie nach dem Kloster, die Pferde gehen durch,
er kann sie nicht bändigen –
da kommt Grigory des Weges,
er fällt den Pferden in die Zügel,
er hat Anna Wyrubowa gerettet.
Sie schenkt ihm ein byzantinisches Christusbild zum Dank und Andenken. Rasputin findet, daß das Bild ihm ähnlich sieht –
Sie forscht nach seinem Namen:
„Wie heißt du?"
„Ich heiße Grigory Rasputin" –
Sie schreibt sich den Namen in ihr kleines Notizbuch.
„Fahr du mich weiter!"
Er fährt sie zum Kloster.
Der Postmeister hat das Nachsehen. –

Von diesem Tage an geht eine Wandlung mit Rasputin vor.
Er geht in seiner Kammer nachdenklich auf und ab.
Er stößt Lisaweta, das Bauernmädchen, das ihn liebt, von sich:
„Geh! Schmutziges Ding du!"
Werde ganz andere Liebste haben als dich!" –
Er betrachtet das Heiligenbild, das ihm die Hofdame geschenkt.
Er drückt es an seine Lippen.
Er geht zu dem Abt des Klosters:
„Väterchen, du kannst lesen und schreiben –
lehre es mich!
Will dir Rubelchen geben!"
Der Abt erkennt den Burschen, der die Hofdame zu seinem Kloster gebracht.
Die Hofdame hat ihm von Rasputin erzählt.
Rasputin kann ihr Günstling,
ein Günstling des Hofes werden,
wer weiß?
Der Abt gibt ihm Unterricht, lehrt ihn an der Hand der Bibel buchstabieren:
G–o–t–t –

Eifrig liest er dann in der Bibel.
Rasputins heller Kopf lernt schnell.
Bald schreibt er seinen ersten Brief,
mit ungelenken Schriftzeichen,
an die kleine Irina:
„Hast Du Deinen Dich liebenden Onkel Grigory vergessen?
Gottes Segen über Dich!"
Rasputin fängt eine Taube vom Gut,
mit der Irina zu spielen pflegt.
Er bindet ihr den Brief um den Hals, läßt sie fliegen.
Sie fliegt zu Irina,
die erstaunt den Brief liest –
nach Grigory Ausschau hält –
Da kommt ihre Mama,
sieht den Brief,
liest ihn,
zerreißt ihn,
zerrt das Kind mit sich fort.

Der alte Jefimy kommt aus dem Gefängnis zurück.
Niemand will ihn kennen.
Grigory begegnet ihm in der Steppe,
während er die Post kutschiert.
Grigory: „Jetzt bin ich der Postillon!
Ich kenn dich nicht mehr! Scher dich zum Teufel!"
Er schwingt die Peitsche.
Der Alte wandert weiter.
Einige Jahre vergehen.
Irina kommt nach Moskau in die Pension.
Felix Jussow tritt als Kadett ins Heer.
Rasputin kutschiert seine Post.
Er wartet seiner Stunde.

Die Regierung, die bei den bevorstehenden Wahlen zur Duma die Bauern für sich gewinnen will, sendet den Oberpriester Wostorgow als Agitator in die entlegensten Teile Rußlands.
So kommt er auch in das Gouvernement Tobolsk, wo ihn Rasputin mit der Pferdepost von der Bahn abholt

und nach Pokrowskoje bringt.
Im Schulgebäude spricht Wostorgow über die Ziele der Regierung.
Viele Bauern sind anwesend.
Sie sitzen auf den niedrigen Schulbänken. Die Tafel steht noch von der Schulstunde da, mit Zeichen beschrieben.
Auch der Gutsherr von Pokrowskoje ist anwesend, der Baron Akim.
Er nickt beifällig zu den Ausführungen Wostorgows.
Die Bauern versuchen angestrengt, ihm zu folgen.
Da unterbricht eine Stimme den Redner:
„Wann – werden – die – armen – Bauern – Land – bekommen?"
Alles dreht sich um.
Der Baron empört.
Der Redner grinst verlegen.
Rasputin hat den Zwischenruf gemacht.
Er wiederholt ihn.
Bravo der Bauern.
Der Redner spricht:
„Gehorcht dem Zaren und gebt dem Zaren, was des Zaren ist – und der Bauer wird bekommen, was des Bauern ist."
Der Baron klatscht in die Hände.
Die Bauern sind unzufrieden.
Da löst sich Rasputin aus der Menge
und steigt aufs Katheder.
Er fegt den Oberpriester mit einer Handbewegung herunter und spricht
stockend,
ungalant,
aber mit lebendigen Bewegungen und Gesten. Er spricht, daß Gott die Erde den Menschen allen zur Nutznießung gegeben habe – nicht nur einzelnen –
Der Baron ist empört –
die Bauern lauschen erregt –
Und er spricht weiter:
„Wenn der Zar den Bauer liebt, wie der Bauer den Zaren: so schenkt er ihm Land und Erde, Erde und Land

und nimmt es aus den feinen Händen der wenigen und gibt es in die schwieligen Hände der vielen –"
Der Baron springt zornig auf –
Die Bauern begeistert:
Sie tragen Rasputin auf ihren Händen in seine Wohnung:
„Bravo, Grischka, du hast recht! Du sollst in die Duma! Du bist einer der Unseren! Gib's denen da oben!"
Grigory Rasputin ist in seinem Dorfe berühmt geworden.
Die Bauern scharen sich um ihn,
sie drücken ihm die Hand.
Nur der Baron Akim macht einen weiten Bogen um ihn.
Oberpriester Wostorgow ist nach Moskau zurückgekehrt und erstattet dem Wahlkomitee Bericht.
„Wenn man Erfolg haben will, braucht man Agitatoren aus dem Bauernstande selbst!"
Und er berichtet von dem schlagfertigen Muschik Grigory Rasputin im Bezirk Tobolsk, der ungebildet und dumpf,
aber ein suggestiver Redner sei.
Man müsse ihm nur das beibringen,
was er dann reden solle –
so würde man in ihm eine unschätzbare Hilfe haben.
Der Vorsitzende des Komitees lacht:
„Man zähmt einen Elefanten, um dann die ganze Herde zu fangen!"
Wostorgow: „Ganz recht!"

Es geht ein Telegramm an das Gouvernement Tobolsk, den Postknecht Grigory Rasputin aus Pokrowskoje sofort nach Moskau zu schicken.
Der Gendarmerie ist das öffentliche Auftreten Rasputins in der Versammlung gegen den Oberpriester Wostorgow bekannt.
Grigory Rasputin wird nachts aus dem Bett heraus von Gendarmen verhaftet, die ebenso wie die Bauern glauben, er solle in Moskau vors Gericht.
Er wird in Ketten gelegt.

Bauern und Bäuerinnen küssen ihm die Hände.
Er wird in viele Tage langer Fahrt
im Viehwagen
zwischen Kälbern und Schweinen,
von Soldaten mit aufgepflanztem Bajonett begleitet,
nach Moskau transportiert.
Er bekommt aus demselben Eimer Wasser zu saufen wie das Vieh, schmutzig,
mit struppigem Bart
kommt er in Moskau an –
Da erwarten ihn auf dem Bahnhof
Wostorgow
und einige Damen des Komitees,
denen Wostorgow von dem sonderbaren Muschik erzählt –
Wie ein Märtyrer entsteigt Rasputin dem Wagen – ungepflegt – struppig – schmutzig – Wostorgow begrüßt ihn –
das Mißverständnis von seiner Verhaftung klärt sich auf.
Die Ketten werden ihm abgenommen.
Er wird im Triumph an einen Wagen geleitet.
Rasputin schlägt die Pferde mit der Hand auf die Flanken –
„Verstehe etwas von Pferden",
sieht sich im Kreise um,
„und Menschen!"
Fährt durch die Straßen der großen Stadt.
Erstaunt erblickt Rasputin
die eleganten Läden,
die hohen Häuser,
die vielen Menschen,
die prächtigen Kathedralen,
den Reichtum,
die Armut,
das Getriebe.
Dämmerung.
Lichter blitzen auf, zehn, hundert, tausend.

Im Hause Wostorgows.
Wostorgow mustert ihn von oben bis unten:
„So kann ich dich den vornehmen Herrschaften nicht präsentieren.“ –
Er führt ihn ins Badezimmer, das Rasputin mißtrauisch mustert.
Es wird ein Bad gerüstet,
Rasputin in die Wanne gesteckt.
Wostorgow selbst bürstet ihn ab.
Ein Dienstmädchen bringt ein seidenes Russenhemd,
Hosen, langen Rock, hohe schwarze Stiefel –
Rasputin zieht sich an.
Wostorgow hängt ihm noch ein Kreuz um den Hals.
„Jetzt siehst du sehr würdig drein,
Grigory Rasputin! Komm!“

Tee bei der Gräfin Ignatiew.
Viele vornehme Damen.
Auch Anna Wyrubowa, Hofdame der Zarin.
Gespannte Erwartung
auf den angekündigten Bauern,
den Muschik,
den Sohn der russischen Erde,
von dem, wie Dostojewski einst geweissagt hat,
das Heil Rußlands kommen soll.

Rasputin wird gemeldet.
Wostorgow geht voraus,
Rasputin wartet allein im Vorzimmer.
Dort hängt ein Bild der Menschenmutter
Eva in Lebensgröße,
eine nackte weibliche Gestalt.
Rasputin betrachtet erst verwundert
dann erfreut
das Bild,
zieht aber plötzlich sein Messer aus dem Stiefelschaft
und schneidet der Figur ein Kreuz in die nackte Brust.
Die Gräfin Ignatiew kommt ihn holen –
Rasputin weist auf das Bild:
„Es ist nicht wohlgetan, die Menschenmutter Eva nackt

allen lüsternen Blicken preiszugeben –“,
und er schlägt das Kreuz über das Bild.
Die Gräfin ist ob solcher naiver Frömmigkeit gerührt:
„Ich will das Bild morgen auf den Speicher bringen lassen.“
Rasputin, mit großer Geste:
„Nein – jetzt – heute – sofort!“
Die Gräfin, fasziniert, klingelt.
Zwei Diener treten ein.
Sie gibt den Befehl.
Die Diener heben das Bild ab –
Da erkennen sie den kreuzförmigen Schnitt –
Die Gräfin tritt näher –
Wo Rasputin das Kreuz über das Bild geschlagen,
ist ein kreuzförmiger Schnitt im Bild:
Ein Wunder,
ein Wunder ist geschehen!
Und ein Wundermann,
ein heiliger, uns erstanden!
Im Salon der Gräfin entsteht eine ungeheure Aufregung.
Alle Damen betrachten das Bild.
Auch Anna Wyrubowa.
Da tritt Rasputin auf sie zu,
legt die Hand auf ihren Arm:
„Erkennst du mich?“ (Er duzt nach Bauernsitte alle Menschen.)
Sie zögert –
„Kannst du dich nicht besinnen? – Ich habe dir einmal das Leben gerettet!“
Und er zieht das Heiligenbild hervor,
das Anna Wyrubowa ihm einst gegeben –
Anna Wyrubowa:
„So wart Ihr der Heilige, der in Gestalt eines Postknechtes den durchgehenden Pferden in die Zügel fiel?“
Sie küßt ihm die Hand.
Alle drängen sich um ihn.
„Segne uns, Väterchen!“
Unter den Damen ist auch
Irina.

Eine Verwandte der Gräfin Ignatiew.
Sie ist sechzehn Jahre alt geworden.
Schön,
strahlend.
Rasputin tritt auf sie zu:
„Irina – Täubchen – auch dir habe ich einmal das Leben gerettet – im Weiher –" Irina errötet.
Sie fühlt seine faszinierenden Augen auf sich gerichtet.
Ihr wird schwindlig.
Sie tritt zurück.

Wostorgow kommt gar nicht mehr zur Geltung.
Der Plan mit dem „Bauernagitator" wird gar nicht mehr erwähnt.
Denn statt dessen ist ein neuer Heiliger aufgetaucht,
aus niederem Stande, wie einst Christus selbst. Die vornehmen Damen der Residenz reißen sich darum,
ihn zum Tee bei sich zu haben.
Es geht eine sonderbare mystische Kraft von ihm aus.
Er beginnt bei den Gesellschaften zu predigen, mit einfachen,
leicht faßlichen,
suggestiven Worten,
die bei der verderbten Moskauer Gesellschaft auf fruchtbaren Boden fallen.
So predigt Rasputin:
„Hat Christus nicht gesagt, ich bin gekommen, die Sünder zur Buße zu rufen – und nicht die Gerechten? Um Buße zu tun – muß man zuvor sündigen: Und wie befreit man sich am heiligsten von der Sünde? Indem man sie tut! Wie befreit man sich von der Feuersbrunst der Begierde? Indem man sie löscht!"
Gebannt hängen die Blicke der Damen an seinen Lippen, die solche lästerliche Worte von sich geben.

Grigory Rasputin kommt nach Hause,
in die kleine Wohnung,
die seine Verehrerinnen eingerichtet.
Geht an den Spiegel.

Sieht hinein.
Will sich sehen,
sich erkennen.
Wer bin ich?
Ein guter Mensch?
Ein Heiliger?
Ein Teufel?
Er zieht Grimassen vor dem Spiegel.
Seine eigenen Augen faszinieren ihn.
Da hört er Musik vom Hof herauf.
Geht an das Fenster.
Hofsänger singen ein russisches Lied.
Er lächelt,
er lacht.
Und plötzlich beginnt er zu tanzen.
Wild –
Immer wilder,
bis er erschöpft im Sofa zusammenbricht.
Es klopft an seine Tür.
Mehrmals.
Das Dienstmädchen bringt den Tee.
Er umarmt sie, daß das ganze Geschirr zu Boden fällt.
Sie läßt sich widerstandslos in seine Arme gleiten.

Irina trifft sich mit Jussow.
Sie reiten zusammen aus.
Irina erzählt von Rasputin.
Jussow schwingt verächtlich seine Gerte:
„Er ist ein Schwindler!
Ein Betrüger!"

Irina trifft bei einem Morgenritt, als sie allein reitet, zufällig im Park auf Rasputin.
Sie will an ihm vorbeireiten,
da ruft Rasputin dem Pferd einige Worte zu. Und das Pferd bleibt zitternd stehen und ist auch mit der Peitsche und den Sporen nicht vorwärts zu treiben.
Rasputin lächelt:
„Irina, Täubchen, du mußt einmal zu mir kommen, beichten – oder bist du kein sündiger Mensch?"

Irina: „Ihr seid kein Priester! Ihr habt nicht die Weihen!"
Rasputin: „Aber die Gnade Gottes hat mir die Priesterschaft verliehen!"
Er gibt dem Pferd einen Streich.
Das Pferd galoppiert von dannen.
Rasputin sieht Irina nach.

„Die körperliche Reinigung", so predigt Rasputin, „hat mit der seelischen Reinigung Hand in Hand zu gehen."
Eine der russischen Badestuben.
Ein Dutzend Damen um Rasputin versammelt.
Er predigt.
Es ist heiß in der Badestube.
Er wirft seinen Überrock ab.
Alle Frauen geraten in Ekstase.
Er tauft sie neu.
Er spritzt das Wasser über ihre eleganten Kleider,
die sie sich dann herunterzureißen beginnen.
Sie tanzen rasend,
halbnackt
um ihn herum,
der sie blasphemisch segnet.
Da
wird die Tür aufgerissen,
Polizei.
Der Priester Wostorgow,
angewidert von Rasputins Treiben,
hatte sich mit der Polizei in Verbindung gesetzt.
Die halbnackten Damen,
nur ihre Pelze übergeworfen,
werden von den Polizisten ironisch
durch den Schnee
zu ihren Schlitten geleitet,
Rasputin selbst verhaftet
und in ein entlegenes Kloster verschickt
am Weißen Meer.
Ein Skopzenkloster.

Rasputin im Skopzenkloster.
Er tut eifrig mit als Laienbruder:
Messe und Liturgie,
und lernt noch manches von den heiligen Gebräuchen.
Die Skopzen versuchen ihn zu überreden, in ihre Gemeinschaft zu treten und sich entmannen zu lassen.
Rasputin: „Nein – Gott hat Mann und Weib geschaffen – den Kapaun hat er nicht gemacht ...“
Die „Rasputiniade“, die so viel Staub in der russischen Gesellschaft aufgewirbelt, scheint zu Ende.
Irina atmet wie befreit auf.
Irina und Jussow, der zum Leutnant im Wolhynischen Reiterregiment avanciert ist, lieben einander.
Er gesteht ihr seine Liebe.
Petersburg – das nördliche Venedig –
Kanäle – gewölbte Brücken –
ein magischer Traum –

Der Zar lebt mit der Zarin, der schönen Alexandra, der Niemka, „der Deutschen“, in glücklicher Ehe.
Vier Töchter, eine schöner als die andere, sind der Ehe entsprossen:
Olga, Tatjana, Maria, Anastasia.
Aber den ersehnten Sohn,
den Thronfolger,
hat ihnen der Himmel versagt.
Die Ärzte werden befragt.
Sie wissen keinen Rat.
In der Verzweiflung ruft die mystisch veranlagte Zarin allerlei Wundermänner, Zauberer an den Hof,
die Hexe Darja,
den Doktor der tibetanischen Medizin:
Hadmajew,
den „heiligen Idioten“ Kolja: einen tauben, verstümmelten, buckligen Zwerg.
Jeder verspricht ihr durch seinen frommen Zauber „den Sohn“.
Vergeblich.
Die Zarin verfällt in schwere Melancholie.

Anna Wyrubowa, die Hofdame, ist bei der Zarin.
Anna Wyrubowa, die noch immer an Rasputin glaubt.
Anna Wyrubowa spricht mit der Zarin:
„Es gibt einen Menschen auf der Welt, einen Heiligen, der Euer Majestät zu helfen vermag –"
Die Zarin lächelt gequält.
„Nenne seinen Namen!"
Anna Wyrubowa: „Rasputin!"
Die Zarin: „Ich habe von ihm gehört. Er ist ein unheiliger Mensch und wegen seines lästerlichen Lebens in ein Kloster verbannt worden –."
Anna Wyrubowa: „Zu Unrecht! Laßt ihn rufen! Er wird euch helfen durch die Kraft seines Gebetes!"

Die Zarin verbringt eine schlaflose Nacht.
Der Zar am Morgen an ihrem Bett.
Er reitet zu einer Truppenparade.
Die vier Prinzessinnen sagen der Mutter guten Morgen.
Badmajew, der tibetanische Arzt,
Darja, die Hexe,
Kolja, der Krüppel,
erscheinen –
Sie weist sie hinaus.
Sie läßt sie aus dem Palast werfen,
peitschen,
jagt sie davon wie Hunde –
Anna Wyrubowa erscheint.
Die Zarin: „Rufe mir Rasputin!"
Anna Wyrubowa frohlockt.
Sie schickt ein Telegramm an Rasputin,
mit dem Rasputin im Kloster prahlt –
„Die Zarin ruft Euch. Haltet Euch bereit!"
Es kommt ein Flugzeug aus Petersburg.
Es geht in den Klosterwiesen nieder.
Verwundert laufen die Mönche herbei,
betrachten den Eisenvogel –
Der Pilot ist beauftragt,
Rasputin so schnell als möglich nach Schloß
Zarskoje Selo zu bringen.

Rasputin segnet das Flugzeug,
segnet die Mönche.
Dann steigt er ein.
Das Flugzeug erhebt sich in die Lüfte.
Geht in Zarskoje Selo nieder,
gerät in Baumkronen,
zerbricht,
zersplittert,
der Pilot bricht sich das Genick.

Wie durch ein Wunder entgeht Rasputin dem Tode.
Wie ein Phönix der Asche,
entsteigt er dem zerschmetterten Flugzeug,
geht durch den Park,
die Pappelallee herauf,
kommt von der Rückseite des Schlosses zu dem Gemach der Zarin,
wo ein riesiger Äthiopier Wache hält.
„Sage der Zarin, Rasputin ist da!"
Anna Wyrubowa hat die Stimme Rasputins gehört.
Sie öffnet die Tür,
läßt Rasputin eintreten,
der voller Würde
an das Bett der Zarin tritt.
Er streichelt ihr unbefangen die Hand.
„Was willst du? Du hast mich rufen lassen!"
Die Zarin angstvoll:
„Man sagt, Ihr seid ein Heiliger und habt die Gabe, in die Zukunft zu sehen. Ich bin so oft betrogen worden. Sagt: werde ich einen Sohn haben?"
Rasputin winkt Anna Wyrubowa:
„Laß uns allein! Sorge, daß wir nicht gestört werden!"
Rasputin allein mit der Zarin, die er mit seinen großen Augen lange ansieht,
dann streicht er ihr mit der Hand über die Stirn:
„Du–wirst–einen–Sohn–haben–
Du – wirst – einen – Sohn – haben –"

Nach einigen Wochen fühlt sich die Zarin Mutter.
Der Zar ist zärtlich besorgt.

Rasputin lebt zurückgezogen in Petersburg. Nur manchmal führt ihn die Wyrubowa zur Zarin,
die an ihn zu glauben beginnt
wie an einen Starost.
Nach neun Monaten –
Ein Hin und Her von Ärzten und Hebammen im Palais –
alles geht auf Zehenspitzen –
Die Stunde der Geburt naht –
Die Zarin gebärt einen Sohn!
___ ___ ___ ___ ___ ___ ___ ___ ___
Den langersehnten Thronfolger.
Jubel im Palast.
Alles umarmt sich.
Jubel im Volk.
Illumination in den nächtlichen Straßen.
Die glückselige Zarin
hält im Steckkissen
den Sohn an sich gepreßt –
sie weint vor Glück –
Der Zar ist überglücklich –
er empfängt zum erstenmal
Rasputin,
nimmt ihn bei beiden Händen
und verleiht ihm das Amt eines kaiserlichen
„Bewahrers der ewigen Lampen".
Auch der Zar
glaubt fürder an Rasputins übersinnliche Kräfte,
während im Volk
da und dort
Gerüchte auftauchen,
als wäre der Zar
nicht der Vater des Zarewitsch –
Auch Irina,
jetzt zur Hofdame der Kaiserin avanciert,
hört von den Gerüchten,
erzählt Jussow davon –
und wie sie einmal,
hinter einer Säule,
zufällig beobachtete,

wie Anna Wyrubowa Rasputin heimlich zur Zarin führte.
Jussow schließt ihr mit der Hand den Mund: „Die Wände haben Ohren! Schweig!
Und behalte Rußlands Schande für dich –"

Die Gegner Rasputins sind durch das Eintreffen seiner Prophezeiung,
daß die Zarin einen Sohn gebären würde,
geschlagen.
Rasputin steht hoch in Gunst
bei Zar und Zarin,
vergeblich versuchen einige Großfürsten,
wie Nikolaj und Dimitrij,
den Zaren zu warnen.
Sie sprechen tauben Ohren.
Die Höflinge versuchen
Rasputins Gunst zu gewinnen,
der,
in Sicherheit gewiegt durch die Gnade der Majestäten,
sein altes Leben mählich wieder beginnt.
Nächtelang bringt er, mit Zechkumpanen,
„bei den Zigeunern" zu,
in der verrufenen Villa Rhode,
trinkt,
tanzt,
macht den Zigeunerinnen täppische Liebeserklärungen.
Er predigt:
„Du sollst deinen Nächsten lieben wie dich selbst. – Ich liebe mich sehr. – Also muß ich euch alle auch sehr lieben. Ihr, meine Nächsten –"

Die Zarin führt den Thronfolger im Park spazieren.
Irina ist bei ihr.
Rasputin kommt.
Tändelt mit dem Kind.
Die Zarin bemerkt Rasputins Interesse für Irina, „das Täubchen".
Eifersucht erwacht in ihr.

Rasputin hat jetzt eine Wohnung,
wo er von Bittstellern aller Art überlaufen wird.
In seinem Vorzimmer gibt sich halb Petersburg ein Rendezvous:
Beamte, die Karriere machen wollen,
allein oder durch eine hübsche Frau,
Bankiers, die Rasputin bestechen wollen,
Offiziere, Studenten, Bauern, Arbeiter, Popen, Frauen aller Stände, Dirnen, Damen der Gesellschaft, die Abenteuer suchen.
Viele haben Bittzettel in den Händen. Andere beten den Rosenkranz. Hin und wieder öffnet sich die Tür im Hintergrund und Rasputin erscheint.
Rasputin hat zwei Sekretäre, seine Jugendfreunde Ossip und Porfiri,
seine Saufkumpane.
Stolz auf seine Macht,
hilft er aus Eitelkeit gern.
Er kritzelt seine Wünsche auf abgerissene Zettel,
Anweisungen an die Minister.
Er macht Minister.
Er stürzt Minister.
Er, der einfache Muschik, ist zur höchsten Machtstufe emporgestiegen.
Zar und Zarin lauschen seinem Rat.

Der Thronfolger Alexej wächst heran.
Der Matrose Derewenko trägt ihn auf seinen Armen.
Der Zar und die Zarin lieben den Zarewitsch abgöttisch –
der von zartester Gesundheit ist.
Der kleine Zarewitsch hängt an „Onkel Grischa“, an Rasputin, der ihm allerlei Märchen erzählt,
mit ihm spielt,
ihn auf sich reiten läßt.

Der europäische Himmel bewölkt sich. Klarer Himmel, an dem ein Gewitter aufzieht.
Blitz und Donner.
Der österreichische Thronfolger ist in Sarajewo von ei-

nem Serben ermordet worden. Auf der Straße werden Extrablätter ausgerufen, die sich die Menschen aus den Händen reißen. Lähmendes Entsetzen und furchtsame Erwartung des Kommenden.

Thronrat in Petersburg.
Der Zar steht am Fenster seines Arbeitszimmers und sieht zum Himmel auf, der sich jäh verfinstert.
Diener bringen Kerzen.
Die Minister versammeln sich.
Kriegsminister: „Wir dürfen dem Krieg nicht ausweichen! Wir sind gerüstet."
Innenminister: „Wir haben den Krieg nötig, um den Ausbruch innerer Unruhen zu verhindern. Die Bauernfrage ist noch immer nicht gelöst."
Der Zar, unschlüssig, beißt sich auf die Lippen.
Zarin kommt herein: „Was willst du tun?"
Der Zar zuckt die Achseln.
Er steht am Fenster und sieht dem Gewitter zu.
Die Zarin: „Frage den Wundermann, frage ihn, der uns so oft die Wahrheit gekündet!"
„Rasputin?"
„Ja!"
„Wo ist er?"
„Er wartet draußen."
Zar: „Laß ihn herein –"

Rasputin kommt.
Schiebt Zeremonienmeister und Diener beiseite,
tritt hochaufgerichtet ins Zimmer,
er mustert der Reihe nach jeden
mit seinen großen Augen,
tritt zum Kriegsminister:
„Du bist ein Dummkopf!"
Verlegenheit des Kriegsministers –
Rasputin tritt zum Innenminister:
„Du bist ein Dummkopf!"
Ärger des Innenministers.
Rasputin tritt zum Zaren:
„Du bist –"

lächelt –
„– der Herr über Krieg und Frieden! Wähle den Frieden! Der Krieg wird Rußland vernichten! Liebet eure Feinde! Der Krieg beleidigt Gott! Und denke an eins, was ich dir jetzt sage: Wenn ich nicht mehr sein werde, wirst du auch nicht mehr sein!"
Geht hochaufgerichtet ab,
schlägt die Tür hinter sich zu.
Alle bleiben erstarrt zurück.
Die Zarin: „Das Volk hat gesprochen! Es war des Volkes Stimme!"
Der Kriegsminister nimmt die Erklärung der Mobilmachung aus seiner Aktentasche,
bittet den Zaren zu unterzeichnen –
der Zar nimmt das Dokument,
liest,
nimmt den Federhalter,
wirft den Federhalter fort,
geht.

Rasputin bei Ossip und Porfiri,
seinen Kumpanen.
Sie saufen.
Ossip: „Du hast ihnen den Frieden empfohlen? Im Krieg lassen sich allerlei Geschäftchen machen."
Rasputin: „Mich dauert das Blut der armen unschuldigen Menschen, das fließen wird – um nichts –"
Rasputin legt das Haupt auf den Tisch.
Die beiden andern erheben sich leise und gehen.

Konferenz der Minister.
Polizeiminister: „Wir werden das Attentat eines Deutschen auf den Zaren inszenieren?"
Kriegsminister,
Innenminister,
leuchten auf: „Ein trefflicher Gedanke!"
Der Zar erhält täglich Drohbriefe –
sie stecken früh in seiner Litewka,
mittags bei Tisch unter seinem Kuvert.

Sie sind von der Ochrana, der Geheimpolizei, selbst hineingeschmuggelt.

Die geheime Polizei – Ochrana – engagiert einen armen Teufel von Deutschen in einer Spelunke,
um gegen Zahlung von 500 Rubeln und garantierte Freilassung ein Revolverattentat auf den Zaren zu unternehmen.
Er wird von der Polizei selbst in den Park von Zarskoje Selo geschmuggelt,
hinter ein Gebüsch versteckt.
Der Zar kommt auf seinem gewöhnlichen Morgenspaziergang die Kieswege entlang geschritten mit dem kleinen Zarewitsch –
Da springt ein verdächtiges Individuum hinter einem Busch hervor – legt an,
der Zar deckt den Zarewitsch mit seinem Leib.
Das Individuum schießt mehrmals,
daneben,
wird von herbeilaufender Palastwache überwältigt.
Der Zar im Schloß.
Die Zarin bei ihm, außer sich,
Rapport des Palastkommandanten:
„Der Attentäter ist ein Deutscher!"
Der Großfürst Nikolaj kommt:
„Da siehst du, wie die Deutschen sich gegen dich benehmen!"

Die Botschafter Englands und Frankreichs beim Zaren,
Großfürst Nikolaj,
Die Minister,
die Generäle.
Der Zar,
noch immer unschlüssig,
spielt mit den Würfeln, die von einem Spiel mit dem Zarewitsch zurückgeblieben –
Die Zarin kommt,
Zar:

„Wenn ich achtzehn würfle, soll es ein Gottesurteil sein!"
Er wirft die Würfel um: Achtzehn!
Er unterzeichnet die Kriegserklärung, die Großfürst Nikolaj ihm fast aus der Feder, noch feucht, entreißt.
Großfürst Nikolaj wird zum Oberkommandanten ernannt.
Die Zeitungen bringen die Nachrichten von dem Attentat, von der Kriegserklärung.
Kriegsstimmung und -begeisterung
auf den Straßen.
Umzüge bilden sich.
In den Lokalen wird die Zarenhymne gespielt.
Fahnen.
Einrückende Reservisten.
Schluchzender Abschied von Frau und Kind, von der Braut.
Abschied Irinas von Jussow, der ins Feld rückt.

Der Thronfolger Alexej ist infolge der beim Attentat erlittenen Aufregung erkrankt. Er leidet an schweren, kaum stillbaren Blutungen.
Große Aufregung im Schloß.
Die Ärzte kommen und gehen,
die Mutter ist verzweifelt,
der Zar niedergedrückt.
Die Ärzte zucken die Achsel.
Es steht sehr schlimm.
Die Zarin schickt Anna Wyrubowa zu Rasputin.
Rasputin geht ans Telefon,
läßt sich mit Zarskoje Selo verbinden,
läßt die Zarin ans Telefon rufen:
„Bist du da, Mammuschka? Höre, nimm den Kranken aus dem Bett, und halte ihn mir ans Telefon, daß er meine Stimme hört."
Die Zarin selbst trägt den Knaben ans Telefon:
Rasputin: „Bist du da, Aljoscha?"
Der Knabe, lächelnd, matt: „Ja."
Rasputin: „Hörst du mich?"
Der Knabe: „Ja."

Rasputin: „Du wirst jetzt schlafen – sofort – schlafen – wirst vierundzwanzig Stunden schlafen – und dann gesund sein –“
Der Knabe beginnt schon während des Gespräches lächelnd einzuschlafen.
Glückselig, trägt ihn die Mutter ins Bett.

Der Knabe genest langsam.
Der riesige Matrose Derewenko trägt den rekonvaleszenten Knaben im Park auf den Armen zu seinen Lieblingssitzen.
Ein Bernhardiner, sein Lieblingshund, begleitet ihn immer.
Der Matrose läßt den Knaben sorgsam auf eine Bank nieder.
Die Zarin und Rasputin kommen gegangen.
Rasputin geht auf den Knaben zu,
setzt sich neben ihn,
er nimmt seine Hand,
er beginnt zu erzählen:
„Es war einmal ein kleiner Zarewitsch, der war immer brav und folgsam – und folgte seiner lieben Mutter und seinem lieben Onkel Grischa ...“
Der Knabe lächelt.
Er reißt einen Blütenzweig von dem Baum über ihm und reicht ihn Rasputin,
der ihn der Zarin überreicht.
Rasputin und die Zarin entfernen sich.
Sie gehen durch dunkle Laubgänge des Parkes,
die Zarin fällt vor Rasputin nieder,
sie küßt ihm die Hand.
Rasputin: „Gott hat deine Tränen gesehen und deine Gebete erhört! Dein Sohn wird leben!“

Die ersten Verwundeten von der Front treffen ein.
Die Zarin geht, gefolgt von Damen der Gesellschaft, darunter Irina, in Schwesterntracht, durch die Lazarette,
spricht hier mit einem,
legt dort die Hand auf die Decke,

verteilt Zigarren und Zigaretten,
Süßigkeiten,
Blumen.

Rasputin macht seinen Frieden mit dem Krieg.
Er verkauft Heereslieferungen an den Meistbietenden.
Bankiers, Schieber, Spitzel drängen sich in seinem Vorzimmer, denen er Waffen-, Zwieback-, Schuh-, Pulverlieferungen für das russische Heer zuschanzt.
Ein Wachskerzenfabrikant bittet ihn um Hilfe.
Rasputin: „Die Zarin wird zehn Kerzen für jede Kirche Rußlands stiften. Beteiligung fünfzig Prozent?"
Der Schieber, erfreut: „Abgemacht."
Und während an der Front,
im Schützengraben,
der Muschik heldenhaft kämpft und stirbt,
zieht im Hinterland die Korruption,
von Rasputin geschürt,
ihre grausigen Kreise.
Die Schuhe, die den Soldaten geliefert werden, enthalten Pappsohlen.
Ein Zug mit Lebensmitteln fährt von Petersburg zur Front ab, kommt nie an.
Tausende von Munitionskisten werden an der Front ausgeladen –
alles springt vorsichtig zur Seite –
die Vorsicht ist unnötig:
oben sind zehn Zentimeter Pulver,
darunter alles Staub –
In den Restaurants werden „Sammlungen zugunsten der Kriegsblinden" veranstaltet,
Porfiri und Ossip gehen sammeln,
das Geld fließt in ihre Hände.
Während der Muschik von Granaten zerrissen wird,
die Maschinengewehre knattern,
knallen in den Vergnügungsrestaurants in Petersburg
die Sektpropfen.
Verwundete und Kriegskrüppel,
die betteln,

werden hinausgeworfen.
Sie stören den Gästen den Appetit.
Rasputin verjubelt die Bestechungsgelder,
in Lokalen zweifelhafter Art,
mit Zigeunerinnen, Negerinnen, Chinesinnen –
Zuweilen predigt er auch
in der Trunkenheit
vom Podium der Musikkapellen herunter,
und alle Gäste,
betrunken wie er,
wälzen sich vor Lachen.

Er hat sich in seiner Wohnung eine Kapelle eingerichtet,
mit Beichtstuhl,
wo ihm die vornehmen Damen
und auch die minder vornehmen beichten kommen,
er benebelt sie
mit Weihrauch und Phrasen.
Zuweilen sieht man eine Karosse
durch die Straßen fahren,
die an einer Ecke hält,
eine tief verschleierte Dame geht
zu Fuß durch enge Straßen
zur Wohnung Rasputins
und verschwindet durch den Hinteraufgang. (Es ist die Zarin.)

Die anfängliche Siegesstimmung im Volk
hat Zweifeln und Depressionen Platz gemacht.
Man hört die Leute in den Cafés und den kleinen Straßen verstohlen tuscheln.
Sie glauben den Heeresberichten nicht mehr.
Sie sehen die Korruption im Hinterland
und ballen die Fäuste.
Manche Faust ballt sich gegen Rasputin,
wenn er durch die Straßen geht.

Der Zar spielt am Fußboden mit dem Zarewitsch.
Es sind Holzsoldaten aufgestellt.
Sie spielen,
schießen mit kleinen Kanonen,
Soldaten fallen um.
Ein Kurier wird gemeldet,
tritt ein.
Der Zar blickt kniend vom Fußboden auf,
ärgerlich: „Was gibt's?"
„Majestät haben die Schlacht bei Lodz verloren – achtzigtausend Tote –"
In diesem Moment
schießt der Zarewitsch.
Eine ganze Reihe Holzsoldaten
fällt um.
Er klatscht jubelnd in die Hände:
„Gewonnen!"
Die Russen auf dem Rückzug
in Sturm und Regen.

Rasputins unheiliges Leben erregt immer mehr Anstoß, besonders, da er sich der Maske des Mönches bedient, obwohl er nie die Priesterweihen empfangen. Der oberste Synod der russischen Kirche beschäftigt sich mit der Rasputiniade.
Rasputin wird vor den obersten Synod geladen,
und erscheint,
da er die Feigheit nicht kennt.
Der oberste Geistliche,
ein uralter Herr,
verflucht ihn:
„Du schändest Rußland,
du schändest die heilige Kirche,
du schändest den Namen des Zaren und der Zarin,
die unter deinem furchtbaren Einfluß stehen.
Du bist der Antichrist!"
Alle Geistlichen stehen erregt auf,
schütteln die Hände gegen Rasputin,
speien auf ihn –
der sich nicht wehrt.

„Du gibst dich aus als einen Mönch! Wo aber sind die drei Mönchsgelübde: Keuschheit, Armut, Gehorsam, bei dir?
Du gehorchst nur dem Teufel,
nimmst Bestechungsgelder und lebst in Saus und Braus,
du bist ein Rasputnik,
ein Wüstling,
wie dein Name sagt!"
Rasputin: „Hochwürden, du irrst:
Ich heiße Rasputin, weil ich an der Rasputе, an der Wegscheide zweier Weltalter stehe – Gott liebt mich – und seinen Lieblingen vergibt Gott viel –"
Der oberste Geistliche schwingt das Kruzifix, und alle Geistlichen dringen mit Kruzifixen auf ihn, daß es aussieht, als wollen sie ihn mit den Kruzifixen erschlagen: „Schwöre auf das Kruzifix, Buße zu tun und nie mehr den Palast des Zaren zu betreten –"
Rasputin
in die Enge getrieben,
schwört!
Die Geistlichen lassen von ihm ab. –

Rasputin hat nichts Eiligeres zu tun als den Schwur zu brechen und den Vorfall der Zarin zu erzählen, die in ihm einen Märtyrer sieht: „Heilige werden immer verleumdet."
Es gelingt, den Zaren zu veranlassen, den obersten Geistlichen des Synods abzusetzen, „wegen Erpressung", und nach Sibirien zu verbannen.
An seine Stelle tritt,
von Rasputin vorgeschlagen,
der Abt des Klosters von Pokrowskoje,
der ihn einst schreiben und lesen gelehrt,
und den er nicht vergessen.

Währenddessen zieht der Unwille über Rasputins Günstlingswirtschaft immer weitere Kreise. In der Duma spricht der Abgeordnete Purischkewitsch von den „geheimnisvollen Mächten, die Rußland entehren" und

von einer gewissen „verabscheuungswürdigen Person", dem „Antichrist in Person". Auf der Galerie lauscht ihm Felix Jussow, glühender Patriot,
auf Urlaub gekommen,
dem das Unglück Rußlands im Herzen brennt. Er klatscht Purischkewitschs Worten begeistert Beifall,
wie das ganze Publikum auf der Galerie.
Die Galerie wird wegen ungebührlichen Benehmens geräumt.
Jussow sucht den Abgeordneten Purischkewitsch in seiner Wohnung auf.
Er schüttet ihm sein Herz aus –
seinen Plan,
das Unheil Rußlands:
Rasputin,
zu beseitigen.
Ein hergelaufener Muschik darf doch nicht länger über Rußland herrschen,
ein wildes Tier,
eine ungezähmte, unzähmbare Bestie.
Purischkewitsch lauscht ihm nachdenklich.
Er schüttelt ihm die Hand:
„Wir werden einen Weg finden, der aus dem Sumpf herausführt, in dem wir zu versinken drohen."
Abends geht Jussow mit Irina in ein elegantes Restaurant Petersburgs speisen.
Sie nehmen Platz.
Sprechen zärtlich zueinander.
Nach einer Weile
kommt Rasputin
mit seinen Getreuen: Ossip, Porfiri,
dem ehemaligen Abt von Pokrowskoje.
Er bestellt Sekt.
Sie trinken,
sie saufen,
Musik!
Der Zigeunerprimas tritt ganz nahe an Rasputin, geigt ihm die Melodien ins Ohr.
Rasputin steht auf,
tanzt.

Er tanzt immer näher zu Irina hinüber,
bis er sie umtanzt
und vor ihr niederfällt.
Er greift nach ihren Händen,
ihren Brüsten.
Jussow ist erbleicht,
er ist aufgestanden
und schlägt Rasputin mit der Faust ins Gesicht,
welcher zurücktaumelt.
Alle Anwesenden sind entsetzt.
Polizei ist sofort im Lokal.
Jussow wird von dannen geschleppt –
Irina steht ganz betäubt.
Niemand ist mehr im Lokal
als Rasputin
und Irina.
Sie scheint völlig willenlos.
Er sieht sie groß an.
Sie weicht entsetzt vor ihm zurück.
„Irina, Täubchen –"
Er geht auf sie zu.
Sie bricht ohnmächtig zusammen.
Rasputin fängt die Ohnmächtige in seinen Armen auf.
Jussow im Gefängnis.
Schlägt wütend an die Stäbe.

Irina
von den Ereignissen der Nacht noch wie betäubt,
geht zu Rasputin.
Rasputin empfängt sie
in seinem schönsten gestickten Seidenhemd –
„Was wünschest du, Irina, Täubchen?
Du weißt, ich liebe dich, dein Wunsch sei im vorhinein erfüllt!"
Irina,
das Taschentuch knüllend,
mit verweintem Gesicht:
„Ich bitte euch: verzeiht Felix Jussow!
Er war betrunken!"
Rasputin, lächelnd:

„Dir zuliebe – sei ihm verziehen –“
Sie, leise lächelnd:
„Darf ich hoffen – daß er aus der Haft entlassen wird?“
Rasputin kritzelt einen Zettel:
„Sofort! Gib dies dem Polizeidirektor! Er kennt mich!“
Rasputin streicht sich seinen Bart.
„Noch eins, Irina, Täubchen. Schick mir deinen Jussow. Ich habe mit ihm zu reden!“
Glücklich eilt Irina ins Gefängnis,
übergibt dem Direktor den Zettel Rasputins.
Der Direktor verneigt sich,
läßt einen Schließer rufen,
der Jussows Zelle sofort aufschließt.
Irina und Jussow sinken sich in die Arme.

Kaiserliches Theater,
Gala-Abend.
Der Zar und einige Großfürsten in der Hofloge,
beim Eintritt des Zaren erhebt sich das Publikum. Das berühmte kaiserliche Ballett.
Die Pawlowa tanzt den „sterbenden Schwan“. Sie sinkt in sich zusammen.
Großfürst Nikolaj zum Zaren:
„So wird Rußland dahinsinken!“
Der Zar verläßt das Theater.

Mit fortschreitendem Kriege
wagen sich deutsche Agenten nach Petersburg.
Der Finanzmann Manus, ein deutscher Agent, veranstaltet üppige Gelage
mit Sekt und Weibern,
zu denen er Rasputin einlädt.
Rasputin wird betrunken gemacht
und plaudert in der Betrunkenheit seine Gespräche mit dem Zaren aus.
Rasputin wird die Idee eines Sonderfriedens mit Deutschland ins Ohr geträufelt. Es wird ihm viel versprochen.
Rasputin setzt beim Zaren die Ernennung des dem Son-

derfrieden geneigten Ministerpräsidenten Stürmer durch.

Und die russischen Truppen werden immer wieder geschlagen.
Im Hinterland wird die Bevölkerung unruhig.
Brot und Fleisch werden rar.
Hungersnot droht.
Kohlenmangel in Petersburg, alles friert.
Nur vor Rasputins Haus werden Kohlen abgeladen.
Schon im Morgengrauen stehen die Frauen an den Bäcker- und Metzgerläden an.
In den Vorstädten
die erste Plünderung!
Flüche des Pöbels erschallen
gegen den Krieg,
gegen den Zaren,
gegen Rasputin.
Auf riesigen Exerzierplätzen üben die Reservisten – mit Knüppeln, weil die Gewehre fehlen.
Versammlung der Großfürsten.
Man beschließt, dem verblendeten Zaren über die verräterischen Machenschaften Rasputins die Augen zu öffnen.
Großfürst Nikolaj, der Oberkommandierende der russischen Armee, läßt sich beim Zaren melden.
Großfürst: „Du mußt Rasputin fallenlassen. Er ist ein Verräter, die Schande Rußlands. Schon spricht man in der Duma offen von seinem unverantwortlichen Regime, als sei er der Herrscher Rußlands, nicht du!
Man spricht auch unehrerbietig von der Zarin ja, man scheut sich nicht –"
Der Zar erregt: „Schweig! – Sprichst du nur in deinem Namen?"
Großfürst: „Ich spreche im Namen aller Großfürsten – und im Namen Rußlands." –

Der Zar telefoniert mit Rasputin.
Bei Rasputin nimmt die Zarin den Hörer ab, um ihn Rasputin zu reichen.

Rasputin: „Es ist Väterchen!"
Die Zarin erschrickt.
Rasputin: „Gut, ich komme sofort zu dir."
Der Zar empfängt Rasputin.

Er raucht nervös eine Zigarette nach der andern.
„Unser Heer ist geschlagen."
Rasputin: „Ich habe dir immer vom Krieg abgeraten. Du wolltest nicht hören."
Zar: „Was soll ich tun?"
Rasputin: „Befragte den Geist deines Vaters, des Zaren Alexander, im Gebet. Zitiere ihn heute nacht um zwölf! Er wird dir antworten."
Der Zar nachts im Gebet.

Es schlägt zwölf Uhr.
Aus der Portiere im Hintergrund des Zimmers
tritt der Geist Alexanders II.,
tritt auf den erblassenden Zaren zu.
„Du hast mich gerufen, Sohn! Was willst du?"
Zar: „Wie soll ich den Krieg weiterführen?"
Der Geist: „Du hast einen unfähigen Oberkommandanten, den Großfürsten Nikolaj. Er verliert alle Schlachten. Setz' ihn ab! Setze dich selbst an die Spitze der Truppen. Übernimm du den Oberbefehl! Und schließe einen günstigen Frieden mit den Deutschen – ehe es zu spät ist. Gewinne die Bauern! Gib ihnen ‚Land', das ihnen seit Jahrhunderten versprochen wird!"
Der Geist verschwindet –
hinter die Portiere,
dann in einen Seitengang.
Man sieht Rasputins Gesicht im Mondschein dämonisch aufleuchten.
Der Geist: Rasputin.

Ein Ukas des Zaren enthebt den Großfürsten Nikolaj des Oberbefehls.
Der Zar selbst übernimmt ihn.
Ein Anschlag des Zaren an das Volk:
„Ich entbiete dir meine Grüße, o mein tapferes Volk! Ich

werde dich führen! Halte durch! Ohne Sieg kein Frieden! Ihr Bauern, ihr sollt nach dem siegreich beendeten Krieg ‚Land‘ haben!“
Der Anschlag findet Hohn, Verachtung beim Volk: „Ohne Sieg kein Frieden! Sehr richtig! Fragt sich nur, wer siegt!“

Es finden geheime Versammlungen der Arbeiter statt.
Eine Munitionsfabrik wird in die Luft gesprengt.
Der Kaiser hört die Detonationen in seinem Palast.

Der Zar reist mit Sonderzug in die Mitte seiner Truppen ins große Hauptquartier.
Abschied von der Zarin,
vom Zarewitsch,
von seinen Töchtern,
auf dem Bahnsteig in Zarskoje Selo.

Endlich meldet sich Jussow bei Rasputin.
Er bittet ihn um Verzeihung für jenen peinlichen Auftritt.
Rasputin wehrt ab:
„Ich habe hier einen Brief – mit Siegel – an den Zaren – den ich niemand sonst anvertrauen mag als dir – fahr ins große Hauptquartier – gib ihn persönlich ab!“
Jussow ist erstaunt über Rasputins Güte, versucht sein Erstaunen zu verbergen.
Rasputin: „Ich habe dir verziehen – um ihretwillen.“
Jussow trifft Irina.
Erzählt von Rasputins Auftrag.
Sie rät ihm, auf der Hut zu sein.
Er reist ins Hauptquartier.
Wird vor den Zaren geführt.
Gibt Rasputins Brief ab.
Der Zar erbricht ihn und liest:
„Dieser tapfere Offizier brennt darauf,
in der vordersten Linie zu kämpfen.
Gib ihm Gelegenheit dazu! – Gottes Segen über Dich!
Grigory.“
Der Zar: „Ihr seid ein Patriot! Euer Wunsch soll erfüllt werden.“

Der Zar wirft den Brief zerknüllt zum Papierkorb, er fällt daneben –
Der Zar verläßt das Zimmer.
Jussow bleibt zurück, stramm stehend,
dann rührt er sich.
Entdeckt den zerknüllten Brief am Boden,
hebt ihn schnell auf,
glättet ihn,
liest ihn,
steckt ihn schnell ein.

Ein Kurier befiehlt ihn zu einem gefährlichen Patrouillenritt.
Unmöglich, sich zu widersetzen.
Er küßt Irinas Bild.
Er reitet.
Er wird vom Pferde geschossen.
Sanitäter finden ihn.
Er kommt in einen Sanitätszug, der nach Petersburg geht,
wird in ein Lazarett eingeliefert,
wo Irina Krankenpflegerin ist.
Erst, als sie das Tuch zurückschlägt,
erkennt sie ihn.
Sie pflegt ihn mit zärtlicher Inbrunst.
Langsam genest er.
Er zeigt ihr den Brief Rasputins.
Irina, entsetzt: „Er wollte dich ermorden!"
Jussow: „Was liegt an mir! Er wird Rußland ermorden!"

Die Zarin ist allein im Schloß Zarskoje Selo zurückgeblieben,
mit dem Thronfolger
und den Prinzessinnen.
Rasputin kommt zur Zarin.
Rasputin: „Mütterchen! Ich brauche Geld!"
Zarin sieht auf.
Rasputin: „Für fromme Werke! Will eine Kapelle bauen zu Ehren des kleinen Alexej, des Thronfolgers. Soll in ihr immer für ihn gebetet werden!"

Zarin: „Ich habe kein Geld, frommer Vater –"
Rasputin: „Aber du hast den Kronschatz der Romanows!
– Zeige ihn mir!"
Die Zarin, furchtsam, führt Rasputin in unterirdische Katakomben –
in Gemächer, zu denen nur sie den Schlüssel hat –
sie kommen in einen Raum,
der ist voller Edelsteine, Gold, Kronen.
Rasputins Augen glänzen gierig.
Er nimmt die Krone der Romanows,
setzt sie sich auf den Kopf,
reißt sie dann herunter,
reißt mit rohen Fingern die kostbarsten Brillanten, Smaragde, Perlen aus der Krone, stopft sie in seine Taschen wie Kieselsteine –

Am nächsten Abend
in der Villa Rhode
bei den Zigeunerinnen,
Rasputin trinkt,
tanzt,
lacht,
wirft den Mädchen Perlen und Brillanten aus der Zarenkrone zu,
die sich darum balgen.
Jussow ist genesen. Eines Tages kommt Rasputin in das Lazarett,
die Soldaten zu segnen und Irina zu suchen.
Da findet er Jussow.
Rasputin: „Du lebst?"
Jussow: „Fromme Gebete haben mich beschützt!"
Jussow hat das Aufgebot seiner Hochzeit mit Irina bestellt.
Er trifft mit Purischkewitsch zusammen, wo er auch den Großfürsten Dimitrij antrifft. Er zeigt ihm den Brief Rasputins an den Zaren, der ihn fast das Leben gekostet.
Die drei kommen überein, das Untier Rasputin, das Unheil Rußlands, zu beseitigen.
Niemand soll von dem Plan erfahren.
Die drei schwören sich Treue.

Sie beschließen, Rasputin zu vergiften:
mit vergiftetem Wein,
vergiftetem Kuchen,
die Purischkewitsch besorgen will.
Die Verschwörer kommen auch überein, daß die Zarin in ein Kloster verbannt werde,
der Zar abdanke zugunsten seines Sohnes Alexej,
und daß Großfürst Nikolaj die Regentschaft übernehmen müsse,
damit Rußland wieder aufwärtsschreite.
Die Verschwörer beschließen, Rasputin am Tage der Hochzeit Jussows mit Irina im Hause Jussows zu ermorden.
Jussow übernimmt es, Rasputin einzuladen.
Jussow lädt Rasputin zur Hochzeit ein.
Rasputin: „Ich habe ein besonderes Hochzeitsgeschenk für dich – wenn du mir das jus primae noctis einräumst, welches das Recht der heiligen Männer ist –"
Jussow zögernd: „Ich werde dir Irina für eine Nacht – schenken."
Rasputin jubelt.
Jussow: „Und was wirst du mir schenken?"
Rasputin: „Der Zar ist hier" (Bewegung mit dem Finger an die Stirn). – „Ich werde dich zum Zaren machen! Ich habe die Macht! Du bist ein Russe! Der Zar ist überhaupt kein Russe. Er hat mehr deutsches als russisches Blut."
Rasputin nimmt einige Gläser – gießt in eines Rotwein, in die andern Wasser –
„Der Rotwein, das ist das russische Blut! Sieh, so ist es beim Zaren verdünnt!"
Er gießt die Hälfte des Rotweins in ein Wasserglas, danach davon die Hälfte in ein weiteres Wasserglas und noch ein-, zweimal, hält das letzte Glas gegen das Licht:
„Dies ist das Zarenblut!"
Es ist durchsichtig wie Wasser.

Rasputin erzählt der Zarin, daß er der Hochzeit Irinas beiwohnen werde.
Die Zarin: „Hütet euch vor ihr!"

Rasputin: „Sie ist so sanft!“
Zarin: „Die sanftesten Katzen sind die bösesten Kater! – Geht wenigstens nicht allein zur Hochzeit!“ –
Rasputin: „Ich fürchte niemand –“
Zarin: „Nehmt den Matrosen Derewenko als Leibwache mit! Meinen getreuesten Diener! Ich habe Angst für euch!“
Rasputin willigt ein.
Der Zarewitsch kommt mit Derewenko.
Rasputin begrüßt den Zarewitsch zärtlich,
hebt ihn hoch,
küßt ihn auf die Stirn.

Die Hochzeit von Jussow und Irina.
Einsegnung des Paares durch den Popen in der Kirche.
Die Vorfahrt der Gäste vor Jussows Haus.
Die Festtafel, daran auch:
Purischkewitsch,
Großfürst Dimitrij,
die Verschwörer.
Rasputin ist zur Tafel nicht erschienen.
Die Verschwörer werden schon unruhig.

Rasputin zu Hause.
Er hat sein schönstes, von der Zarin gesticktes Seidenhemd angezogen.
Er sitzt mit Derewenko, dem riesigen Matrosen, am Tisch und würfelt.
Sie trinken beide Wodka.
Derewenko wird müde,
schläft ein.
Ein Schlitten fährt bei Rasputin vor,
ihm entsteigt Jussow,
steigt die Stiegen zu Rasputin hinauf,
klopft:
Rasputin öffnet.
Jussow: „Ich hole dich! Irina – wartet.“
Rasputin umarmt ihn,
küßt ihn.
Derewenko schnarcht.

Rasputin will ihn erst aufwecken,
läßt ihn schlafen.
Folgt Jussow in den Schlitten.

Die Gäste bei Jussow sind schon gegangen.
Die abgegessene, noch nicht abgedeckte Tafel.
Umgeworfene Weinflaschen.
Jussow führt Rasputin durch die Säle,
zu seinem Arbeitszimmer,
lädt ihn in einen Klubsessel.
Vor ihm ein Tisch mit Portwein,
kleine weiße und schwarze Kuchen.
Die schwarzen Kuchen sind vergiftet,
der Portwein ist vergiftet.
Jussow: „Ein Gläschen Wein?"
Rasputin: „Trink du zuerst!" Mißtrauisch.
Jussow trinkt: eines der Gläser ohne Gift –
Rasputin trinkt: eines der Gläser mit Gift –
Jussow: „Ein Kuchen?"
Rasputin ißt von dem vergifteten schwarzen Kuchen –
Nichts erfolgt.
Jussow erblaßt.
Rasputin: „Wo bleibt Irina, das Täubchen?"
Jussow: „Gleich –"
Er läßt eine Grammophonplatte laufen:
ein russisches Lied,
das Rasputin mitsummt.
Jussow geht hinaus, eine Treppe höher,
wo die Verschworenen warten.
Jussow bleich: „Ein Wunder! Das Gift wirkt nicht!"
Purischkewitsch: „Er darf uns nicht entwischen! Es geht um Rußlands Heil. Hier –" gibt Jussow seinen Revolver, den Jussow zögernd nimmt. „Geh hinunter, sonst schöpft er Verdacht! Du mußt handeln!"

Jussow wieder im Zimmer bei Rasputin, der nervös auf und ab geht.
Rasputin: „Wo bleibt Irina?"
Bleibt vor Jussow stehen, nimmt ihn an beiden Schultern,

sieht ihm offen in die Augen,
Jussow kann nur mit größter Willenskonzentration diesen Blick ertragen –
Rasputin: „Felix Jussow – ich liebe dich – dich und deine Frau – ich bin einsam – allein mit meiner Seele – der Zar ist hier" (tippt an die Stirne) – „ist schwach – weibisch – töricht. Du, Felix Jussow, bist jung – schön – stolz – klug –. Du sollst herrschen an seiner Statt. – Der Krieg war eine Dummheit – und ein Verbrechen – er bringt täglich das Herz Christi zum bluten – ich mache dich zum Zaren – ich habe die Macht – und du wirst Frieden schließen!"
In diesem Augenblick geht im Hintergrund Irina unter den Kolonaden vorbei,
im Brautkleid,
Rasputin sieht sie,
breitet die Arme –
in diesem Augenblick, wo Rasputin wie die Parodie des gekreuzigten Heilands dasteht, hebt Jussow den Revolver und schießt auf ihn –
Jussow: „Stirb! Verräter! Schande Rußlands!"
Rasputin fällt um
und reißt im Fallen Tischtuch und daraufstehende Lampe mit.
Es wird sofort stockdunkel.

Jussow schreit nach Licht.
Diener kommen mit Lichtern durch die Gänge des Hauses gelaufen –
als es im Zimmer hell wird –
ist Rasputin verschwunden –

Jussow steht entsetzt.
Er rennt hinaus in die Gänge.
Rasputin ist entwischt.

Man sieht Irina durch die Gänge des Palastes fliehen –
ihr nach Rasputin –
ihm nach Jussow –

Irina gelingt es, in einem Säulengang Rasputin irrezuführen –
Rasputin findet sich plötzlich im Hof –
Mondlicht –
Rasputin atmet tief auf –
Er spuckt.
Er spuckt Blut in den Schnee.
Langsam schreitet er im Mondlicht über den Hof,
der Ausgangspforte zu.
Da sieht ihn im letzten Moment
Jussow von einem Fenster.
Er schießt ein-, zwei-, dreimal.
Rasputin bricht am Gitter des gerade erreichten Tores zusammen.

Jussow,
Purischkewitsch,
Großfürst Dimitrij kommen gelaufen.
Purischkewitsch fühlt dem toten Rasputin den Puls.
Die drei hüllen ihn in seinen eigenen Pelz, tragen ihn in den bereitstehenden Schlitten, den Jussow selbst kutschiert.
Im Moment, wo Jussow sich auf dem Kutschbock schwingt,
erscheint ein Polizist am Tor,
der die Schüsse gehört hat.
Salutierend: „Was gibt es, meine Herren?"
Jussow: Mit dem Peitschenstiel auf den toten Rasputin deutend:
„Wir haben Rasputin – das Unheil Rußlands – erschossen. Verstehst du das?"
Polizist, salutiert: „Zu Befehl! – Ihm geschah recht!"
Jussow kutschiert den Schlitten an die Newa, wo die Verschworenen ein Loch ins Eis hacken und den Leichnam darein versenken.

Wie ein Lauffeuer verbreitet sich am nächsten Tag die Nachricht von der Ermordung Rasputins in Petersburg.
Jubel bei den Bürgern,
in den höheren Kreisen,

die in den Kirchen Kerzen entzünden,
vor dem Bild des heiligen Dimitrij,
zum Dank für die Befreiung von Rasputin –

Während in den Offizierskasinos Champagner in Strömen fließt –
weint die Zarin –
die dem Matrosen Derewenko die ärgsten Vorwürfe macht, daß er Rasputin allein hat zu Jussow gehen lassen.
Derewenko zuckt die Achseln –
Sie hält ihm die Faust unters Kinn,
die er ergreift und hinuntertut.
Derewenko: „Eure Zeit ist zu Ende!"
Er stampft davon.

Die Arbeiter,
besonders die Bauern,
haben andere Gedanken über die Ermordung Rasputins.
Er war – trotz allem – einer der ihren, ein Muschik,
ganz unten aus dem Volk,
und bis an den Zarenthron hinaufgestiegen. Durch ihn hatte das russische Volk das Ohr des Zaren besessen.
Er ließ vor dem Thron die Stimme des Volkes ertönen.
Der Niederste hatte sich mystisch dem Höchsten gesellt.
Und es gingen Gerüchte:
Rasputin ist von den feinen Leuten ermordet worden, damit das russische Volk nicht mehr das Ohr des Zaren besitze –
er ist gestorben, weil er den Frieden wollte – und weil er dem Zaren immer zu einer „Landverteilung" an die Bauern geraten hatte. Die „Großen" wollen das „Land" für die „Kleinen" nicht hergeben.

Die Gärung im Volk, das hungert an der Front, wo man sinnlos stirbt,
nimmt zu.
Es fallen ungeheure Mengen Schnee, die Lebensmittel-

züge bleiben im Schnee stecken.
Wölfe kommen bis in die Städte.
Es ist dreiundvierzig Grad Kälte.
Straßenunruhen.
Ein Regiment weigert den Offizieren den Gehorsam beim Befehl, in die Menge zu schießen. Sie werfen die Gewehre weg.
Das Volk trägt die waffenlosen Soldaten jauchzend auf seinen Schultern.
Die Verschworenen hatten sich verrechnet.
Sie, die das Zarentum neu festigen wollten, wurden selbst überrannt,
ehe sie ihre weiteren Pläne ausführen konnten.
Die Soldaten in den Unterständen,
die Matrosen der Nordseeflotte,
der Matrose Derewenko,
der den Zarewitsch auf den Armen getragen hatte,
sie standen auf,
sie wollten nicht mehr Krieg führen,
sie stürzten den Zaren.
Rasputins Prophezeiung ging in Erfüllung:
„Wenn ich nicht mehr sein werde,
wirst auch du, Zar, nicht mehr sein!"

Der Zar,
der vom Hauptquartier im Salonzug in die Hauptstadt zurückkommen wollte, von der ihm Unruhen gemeldet wurden, wurde auf freier Strecke von den revolutionären Bauern, Arbeitern und Soldaten angehalten. Einer, der Matrose Derewenko, winkte mit der roten Fahne, wie früher der Bahnwärter mit der Streckenflagge winkte,
da stand der Zug.
Der Kaiser sah aus dem Waggon.
Mit übergehängten Gewehren, Revolver in Händen, kamen die Revolutionäre in sein Coupé. Er wird gezwungen, mit vorgehaltenem Revolver,
die Abdankungsurkunde zu unterzeichnen.
Rußland hat keinen Zaren mehr.
Er wird gefangengenommen.

Die gesamte kaiserliche Familie wird in Zarskoje Selo gefangengehalten:
Zar, Zarin, Zarewitsch, die vier Prinzessinnen. Ihr Oberwärter ist der Matrose Derewenko. Die Leiche Rasputins ist im Park von Zarskoje Selo beigesetzt worden, dem Leichenzug folgten unzählige Frauen,
und oft verrichtet die Zarin ihre Andacht vor dem Grab des „heiligen Mannes".
Der Zar spielt mit seinem Sohn Soldaten wie einst.
Oder geht im Park spazieren,
oder sie bauen im Park aus Schnee einen Schneemann
und werfen mit Schneebällen nach ihm.
Der Zarewitsch lacht.

Eines Nachts
werden sie alle,
die ganze kaiserliche Familie,
roh aus den Betten gerissen.
Die „Weißen" sind im Anmarsch,
sie alle zu befreien,
unter dem Kommando von Jussow,
dem es gelungen ist, in der Revolution zu fliehen.
Beratung Derewenkos und der Revolutionäre: „Wir müssen mit dem Zarentum ein für allemal Schluß machen!"
Bei Fackelschein
wird die gesamte kaiserliche Familie
an das Grab Rasputins geführt.
Aufrecht schreiten sie zwischen ihren Henkern, die Prinzessinnen weinend,
die Zarin tränenlos,
der Zar an der Hand den Zarewitsch führend. Sie stehen vor dem Grab.
Das Pikett legt an!
Da wirft der kleine Zarewitsch seine Mütze in die Luft:
„Es lebe Rußland!"
Eine Salve knallt.

Um das Grab Rasputins
beginnt bereits die Legende zu sprießen.
Scharen von Gläubigen kommen,
zu beten,
beim Grab des Muschik, der Rußlands Untergang vorausgesehen.

Die revolutionäre Regierung läßt das Grab Rasputins aufreißen,
um die Legende zu zerstreuen.
Sein Leichnam wird ausgegraben,
auf einem Scheiterhaufen verbrannt.
Die Asche wird gesammelt
und vom Turm des Kreml in Moskau
in alle Winde gestreut.
Noch einmal taucht auf der Wölbung des Himmels das Gesicht Rasputins auf,
seine Züge verblassen,
sie gehen in die Züge Lenins über,
der auf einer Tribüne auf dem Roten Platz in Moskau steht
und zum Volke spricht.

Zeitgenosse der Leidenschaft – Klabund

Blinde wanken winselnd durch die Gassen von krötigen Kindern irr lallend geführt. Weiber gebären Wahnsinn. Boten aus bunteren Ländern bringen böse Nachricht. Ewiger Krieg. Ewiger Krieg. Flüsse springen durstig über ihre Ufer. Es regnet Wanzen. Menschen werden nur geboren als Zwillinge: Bauch an Bauch oder Rücken an Rücken, qualvoll gekettet.
(Mohammed. Roman eines Propheten, 1917)

1

Falls jemand auf die Idee käme, am 4. November 1991 sein Glas auf den hundertsten Geburtstag Klabunds zu erheben, würde das vermutlich kein Aufsehen erregen. Sollte dieser Jemand aber – wie es der Autor dieser Zeilen vorhatte – einen Jubiläumsartikel für die Zeitung schreiben wollen, brauchte er für den Spott nicht zu sorgen. Seine Glückwünsche kämen exakt ein Jahr verspätet. Indessen gäbe sich der Gratulant nicht so leicht geschlagen, fände er doch in nahezu allen zu Lebzeiten Klabunds veröffentlichten Büchern das von diesem selbst in Umlauf gesetzte Geburtsjahr 1891 ausgewiesen. Nur leider verdirbt uns dann irgendein zufällig aufgeschlagenes Literaturlexikon neueren Datums die Feststimmung, und die zu Rate gezogene Klabund-Biographie von Guido von Kaulla (1971) bestätigt es: Der Sohn des königlich privilegierten Apothekers Dr. Alfred Henschke erblickte am 4. November 1890 das Licht Preußens. Nach alter Sitte wird er ebenfalls auf den Namen Alfred getauft. Damit man ihn nicht mit seinem Vater verwechselt, legt sich Alfred Henschke jr., der sich schon als Kind lieber Knallfred nannte, später den Zaubernamen Klabund zu. Vielleicht tut er es auch, damit sein hochangesehener Vater nicht in Verruf kommt ob des schriftstellernden, vagabundierenden und in Skandale verwickelten Sohnes.

Doch was ist schon ein Jahr, wenn einer alle Jahre der Welt im Kopf hat, wenn er in den Kulturkreisen (fast) aller Völker und in deren Dichtung klabautert und dabei unablässig Bücher aus seinem Chapeau claque hervorzieht wie andere Magier Kaninchen! Was sollte er sich um ein Jahr scheren, an das er sich ohnehin nicht erinnert, da es dem deutschen Knaben nichts Besseres gebracht hat als die massenhafte Verbreitung des gestrickten Matrosenanzugs der Firma Bleyle. Und schließlich gilt es, *jede Sekunde* seines knapp bemessenen Lebens auszukosten, gilt es, dem Leben Buch um Buch abzutrotzen – am Ende werden es über siebzig sein, wenn ihr Autor 37jährig dem Tod, den er in sich trug, unterliegt. Meine Biographen werden sich ja wohl einigen über das Jährchen, falls sie sich der Mühe unterziehen, den Lebenslauf eines Umhergetriebenen auf Fakten hin zu durchleuchten, mag er gedacht haben. Und alle um ihre Feier geprellten Gratulanten würde er sicher auffordern, frohen Mutes ihr Glas zu leeren. Mögen sie trinken auf die Unsterblichkeit seiner Werke, auf die Leidenschaften und den Barrikadengeist der Expressionisten, ohne deren Cocktail aus Aufbegehren und Possenspiel dieses Deutschland seiner Jugendjahre (und der Matrosenanzüge) nicht viel mehr wäre als ein hohler Bauch, gut als Kriegstrommel zu verwenden, und gut, wenn es darum geht, sich an fremden Gedanken zu mästen.

2

Klabund und der Expressionismus – läßt sich das zusammenbringen? Denken wir nicht zuerst beim Klang seines Namens an *Harfenjule* und Bänkellied? Daß er in Kurt Pinthus' originärer Sammlung expressionistischer Lyrik, *Menschheitsdämmerung* (1919), nicht enthalten ist, dürfte einleuchten; zwar frech und unverstaubt, gehört Klabunds Lyrik doch eher in eine Reihe mit Wedekind und Richard Dehmel, Traditionen des Couplets aufgreifend, verpflichtet den Liedern Heines oder J. Ch. Günthers und dem respektlosen François Villon, zu dessen Wiederentdeckung Klabund beigetragen hat. Vor allem seine Lyrik ist es, die den unbekannten Dichter Klabund vor dem ersten Weltkrieg schlagartig berühmt macht. 1913 handelt er sich mit in Alfred Kerrs Zeitschrift „Pan“ publizierten Gedichten gleich einen handfesten Sittenskandal ein. Seinem ersten Gedichtband *Morgenrot! Klabund! Die Tage dämmern!*, bei Erich Reiß 1913 verlegt, ist sofort Erfolg beschieden. Das Publikum liebt ihn, liebt das erfrischend Jungenhafte seiner Verse, ihre bezaubernde Mischung aus Dreistigkeit und Romantik. Bis zu seinem Tode veröffentlicht Klabund 20 Gedichtbände. Sie allein könnten ein Lebenswerk sein, und sie haben maßgeblich das Bild des Autors heiterer Verse geprägt.

Als Expressionist von Rang erweist sich Klabund allerdings mit seinen Kurzromanen, deren stärkste sich historischen Gestalten anverwandeln, die immer wie Zeitgenossen des Dichters wirken. Klabund behandelt Geschichte mit einer subjektiven Radikalität, die bis dahin in der deutschen Literatur nahezu beispiellos dasteht. Höchstens zu Rainer Maria Rilke und dessen 1899 entstandenen, aber erst 1912 als Nr. 1 der Insel-Bücherei in den Buchhandel gelangten *Weise von Liebe und Tod des Cornets Christoph Rilke* gibt es gewisse Parallelen. Bezeichnenderweise nimmt sich Klabunds Urteil über Rilke, den er fälschlich dem George-Kreis zuordnet, recht spartanisch aus (*Deutsche Literaturgeschichte in einer Stunde*, 1921). Der hohe Stellenwert, den Klabund selbst seinen historischen Romanen beimißt, zeigt sich darin, daß er allein drei von ihnen in seiner *Literaturgeschichte* namentlich erwähnt, dagegen nur einen Gedichtband. In der 1930 im Phaidon-Verlag Wien erschienenen Ausgabe der *Gesammelten Werke* stehen sie als *Romane der Leidenschaft* und *Romane der Erfüllung* als Band 1 und 2 an exponierter Stelle. Während die *Romane der Erfüllung* (*Bracke. Ein Eulenspiegel-Roman*, 1918, und *Borgia. Roman einer Familie*, 1928) in jüngster Zeit Neuausgaben – zuletzt in der DDR 1983 und 1985 – erfuhren, blieben die *Romane der Leidenschaft* wie auch die meisten Theaterstücke Klabunds von Verlagen und Literaturwissenschaft gleichermaßen unbeachtet.

3

Jetzt treten sie also wieder hervor, die vier Gestalten aus der ‚Bibliothek des Vergessens': *Moreau*, der Soldat, *Mohammed*, der Prophet, *Pjotr*, der Zar, *Rasputin*, der Dämon. Treten hervor als Gefährten Klabunds, da er ihnen seine Stimme leiht, da sie als Klabundsche Geschöpfe ins 20. Jahrhundert hineinragen. *Wer mich eine Stunde begleiten will, soll mir willkommen sein*, heißt es in der *Kleinen Selbstbiographie.* Wir nehmen die Einladung an, indem wir uns auf die Lektüre von Stunden-Romanen einlassen. Gerade genug für einen Flug nach Paris, nach Petersburg, nach Medina, ideal für Reisende in Zeitmaschinen. Daß wir noch lesen im Zeitalter der Piktogramme, von Telefax und Satellitenfernsehen – Klabund dürfte seine Freude daran haben, aber er wäre auch nicht erstaunt über das Tempo, mit dem gelebt wird, mit dem die Moden und Modernismen und Postmodernismen einander abwechseln. *Tempo, Tempo, Sechstagerennen. Von London nach Paris eine Stunde zwanzig Minuten im Flugzeug. Eisläufer laufen 500 Meter in 41 Sekunden. Wir telephonieren von Berlin nach New York, drahten unsere Photographie von Hamburg nach Wien. Aus Idioten werden Radioten. Edison und Graf Arco erfinden auf Gott oder Teufel heraus – Fernsehen – Einsteins Relativitätstheorie – Die Relativität von Raum und Zeit – Hoppla wir leben, Hoppla wir sterben.* So sieht Klabund das Jahr 1928, und er ergänzt: *Und heute wie vor tausend, wie vor zwei-, drei-, viertausend Jahren regieren Liebe und Haß des Menschen Herz. Es wandelt ein zweibeiniges, zweiarmiges Wesen über die braune Erdkruste, behaftet mit Groß- und Kleinhirn, mit Lust- und Zwangsvorstellungen, mit Wünschen und Sehnsüchten, Zu- und Abneigungen.* (Vorwort zu *Jussupoff, Rasputins Ende*)

In diesem Kontext stehen die *Romane der Leidenschaft* als Filme in Worten, als Zeitraffer, als Blitzlichtaufnahmen historischer Umbrüche gespiegelt im modernen Bewußtsein. Unüberbrückbar der Abstand zu den dickleibigen Ungeheuern, den Historienromanen des 19. Jahrhunderts. Ekstase diktiert den Rhythmus, „diese(n) tolle(n) von Gedankensprüngen lebende(n) Rhythmus, der in jede einzelne Zeile Himmel, Hölle und Erde zugleich pressen möchte, der Rhythmus der kommenden Jahrzehnte … Ein Mensch tobt in einer glühenden Raserei durch die Welt, stößt sich an ihr von Morgen bis Abend, sprudelt fortwährend besessene Worte, kämpft und ringt mit ihr ohne Unterlaß …" – So bringt es eine zeitgenössische Pressestimme auf den Punkt.

4

Klabunds Interesse an historischen Gestalten ist mehr oder weniger Zufällen geschuldet. Bei Jean Victor Moreau (1763–1813) inspiriert ihn ein alter Stich. Der *Roman eines Soldaten* entsteht im zweiten Kriegsjahr 1915. Daß die soldatische Leidenschaft eines von militärischem Kalkül wie von unberechenbaren Affekten getriebenen Mannes Klabund fasziniert, verwundert nicht, teilt er doch die anfängliche Kriegsbegeisterung der meisten deutschen Intellektuellen. Da er wegen seiner von Jugend an auftretenden Tuberkulose nicht rekrutiert wird, leistet er mit *Soldatenliedern* seinen Beitrag zur geistigen Mobilmachung des Volkes. Mag der Roman *Moreau* auch stellenweise von dieser fatalen Euphorie geprägt sein, so kann man ihm doch zugute halten, daß die innere Zerrissenheit seines Helden keineswegs zur deutschnationalen Kriegspropaganda taugt. Schon die Tatsache, daß ein Franzose, ein Revolutionsgeneral, nach wilhelminischer Lesart der Erzfeind schlechthin, im Mittelpunkt steht, paßt nur schlecht in das Bild patriotischer Tornisterliteratur. Wenn Klabund seinen Moreau sagen läßt: *Ich will einen Staat der Freiheit errichten. Frankreich soll die Mutter der Freiheit sein. Ich will die Freiheit mit ihr zeugen,* so klingt das verdächtig nach „Hochverrat". Moreaus heftige Liebe zu dem flötenspielenden Knaben Christophe ist erst recht nicht geeignet, beispielgebend auf die deutsche Männergesellschaft zu wirken, liegen doch die von Maximilian Harden angestrengten Prozesse wegen Päderastie am preußischen Hofe (angeklagt waren Graf Kuno von Moltke und Philipp Fürst zu Eulenberg und Hertefeld) noch gar nicht lange zurück.

Schließlich hält Moreau, der Zögernde, der Unentschiedne, der Intrigant, der Überläufer den Idealen von Nibelungentreue und markiger Gefolgschaft in keiner Weise stand. Und Klabund versucht gar nicht erst, den zerstörerischen wie selbstzerstörerischen Wesenszug Moreaus mit dessen unheroischer Haltung in Einklang zu bringen. Er setzt die einander widersprechenden, oftmals geradezu schizoiden Äußerungen Moreaus schroff gegeneinander. Den verbürgten Fakten fabuliert Klabund etliches hinzu, macht seine Figur sogar zum Westernhelden, durchsetzt den Reportagestil mit melodramatischen Effekten.
Die erzählerische Leistung Klabunds wurde von der Kritik erkannt und begrüßt. Selbst Rezensenten, die sich der Zügellosigkeit des Textes zu entziehen versuchten, erlagen der Faszination durch den Stil. Am Beispiel eines anonymen Kritikers in den „Davoser Blättern" ist das besonders auffällig: „Was heute als ‚Roman eines Soldaten' vorliegt, ist ein Ding mit falscher Flagge. Was Klabund wesentlich wurde, waren lose gereihte, wirkungsvolle Bilder und Szenen; dazwischen rollt die Handlung mit Kinoschnelligkeit, und eine flammende Aufschrift und drei Zeilen Text stellen die Verbindung her. Dennoch ist dieser ‚Roman' mehr als ein Libretto zu einem Kinofilm ... Er ist erfüllt von einem wundersamen Lyrismus der Sprache, einer im Sinne und Geiste Flauberts gesteigerten Situationskunst, einem toll und frisch jagenden, balladenhaften Erzählertalent. Aber nicht das Erzählen in geduldiger epischer Breite, sondern in flakkernden, abgerissenen, heftigen Worten, die nur manchmal eine prachtvoll ausgebreitete Landschaft, das Ergreifende eines Zusammentreffens einhalten läßt, um alsdann ein paar Seitenlängen bei der Gestaltung solchen Affekts zu verweilen ..." Kurz und gut, dem „ernsthaften" Leser war *Moreau* nach Ansicht dieses immerhin ambitionierten Kritikers nicht zuzumuten. Fragen wir nicht, was er dem „ernsthaften" Leser statt dessen empfohlen hätte, gewiß nicht Franz Pfemferts „Aktion" oder Herwarth Waldens „Sturm", in denen der Expressionismus längst sein(e) Programm(e) gefunden hatte.

5

Die Entstehung des Romans *Mohammed* ist verknüpft mit Klabunds zweitem Genesungsaufenthalt in Davos vom August 1916 bis April 1917. In dieser Zeit lernt er die aus Passau stammende Justizratstochter Brunhilde Heberle kennen. Sie ist an Kehlkopftuberkulose erkrankt und hofft wie Klabund in der Schweizer Höhenluft auf Heilung. Die beiden verlieben sich ineinander. Brunhilde Heberle, von Klabund „Irene" (Frieden) getauft, weckt seine heftigsten Leidenschaften und zugleich wirkt sich ihr sanfter, zurückhaltender Charakter auf Klabunds schon merklich gedämpfte Kriegsfürsprache aus. Man kann sagen, daß seine nun erfolgende Wandlung zum engagierten Pazifisten vor allem ihrem Einfluß zu danken ist. Nicht zuletzt empfindet Klabund wie auch sein Landsmann Hermann Hesse durch die Schweizer Perspektive umso deutlicher die Absurdität dieses zum Weltkrieg expandierten Völkergemetzels. Noch glaubt er an eine Vernunft der Mächtigen und an die bereits zu Goethes Zeiten fragwürdige Methode der Fürstenerziehung. So kommt es zu einem *Offenen Brief an Kaiser Wilhelm II.,* der am 13. Juni 1917 in der „Neuen Zürcher Zeitung" abgedruckt wird als ein beredter Appell zum sofortigen Friedensschluß. Prophetisch klingen die Worte, und wir wissen, es sind bis heute Worte vor tauben Ohren: *Das militärische Zeitalter, in dem es noch möglich war, Kriege durch Waffen zu entscheiden, geht seinem Ende entgegen. Schon heute kämpfen nicht mehr Heere, sondern Völker gegeneinander.* Die Liebe beflügelt auch Klabunds Dichtung. In den acht Davoser Monaten entstehen der Gedichtzyklus *Irene oder die Gesinnung,* der kleine allegorische Roman *Franziskus* und *Mohammed. Roman eines Propheten.*

Mohammed ist in vielerlei Hinsicht ein Gegenentwurf zu *Moreau.* Der Erzähler hebt an wie zu einem Märchen aus Tausendundeiner Nacht: *Ambra und Aloe und alle Wohlgerüche Arabiens über dich, den erlauchten Leser dieses geringen Buches.* Während Moreau sich berauscht, verwüstet, zerstört, lebt Mohammed seiner Vollendung entgegen. Die

Poesie orientalischer Genreszenen wird vor dem Leser ausgebreitet in Bildern von herber Schönheit. Die Sprache verwandelt sich zuweilen in Pflanzenornament und Arabeske, quillt über wie ein Milchkrug, verliert sich in kulinarischen und erotischen Feinzeichnungen. An der Gestalt Mohammeds, die Klabund durchaus auch als *großen Krieger* versteht *(Klabunds Literaturgeschichte)*, werden die demutsvollen, mitfühlenden und sinnlichen Züge in weicher Linie hervorgehoben. Klabunds Eigenschaft, sich in andere Kulturkreise hineinzuversetzen, läßt ihn die einigende und segensvolle Kraft der Lehre Mohammeds für die arabische Welt erkennen. Der Befehl zum Heiligen Krieg wird erst geboren aus einer schmerzhaften apokalyptischen Vision. Der Eroberer von Mekka, wie Klabund ihn sieht, ruft zur Milde und zur Vergebung auf und bietet zügellosem Blutvergießen Einhalt. Am Schluß siegen die Worte der Liebe und der Verheißung des Koran über die Verkündigung durch das Schwert.

Nur von kurzer Dauer ist Klabunds persönliches Glück. Im Juni 1918 heiratet er „Irene“ in Locarno. Doch sie stirbt bereits im Oktober desselben Jahres nach der Geburt einer Tochter, eines Siebenmonatskindes. Im Februar 1919 folgt das Kind seiner Mutter nach. Zwei Monate später wird Klabund als vermeintlicher Revolutionär und Sympathisant der Bayerischen Räterepublik verhaftet. Über Ostern sitzt er im Nürnberger Zuchthaus. Zwar muß er nach wenigen Tagen wieder entlassen werden, allein die Entwürdigung des Geistes und die Pein, die man seinem geschwächten Körper zufügt, deprimieren ihn zutiefst. Weniger glimpflich kommen freilich seine Münchner Dichterkollegen Erich Mühsam und Ernst Toller davon, die von der Reaktion zu mehrjähriger Festungshaft verurteilt werden.

6

Klabunds Schaffenskraft bleibt trotz Krankheit und persönlicher Niederlagen ungebrochen. Bereits 1918 ist sein bekanntester Roman *Bracke* erschienen. Es folgen Theaterstücke, Gedichtbände, Nachdichtungen chinesischer und persischer Lyrik, 1922 der Roman *Spuk* und 1923 *Pjotr. Roman eines Zaren.* Dazu führt er ein unstetes Leben, pendelt zwischen München und Berlin, zwischen dem Crossener Elternhaus und dem der Schwiegereltern in Passau. Mal weilt er zu einer Premiere, mal steht er selbst auf der Bühne eines Kabaretts. Indessen gönnt ihm die fortschreitende Tuberkulose immer nur kurzen Aufschub. In Berlin steht ihm der einstige Freund aus dem Gymnasium Frankfurt/Oder, Dr. Gottfried Benn, mit ärztlichem Rat zur Seite. Doch 1923 muß sich Klabund mit akuten Beschwerden wieder nach Davos begeben.

Mit *Pjotr*, Peter dem Großen, knüpft Klabund an seinen frühen Romanhelden Moreau an. *Die Zeit der sanften Bücher ist vorbei,* schreibt er in einem Brief an Irenes Mutter. Ein Buch entsteht, das als boshafte Antwort auf Inflation und depressiven Zeitgeist gedacht ist. Wie einen Schöpfungsakt zelebriert Klabund die literarische Geburt des künftigen Zaren. *Ein Wolfskind ist geboren, ein Wolfssohn,* orakeln die Russen und bekreuzigen sich. Klabund fällt es nicht schwer, aus den zahllosen Legenden um Pjotr die auszuwählen, die die zwiespältige Natur des Zaren, seine menschenverachtenden despotischen Züge und seine Besessenheit beim Auf- und Umbau des zurückgebliebenen Landes effektvoll belegen. Szenen eines rastlosen Schaffensrausches wechseln mit Bildern der Tobsucht, des Exzesses, der Schwermut und des Selbstekels. Pjotr scheint den idealen Helden für ein expressionistisches Feuerwerk ohnegleichen abzugeben. Und Klabund zieht alle Register seines Könnens, läßt Pjotr Höhen und Tiefen sämtlicher Leidenschaften auskosten. Es ist ein flammendes Bekenntnis zur Tat, das Klabund hier ablegt, und es geht auch nicht ohne Seitenhiebe gegen die Deutschen ab. Kaum verwunderlich, daß Klabunds kollegialer Freund Bruno Frank die fehlende Humanität der Figur einklagt, ohne dabei der rigorosen, weil nicht sentimentalen Moralität des Dichters gerecht zu werden.

7

Rasputin, der *Roman-Film* entsteht 1927 auf der jugoslawischen Insel Brioni. Klabund verbringt hier seinen vorletzten Sommer zusammen mit seiner zweiten Frau, der Schauspielerin Carola Neher. Er hat den Auftrag, das Treatment zu einem Rasputin-Film für die Firma Metro-Goldwyn-Mayer zu schreiben. Für die Realisierung des Vorhabens – Lon Chaney sollte die Hauptrolle spielen – gibt es keine Anhaltspunkte. Der Text wird 1928 veröffentlicht, im Impressum findet sich für das Erscheinungsjahr jedoch die Angabe 1929. Parallel zum Roman schreibt Klabund ein Vorwort zu Fürst Jussupoffs, des Rasputin-Attentäters, Erinnerungen an *Rasputins Ende*. Auch an der Gestalt Rasputins interessiert Klabund das Zwittrige eines Charakters zwischen Charisma und Scharlatanerie. Er verhehlt nicht seine Sympathie für den predigenden, die Frauen betörenden, zum Vertrauten der Zarenfamilie aufsteigenden Bauernsohn im Büßergewand. Dem ‚Dämon von Petersburg' werden politische Weitsicht und Friedensliebe bescheinigt. Die stark dokumentarisch gearbeiteten Episoden erinnern an zeitgleich entstandene Werke des russischen Imaginismus (etwa Anatoli Marienhofs). Die Sätze werden vielfach gebrochen und wie Verse untereinandergeschrieben. Dennoch treten lyrische Elemente zugunsten einer straffen Dramaturgie zurück. Daß ein Roman wie *Rasputin*, der geradezu als Modellfall moderner Erzähltechnik gelten könnte, bisher so wenig Beachtung fand, hängt wohl mit der bereits geschilderten einseitigen Rezeption dieses so facettenreichen Dichters zusammen.

8

Im letzten Lebensjahr gelingt Klabund mit *Borgia. Roman einer Familie* noch einmal ein großer epischer Entwurf. Die Veröffentlichung des Buches erlebt er nicht mehr. Am 14. August 1928 stirbt Klabund an akuter Hirnhautentzündung nach einer Lungenblutung in Davos. Die Urne des Verstorbenen wird am 9. September 1928 in Crossen beigesetzt. Die Stadt würdigt ihren bedeutenden Sohn – wie selten geschieht dies! – mit einem Ehrenbegräbnis.

Gottfried Benn, „als des Toten ältester Freund und märkischer Landsmann", hält die Totenrede. Sie ist bis heute die einfühlsamste poetische Annäherung an den Dichter geblieben. Zugleich wirft sie ein milderes Licht auf den oft als menschenverachtenden Zyniker mißverstandenen Redner selbst. Und heute, da wir des nunmehr hundert*understen* Geburtstags Klabunds gedenken wollen, haben die Worte nichts von ihrer schmerzlichen Schönheit eingebüßt: „Die zarte, nie zu einer völligen Reife erwachsende Gestalt unseres toten Freundes tritt vor unseren Blick. Der schmächtige Mann, und auf seinen Schultern trug er eine Last, die schwer zu tragen war. Ich meine nicht die Krankheit, ich meine die Berufung. Gegen eine Welt der Nützlichkeit und des Opportunismus, gegen eine Welt der gesicherten Existenzen, der Ämter und der Würden und der festen Stellungen, trug er nichts als seinen Glauben und sein Herz (...) Diese schmächtige Gestalt – und die Unendlichkeit der Welt. Das Aufgestiegene und das Versunkene, Dinge, die wir erleben, und Dinge, die wir ahnend erschließen, zusammenzufassen, zusammenzuströmen zu einem Wort, zu einer Wahrheit jenseits jeder Empirie. Durch die Geschichte aller Zeiten und Völker gehen diese Figuren, auf deren oft kranken Schultern eine geheime Sendung liegt." (Auszug)

Jene, die damals Abschied nahmen von Klabund haben ihre Schicksale, ihre glücklichen und unglücklichen Stunden gehabt. „Nun längst zu Ende / graue Herzen, graue Haare / der Garten in polnischem Besitz / die Gräber teils-teils / aber alle slawisch, / Oder-Neißelinie / für

Sarginhalte ohne Belang/…", so Gottfried Benn ein Vierteljahrhundert später. Carola Neher kommt 1942 in einem Stalinschen Gefängnis ums Leben.
Wir aber waren zusammengetreten, um Willkommen zu heißen – den Zeitgenossen der Leidenschaft, Klabund, und seine jung gebliebene Dichtung. Greifen wir ein Wort auf, das seinen Lebensweg begleitet hat, und das wir weitersagen wollen, selbst wenn es allen Erfahrungen widerspräche: *Wir sind nicht auf der Welt, um unglücklich zu sein.*

Leipzig, März 1991 *Thomas Böhme*

Inhalt

Moreau. Roman eines Soldaten 5
Mohammed. Roman eines Propheten 65
Pjotr. Roman eines Zaren 115
Rasputin. Ein Roman-Film 195
Nachwort 249